KB078262

내 5급 연예인 ㅁ

고고33 현대 판타지 소설

초판 1쇄 찍은 날 § 2022년 5월 27일
초판 1쇄 펴낸 날 § 2022년 6월 3일

지은이 § 고고33
펴낸이 § 서경석

총괄팀장 § 황창선
편집책임 § 김우진
디자인 § 스튜디오 이너스

펴낸곳 § 도서출판 청어람
등록번호 § 제387-1999-000006호
등록일자 § 1999. 5. 31
어람번호 § 제1-3184호

본사 § 경기도 부천시 부일로 483번길 40 서경B/D 3F (우) 14640
편집부 § 서울시 구로구 디지털로 272 한신IT타워 404호 (우) 08389
전화 § 02-6956-0531 팩스 § 02-6956-0532
http://www.chungeoram.com
E-mail § chungeorambook@daum.net

ⓒ 고고33, 2021

ISBN 979-11-04-92436-1 04810
ISBN 979-11-04-92386-9 (세트)

MODERN FANTASTIC STORY

내 S급 연예인

고고33 현대 판타지 소설

9

도서출판 청어람

목차

제1장
—
나는 당신과 함께 있습니다 II

"대표님."

어깨를 톡톡 두드리는 느낌에 뒤를 돌아봤다가 흠칫 놀랐다. 얼굴 하나가 둥둥 떠 있다. 선글라스에 마스크로 중무장을 한 여자 얼굴이.

가늘고 긴 검지가 선글라스를 잠깐 들어 올렸다가 내린 뒤에야 그녀가 누군지 알았다.

"너 여기 어떻게 왔어?"

나는 눈이 휘둥그레져서 물었다. 윤소림이 씨익 웃는다.

"제 영화 보러 왔죠."

"다른 사람들은?"

나를 비치던 선글라스 알이 은근슬쩍 딴 곳을 바라본다.

"설마, 혼자 온 거야?"

"인터넷 검색하는데 장산의 여인이 상영한다는 소식을 봐서…
그런데 다들 자고 있길래."

"너, 여기가 동네 뒷골목인 줄 아냐? 여기 미국이야."

영화에서나 볼 법한 총기를 흔하게 볼 수 있는 나라에서 어떻
게 여배우가 혼자서 돌아다닐 생각을 할까.

얘는 정말 간이 커도 너무 크다.

혼쭐을 내주려고 입을 벌렸지만, 웅성거리는 소리와 함께 발
소리가 이어졌다. 관객 몇 사람이 구석진 곳에 자리 잡는 모습
이 눈에 들어왔다.

"아무튼, 영화 끝나고 얘기하자."

단단히 경고한 다음에 다시 앞을 바라봤다.

상영 시간이 가까워지자 주위가 어두워진다. 그런데 윤소림이
또다시 내 어깨를 두드렸다.

"옆에 앉아도 돼요?"

나는 한숨을 내쉬었다. 신이 나서 앞으로 넘어온 윤소림의 모
습은 산책 나가자는 말에 들뜬 강아지 같다.

"옛날 생각 나지 않아요?"

윤소림이 팝콘을 깨물며 속삭였다.

"무슨 옛날?"

"우리 예전에 영화 같이 본 적 있잖아요. 대표님, 기억 안 나세
요?"

나는 어깨를 으쓱했다.

"기억에 남을 만큼 특별한 순간은 아니었던 모양이지."

"와, 대표님 너무한다. 난 생생하게 기억나는데."

"보나 마나 너 연습생 시절일 텐데, 그게 특별한 기억은 아니지 않나?"

나는 윤소림의 눈을 피해 스크린에 집중했다. 어서 빨리 시작했으면 좋겠는데.

"상처받았어요. 저는 제목도 기억나는데."

"무슨 영화였는데?"

"맹수의 눈이요. 저 그때 완전 긴장했었다고요. 정말 기억 안 나세요?"

"안 난다니까."

막 팀장으로 승진했을 때였다.

어깨에 올라온 짐이 너무 무거워서 하루 휴가를 냈었다.

정오까지 실컷 자고 자취방을 나왔었지, 아마…….

「2012년 여름」

"맹수의 눈이요."

딱히 보고 싶은 건 아니었지만 바로 볼 수 있는 영화 티켓을 끊었다. 영화 정보도 티켓을 끊고서야 핸드폰으로 검색했을 정도였다.

"…범죄자가 숲에서 곰을 맞닥뜨렸다?"

한 줄짜리 로그라인을 보니 후회가 밀려왔다.

더럽게 재미없을 것 같아서 말이다.

"아, 팝콘."

불현듯 주전부리가 떠올라서 급히 뒤돌았다가 누군가와 부딪쳤다.

나보다 체구가 작은 학생이었고, 아는 얼굴이었다.

얼마 전 청소년 베스트 오디션에서 노래짱으로 뽑힌 연습생이 못 볼 걸 본 사람처럼 내 앞에서 입을 딱 벌리고 있었다.

"아, 안녕하세요!"

연습생은 한 박자 늦게 허리를 숙였다.

"너 학교 안 갔어?"

"오늘 개교기념일이요."

"그럼 연습실에 가지 왜 여기에 있어?"

"며칠 전에 무릎 삐끗했거든요."

"조심해야지. 너 그거 고질병 된다."

"예."

어색한 공기가 우리 주위를 안개처럼 감쌌다.

"그래, 영화 잘 보고."

"예."

녀석은 서둘러 고개를 끄덕였고, 나는 잽싸게 상영관으로 이동했다.

평일 대낮의 극장 안은 당연히 사람이 있을 리가 없었다.

뭐, 영화도 비주류 같고.

차라리 잘됐다 싶었다. 시원하게 에어컨 바람이나 쐬면서 한숨 자는 것도 나쁘지 않겠지. 그러니 영화 시작될 때까지 아무도 안 들어왔으면… 싶었는데.

인기척에 뒤돌아본 나와 연습생의 시선이 허공에서 딱 마주쳤다.

둘 다 흠칫 놀랐지만, 왠지 못 본 척해야 할 것 같아서 다시 앞을 봤다. 그런데 신경 쓰이는 발소리가 머뭇머뭇 다가오더니 내 옆에서 멈추는 건 또 뭐람.

왜 하필 내 옆 좌석이야.

팝콘 컵을 가슴에 품은 연습생이 쭈뼛쭈뼛 서서 내 눈치를 살핀다.

"아무 데나 앉아. 관객도 없는데."

"그러다가… 자리 주인이 들어올 수도 있는데."

나는 한숨 쉬고 일어나서 옆으로 몇 칸 떨어져서 앉았다.

그제야 연습생이 제자리에 앉았다.

다행히 영화 시작할 때까지 관객은 더 이상 들어오지 않았다. 그래서 영화가 시작하길 기다리는데, 옆에서 소근거리는 목소리가 들렸다.

"팝콘… 드실래요?"

"나 팝콘 싫어해."

"너무 많아서 그러는데."

별수 없이 조금 건네받았다.

"저……"

"또 왜?"

"콜라도 드실래요?"

"빨대 하나밖에 없잖아."

"아, 그럼 남길까요?"

"안 마실 거야, 나 콜라 싫어해."

"…예."

연습생의 목소리가 잦아들었다.

너무 뭐라고 한 걸까.

쫑알거리는 목소리가 갑자기 사라지니까 왠지 기분이 찝찝했다.

"이 영화 알아?"

"예!"

그냥 얘기하면 될 걸, 연습생은 기다렸다는 듯이 목을 가다듬고 다시 입을 열었다.

"주인공이 범죄자인데요, 숲에 갔다가 곰을 마주쳐요. 처음에는 곰을 피해 다니지만 곰에게 공격당한 이후로는 곰을 잡기 위해서 추적하거든요? 근데 곰도 되게 영리해서 함정을 파놓고 주인공을 사냥해요."

그게 저렇게 신이 나서 할 얘기인가.

괜히 물어봤다.

"이거 봤어?"

"예. 세 번째 보는 거예요."

재미없어 보이는 영화를 세 번이나 봤다니.

이상한 애다.

지금이라도 자리를 옮겨야 하나 고민하는데, 연습생이 나직이 속삭였다.

"근데, 영화를 보다 보면 저도 모르게 주인공을 응원하게 되거든요. 범죄자인데……."

"감독이 의도한 거겠지. 배우가 연기를 잘했다든가."

"그러니까요. 배우가 연기를 너무 잘해요. 진짜 범죄를 저지른 사람처럼요. 어떻게 그렇게 연기를 할 수 있을까요? 신기하게."

"너라면 어땠을 것 같아?"

"저요?"

"네가 주인공이라면 어떤 생각으로 연기를 할 거야?"

"음, 범죄에 대한 생각이나 고민, 심리 같은 걸 생각하면서?"

"아니지."

나는 여전히 스크린을 보며 말했다.

"합리화부터 해야지. 범죄자의 심리? 그걸 왜 연기할 때 생각해. 연기하기 전에 준비해야지. 연기할 때는 자신의 역할을 의심하면 안 돼."

"아……."

"팁이니까 기억해 둬. 캐릭터를 의심하는 순간 연기에 결격사유가 생긴다는 걸."

이런 설명은 이상했다.

노래짱인 애가 연기자로 대성할 일은 없을 텐데.

희박한 가능성이고, 회사가 그런 비전을 제시할 일도 없을 거다.

뭐, 데뷔한 애들 먹고살 길 마련해 준다고 여기저기 꽂아주고 있긴 해도 가수가 배우의 길을 걷는 것은 결코 쉬운 일이 아니다.

가수 출신이라는 편견이 꼬리표처럼 따라붙으니까.

다행히 대화는 길게 이어지지 않았다.

영화는 시작됐고, 연습생의 설명처럼 범죄자와 곰의 쫓고 쫓기는 승부가 계속됐다.

예상보다 스토리도 괜찮았고 CG도 좋았다.

그래서 제법 흥미로웠지만 어느샌가 나는 영화가 아닌 옆에 있는 연습생에게 더 신경이 쓰였다.

어두운 극장 안, 스크린에서 흘러나온 빛이 가끔 연습생의 옆모습을 비췄다.

영화에 집중한 연습생의 옆모습이 영화보다 더 기억에 남을 것 같았다.

"응?"

연습생이 내 시선을 느꼈는지 고개를 돌리는 바람에 화들짝 놀랐다.

나는 당황해서 손을 내밀었다.

"팝콘… 좀만 더 줘."

.

.

.

빈 팝콘 컵을 쓰레기통에 버리고 윤소림에게 돌아왔다.

"역시, 영화는 극장에서 봐야 해요."

마스크와 선글라스를 썼지만 윤소림은 지금 굉장히 만족스러운 표정을 하고 있을 거다.

"다른 관객들은 어떻게 봤을까요?"

윤소림이 극장에서 나오는 외국인 두 사람을 힐끗 쳐다봤다.

우리와 함께 영화를 본 유일한 관객들이었다.

한 사람은 주먹만 한 안경을 쓴 동양인이었고, 한 사람은 흑인이었다.

두 사람의 목소리가 제법 크게 들렸다.

"그거 알아? 내가 본 최고의 한국 영화였어! 배우 이름이 뭐라고?"

"윤소림이라는 배우야. 올해 스물다섯이고, 작년에 혜성처럼 등장했지."

"와우, 데뷔한 지 고작 1년밖에 안 된 배우가 그런 카리스마를 가지고 있다고? 회장이 됐을 때 그 포스!"

"심지어 그녀는 이번에 최고의 여배우들이 받는다는 여우주연상을 탔다고."

"헤이! 왜 이런 배우가 있다는 얘기를 안 했던 거야?"

"너무 뭐라고 하지 마. 한국 사람들도 겨우 1년 먼저 알았으니까."

"다음 영화는 뭐야? 또 없어?"

"차기작은 아직 없는 것 같아. 데뷔한 지 아직 1년밖에 안 됐으니까."

"오우, 쉣! 대체 이 배우 소속사에서는 뭐 하고 있는 거야? 그녀에게 더 많은 영화, 더 많은 기회를 줬어야지!"

두 사람의 모습을 보면서 나는 괜스레 볼만 긁적였다.

그래도 나름 열심히 했는데……

*   *   *

지난 2주 동안 윤소림은 할리우드 촬영 시스템을 체험하고 미국에서 화보 촬영 스케줄도 병행했다.

덕분에 미국에서의 24시간도 바쁘게 흘렀지만 작년 한 해 그녀가 한국에서 소화한 스케줄에 비하면 하품이 나올 정도였다.

하지만 6월의 달력이 찢어지고 7월이 찾아오면서 미국 체류 일정도 끝이 다가왔다. 그리고 마지막 스케줄인 핸드폰 광고촬영을 위해 광고대행사, 촬영 스태프들, S전자 홍보팀 사람들이 미국에 건너왔다.

"실장님, 이번에 〈장산의 여인〉 미국에서 개봉한 거 아시죠?"

"그래요?"

"예, 이거 보세요."

태평기획 성유나 대리가 활짝 웃으며 핸드폰을 내밀었다.

화면에 연예 기사가 띄워져 있었다.

[넷플렉스 영화 〈장산의 여인〉 LA에 첫발 내밀다]

내용인즉 이랬다. 본래 온라인 영상 플랫폼인 넷플렉스에서는 지역마다 공개되는 콘텐츠가 다르기 때문에 장산의 여인이 아시아에서 흥행해도 미국의 안방에서는 장산의 여인을 볼 수가 없었다.

그런데 이번엔 예외적으로 미국 넷플렉스에서도 장산의 여인이 공개될 예정이고, 이에 앞서 극장에서도 상영한다는 얘기였다.

"개봉관이 열 개네요?"

S전자 홍보팀 이한나 실장의 얼굴이 딱딱하게 굳었다.

성 대리가 재빨리 손사래를 쳤다.

"에이, 실장님도 아시잖아요. 원래 한국 영화가 미국에서 상영하는 일도 드물고, 한다 해도 개봉관 그렇게 많이 안 주는 거.

미국은 반응 봐서 점차 늘리잖아요?"

이번에 S전자가 신제품 광고로 윤소림을 선택한 이유는 하나였다.

잘나가니까.

그래서 개런티 역시 톱 연예인급이었고.

하지만 최종 선택 직전까지 S전자는 여자 배우와 남자 배우 사이에서 거듭 고민했다.

남자 쪽 후보는 배우 강현준.

그렇게 임원들의 마지막 선택만을 남겨뒀을 때 윤소림이 여우주연상을 타면서 일사천리로 신제품 광고 모델이 된 것이었다.

"대리님, 내일 촬영 문제없는 거죠?"

이한나 실장은 핸드폰을 만지며 물었다.

화면을 죽 내리자 여러 기사들 중에 성지훈의 영국 소식이 있었다.

"당연하죠. 제가 어제 한 번 더 체크했습니다. 로케이션부터 배우 컨디션까지 싹 다요."

"잘 나왔으면 좋겠네요."

"아휴, 당연히 잘 나와야죠. 돈이 얼마나 들었는데."

"그러게요. 윤소림 씨한테 6억이나 썼는데."

성 대리는 눈살을 찌푸렸다. 이한나 실장의 말에 가시가 있었기 때문이다. 말투도 건성이고.

젠장, 6억 맞추려고 최고남한테 설설 기었건만.

심지어 강현준은 10억을 예상하고 있었다.

솔직히 기업 입장에서 6억이든 10억이든 무슨 차이가 있다고.

어차피 그 돈 다 홍보비에 포함되는 거고, 그만큼 광고효과 높여서 제품 판매량이 늘면 되는 것을.

성 대리는 제 무릎을 탁 치고 미소를 지었다.

"잘 선택하신 거예요. 콘티 나온 거 보셨잖아요? 신제품하고 소림 씨 이미지가 딱이에요."

"그래요?"

이한나 실장이 건성으로 되묻고 핸드폰 화면을 두드린다.

〈생방송한밤〉과 성지훈의 전화 인터뷰 영상이었다.

─지훈 씨, 영국에서의 생활은 어떠세요?

─죽겠습니다.

─하하! 은퇴 가능하시겠어요?

─해야죠. 저 곧 한국 갑니다.

─그런가요? 저희가 지훈 씨와 통화하기 전에 소속사 대표님과 질의응답을 했는데, 얘기가 다르던데요?

─예?

─저희가 한 질문이, 성지훈 씨의 은퇴는 미뤄진 거냐는 질문이었고, 성지훈 씨 소속사 대표님은 이렇게 반문했습니다. 은퇴가 되겠어요?

─뭐라고요? 걔 제정신이래요?

─하하, 여기에 또 한마디를 덧붙이셨는데, 이 얘기 하면 성지훈 씨가 욕을 할지도 모르니까 삐 처리를 해달라고 하셨습니다.

─삐─

영상이 끝나고, 이한나 실장이 귀밑머리를 쓸어 올리며 고개를 들었다.

"뭐라고 하셨어요?"

"최고남 대표님 오셨대요. 바로 앞이라네요."

"아, 그래요?"

이한나 실장은 핸드폰을 도로 성 대리에게 건네고 카페 입구를 바라봤다.

인터넷에 올라가 있는 기사로 얼굴을 봐뒀기 때문에 바로 알아볼 수 있었다.

'누가 연예 기획사 대표 아니랄까 봐 포샵 처리를 잘했던데.'

과해서 눈살이 찌푸려질 정도였다.

연예인도 아니고 무슨 일반인이 얼굴에 잡티 하나 없을 수가 있나.

다리도 쭉쭉 늘린 모양이던데, 그 얼굴에 그 정도 키면 연예인을 해야지 왜 고생고생하며 연예 기획사를 하고 있을까.

최근에는 포털사이트 연관검색어에 브래드피트, 톰크루즈 같은 게 뜨던데 아무래도 퓨처엔터 홍보팀이 일은 잘하는 모양이었다.

그래서 이한나 실장은 기대치가 1도 없는 상태로 카페 입구와 카페 구석구석을 번갈아 살폈다.

카페 입구, 카운터, 앉아 있는 사람들, 테라스, 셀프 바.

그리고 다시 카페 입구를 봤을 때……

이한나 실장의 눈동자는 출렁이는 파도처럼 크게 흔들렸다.

*　　　　　*　　　　　*

"콘티 좀 다시 볼 수 있을까요?"

2019년 1월, 대한민국에선 세계 최초로 5G가 상용화됐다.

하지만 대중의 반응은 냉담했다.

S전자에서도 5G가 적용된 모델을 속속 내놓았지만 아무래도 5G의 속도를 체감하기에 아직 이른 감이 있는 데다, 기존과 크게 달라진 점도 보이지 않았기 때문이다.

오히려 익숙하지 못한 것에 거부감마저 느끼는 사람도 있었을 것이다.

그래서 S전자는 신제품 광고에서 속도와 감성을 중점적으로 보여주길 원했고, 그 과정에서 여러 차례 콘티가 수정됐다.

처음에 내가 본 콘티는 해변가를 방방 뛰어다니고 방구석 침대 위에서 뒹굴며 SNS를 하는 틴에이저의 일상 느낌이었다.

"말씀드렸듯이 처음 콘티와 완전히 다른 콘티라고 보셔야 해요."

성 대리가 부연 설명을 덧붙이며 콘티를 건넸다.

나는 잠깐 카페에서 흐르는 음악에 집중하며 콘티를 살폈다.

광고를 비롯한 영상매체에서 배경음악은 필수 요소.

음악이 빠진다면 밋밋하고 지루한 영상의 흐름일 뿐이며, 반대로 흔하고 평범한 영상도 배경음악이 깔린다면 왠지 특별해 보인다.

카페 안 스피커에서 흘러나오는 잔잔한 피아노 선율은 커피를 마시는 내 일상을 영화 속 한 컷처럼 느껴지게 만들고, 입구에 들어오는 손님들의 발걸음과 마주친 시선은 컷과 컷이 이어진 하나의 씬이 된다.

최종 콘티의 전체적인 내용은 여주인공이 멀리 떨어져 있는 연인을 찾아가는 내용이었다.

여주인공이 탄 자동차가 하이웨이를 달리는 그림이 그려진 컷이 눈에 들어온다. 그다음은 오토바이, 또 다음은 배를 타고 연인에게 향한다. 사랑에서 있어서 아주 적극적인 주인공이었다.

문제는 이걸 이틀 만에 촬영할 수 있냐는 건데, 로케이션에 만반의 준비를 했다니 믿어보는 수밖에.

"마음에 드네요. 지난번 콘티는 좀 걱정했는데."

"후, 다행이다. 이제 와서 또 태클 거실까 봐 걱정했는데."

성유나 대리가 안도의 한숨을 길게도 내쉰다.

커피 잔이 그녀의 입바람에 실려 날아갈 것 같다.

"대리님, 누가 보면 내가 되게 깐깐한 사람으로 비치겠어요."

"아니에요? 그러려고 미국까지 오신 거잖아요?"

"겸사겸사."

핀잔 섞인 그녀의 눈빛을 피해 옆의 빈자리를 힐끗 쳐다봤다.

S전자 홍보팀 실장은 걸려온 전화를 받으러 나가서 아직까지 들어오지 않고 있었다.

"근데, 저한테 한턱내셔야 하는 거 아니에요?"

"제가요? 어, 왜지?"

성 대리가 생글생글 눈웃음을 짓길래 모른 척하고 물었더니, 웃던 눈매가 틈 하나 없이 얇아졌다.

"6억이에요, 6억. 1년 만에 우리가 소림 씨 몸값을 그만큼 끌

어울렸는데 한턱이 뭐예요. 두 턱은 내야지!"

스타의 몸값이 오르는 것은 자연스러운 현상이다.

연상의 그녀는 500살 마녀를 한창 촬영 중일 무렵에 윤소림의 광고 출연료는 3개월 단발에 5천만 원, 1년 기준은 2억이었다.

지금은 그때보다 3배 이상 몸값이 올라갔다.

가파른 상승의 이유는 인지도가 첫 번째일 테고, 두 번째는 윤소림을 썼을 때 그만큼 광고효과가 있기 때문이고, 세 번째는 광고대행사가 윤소림의 몸값을 야금야금 끌어올린 결과물이다.

"소림이가 출연한 광고들 매출은 꾸준히 늘고 있죠?"

"예. 다들 재계약 원하고 있는데, 몸값이 올라서 우는소리들 하죠."

"지금까지처럼 앞으로도 소림이한테 맞는 거로 부탁해요, 성대리."

성대리가 나를 물끄러미 쳐다본다.

"대표님은 하루 24시간 윤소림만 생각하시죠?"

"들켰네."

"뭐 인정. 그래서, 밥을 산다는 거예요? 안 산다는 거예요?"

나는 피식 웃고 말했다.

"두 턱 말고, 세 턱 합시다. 미국까지 오셨는데 뭐 드시고 싶은 거 없어요? 오늘 제가 저녁 대접할게요."

성 대리 얼굴이 환해졌다.

"진짜요? 거짓말 아니죠?"

"거짓말은. 아예 업어드릴까요? 일어나요, 일어나."

"됐어요, 됐어."

의자를 들썩거리며 일어나려는 내 모습에 성 대리가 손사래를 치며 깔깔 웃는다.

그때, 카페 유리문이 열리고 S전자 이한나 실장이 들어왔다.

그런데 아까 날 보고 솟구쳤던 검은 눈썹이 지금은 잔뜩 일그러져 있었다.

자리에 앉은 그녀가 한숨을 내쉬었다. 밖에서도 입술을 잘근잘근 씹었던 모양인지 립스틱이 번져 있었다.

문제가 생겼다는 것을 직감할 수 있었다.

"무슨 일 생겼나요?"

"그게… 방금 연락받았는데, 경쟁사의 신제품 광고 콘셉트가 우리와 똑같다네요. 심지어 그쪽은 벌써 광고촬영을 끝냈고 당장 다음 주부터 공개할 것 같아요."

속도와 감성이라는 콘셉트를 두고 두 회사가 정면으로 붙는다.

잠깐 침묵이 스쳐 가고, 성 대리가 먼저 말문을 열었다.

"죄송해요, 이런 정보는 저희가 먼저 캐치 했어야 했는데… 하지만 지금 와서 콘셉트를 바꿀 수는 없습니다. 촬영이 내일인데, 장소 섭외까지 끝난 마당에 바꾸는 건 돈 낭비예요. 더구나 S전자도 신제품 모델 발표일까지 겨우 2주 남았잖아요?"

"돈은 문제가 아니에요. 촬영이야 미루면 되는 거고, 장소 섭외야 다시 하면 되는 거죠."

변수는 늘 발생한다.

그러나 그것이 무엇이든, 앞으로 나가기 위한 결정을 내려야 한다.

"성 대리님은 저쪽 촬영 콘티 입수할 수 있는지 알아보시고요, 이한나 실장님은 회사에 연락해서 어떻게 진행할지 의논해 보세요. 그런 다음 이 촬영 할지 말지 최종 결정 내리시죠."

일어서려다가 문득 궁금해져서 물었다.

"혹시, 경쟁사도 연예인을 모델로 썼나요?"

내 질문에 이한나 실장이 머뭇거리다가 입을 열었다.

"배우 강현준이요."

*　　　*　　　*

「스타두 엔터테인먼트」

"앉아요, 앉아."

스타두 엔터 한상엽 대표는 손을 가볍게 흔들며 미소 지었다.

그러고는 회당 1억을 줘야 얼굴 볼 수 있다는 강현준을 뜯어보며 다시 말했다.

"솔직히 말해서, 현준 씨와 계약한 이유 강현준이라는 배우 이름보다 김유리 열받게 하려고 그런 겁니다. 그래서 그 큰돈을 현준 씨한테 쓴 거죠. 여기 본부장님에 현준 씨 매니저까지 전에 회사에서 데려오느라고 제가 돈 많이 썼어요."

"그게 무슨."

"현준 씨, 내가 모를 것 같습니까? 현준 씨하고 김유리 관계."

강현준의 낯빛이 살짝 어두워지자, 한 대표가 다시 크게 웃었다.

"걱정하지 마요. 그거 가지고 뭘 하자는 거 아니니까."

"아닙니다. 오히려 알고 계신다니 저도 마음이 편하네요."

"그래요, 그렇게 생각해요. 얼마나 좋아? 서로 비밀 없고."

한 대표는 박수를 두어 번 치고 허리를 숙였다.

"하지만 무엇보다 현준 씨의 가치를 알기 때문에 계약한 겁니다."

"기대에 부응하도록 노력하겠습니다."

"좋습니다. 아, 이번 광고도 정말 잘빠졌더라고요. 마음에 들어요."

"제가 뭘 한 게 있나. 콘티대로 한 것뿐인데."

"그런 게 바로 스타의 존재감이지! 안 그래요? 하하!"

강현준은 한 대표의 웃음소리를 들으며 커피를 입에 머금었다.

분위기가 유해지자 가만히 있던 본부장도 슬쩍 끼어든다.

"대표님, S전자 광고촬영 딜레이 된 거 들으셨죠?"

"정말요? 그쪽도 시간이 촉박한 걸로 아는데?"

"우리 광고 콘셉트랑 비슷하니까 깜짝 놀란 거죠."

"그러고 보면 기업들도 참 대단해. 어떻게 그렇게 타사의 광고 콘셉트까지 가져올까."

"그게 바로 인간과 동물의 다른 점이 아니겠습니까. 지략과 욕심. 그걸 실행하는 행동. 양심 따위는 개나 줘버리는 거죠!"

본부장이 제 관자놀이를 두드리며 얘기하고 껄껄 웃는다.

한 대표가 멀뚱히 보다가 피식 웃는다. 강현준도 입꼬리를 슬며시 올리고 속삭였다.

"그럼, 윤소림 쪽은 아주 곤란해졌겠네요."

"곤란하다 뿐이야? 강현준과 윤소림이야. 비교가 되겠어? 솔직히 말해서 지금 S전자는 콘셉트가 겹치는 게 문제가 아닐걸? 광고 모델이 너라는 게 더 큰 문제일 거다. 그렇잖아? 마지막까지 눈독 들였다가 무산됐는데."

모양새는 강현준과 윤소림을 저울질하다가 윤소림을 택한 것처럼 보이지만, 애초부터 둘은 체급부터가 달랐다.

강현준은 10억이 마지노선이었으니까.

"괜히 미안하네. 후배 앞길에 재 뿌린 것 같아서."

"재는 최고남이 먼저 뿌렸지!"

본부장이 목소리를 높이자 한 대표가 눈살을 찌푸린다.

당황한 본부장은 엉거주춤 일어나서 허리를 숙였다.

"아휴, 죄송합니다."

"아니에요, 아니야. 그러게 왜 가만히 있는 김유리를 건드려서 애먼 곳에 똥물 튀겨? 맞는 말이지."

김유리.

강현준은 그 이름을 떠올리며 입술에 지그시 깨물었다.

그녀라는 존재는 언제 걸려서 넘어질지 모르는 돌부리였다.

그녀가 미친 짓을 하고 다닌다는 소리는 전부터 들었지만 신경을 끄고 살았다. 그런데 작년 겨울 느닷없이 폭탄 고백을 하면서 세상을 발칵 뒤집어놓았다.

톱 여배우가 미혼모라는 사실에 기자들은 불나방처럼 달려들었고, 대중들은 실검과 연관검색어로 화답했다.

'젠장.'

가만히 내버려 두면 알아서 연예계 은퇴 수순을 밟았을 여자였는데. 불면증, 알코올중독, 신경안정제로 하루하루 버티는 여자였으니까.

그런데 퓨처엔터 대표, 그러니까 최고남이 등장하면서 김유리가 달라진 것이다.

"그래도, 저쪽에서도 대응책이 있겠죠."

다시 미소를 짓고, 강현준은 빈 커피 잔을 내려놓았다.

본부장이 한 대표 눈치를 보며 입을 연다.

"있으면 뭐 해. 모델은 바꿀 수가 없는데. 거기다 우리 광고주께서 물량을 좀 쏟아부었습니까? 현준이 네가 나오는 광고하고 윤소림 광고의 차이는 컬러 티브이와 흑백 티브이 수준일걸? 스케일이 다르다고."

본부장은 한 대표 앞에서 어떻게든 강현준의 가치를 높이려고 노력하고 있었다.

물론 그냥 하는 말은 아니었다.

강현준의 광고는 그랜드캐니언을 배경으로 영화 속 한 장면 같은 연출이지만, 입수한 윤소림 쪽 콘티는 그저 해변을 배경으로 한 흔한 연출이니까.

그러니 광고가 방영된다면 배우 윤소림과 배우 강현준의 급 차이도 분명하게 도드라질 것이다.

"윤소림은 이번 광고촬영 하게 된 거 후회하게 될 거야."

"너무 확신하지 마세요."

강현준이 웃으며 속삭이자, 본부장은 더 확신하고 말했다.

"확실하다니까. 저쪽에서 우리 이기는 거? 홋, 전세기라도 끌고 오면 몰라."

*　　　　　*　　　　　*

"그랜드캐니언이라."

성 대리가 부리나케 입수한 콘티는 그랜드캐니언에 서 있는 강현준이 한국에 있는 친구에게 통화를 거는 내용이었다.

고급 세단, 고급 정장, 고급 저택같이 등장 요소들을 하나같이 고급으로 떡칠해 놨다.

거기에 대한민국 톱배우의 얼굴이 떡하니 있으니 경쟁사의 신제품은 소비자에게 확실하게 각인될 것 같았다.

"성 대리님 생각은 어때요?"

큰맘 먹고 한턱낸 햄버거를 먹으려고 입을 벌리던 성 대리가 입맛을 다시다가 말했다.

"S전자가 경쟁사 무서워서 광고촬영을 유보한다? 개소리죠. 솔직히 S전자에서 저러는 거 강현준 때문인 거 누가 몰라."

드라마 한 회에 1억을 받는 배우, 20대부터 40대 시청자들이 가장 선호하는 남자 배우 강현준.

결국 놓친 물고기가 더 크게 보인다는 얘기였다.

"촬영은 예정대로 할 것 같아요. 별수 있나, 편집에서 올인 해야죠."

"콘티 좀 다시 줘봐요."

아까의 콘티를 건네받았고, 성 대리는 남은 햄버거에 집중했다.

나는 S전자와 경쟁사의 콘티를 나란히 놓고 뚫어지게 살폈다.

솔직히 어느 회사가 이기고 지고는 관심 없었다.

내 관심은 이 광고가 나갔을 때 대중이 어떻게 보냐는 거, 오로지 그것뿐이니까.

그런데 이대로라면 강현준과 비교되는 건 피할 수가 없겠다.

윤소림이 밀린다고?

그럴 리가. 인정할 수 없다.

"그렇게 콘티 뚫어지게 보신다고 전세기 같은 건 못 넣어요."

성 대리가 콜라를 쪽쪽 빨다 말고 실없이 웃는다.

나는 계속 콘티를 보며 말했다.

"전세기는 못 넣어도, 헬기 같은 게 들어가면 좋을 것 같은데."

광고라는 것이 돈을 쏟아붓는다고 꼭 좋은 건 아니다.

하지만 돈이 들어갈수록 퀄리티가 달라지는 것은 이쪽 업계에서는 진리다.

그저 백사장의 모래를 밟으며 연인에게 달려가는 여주인공의 모습과 헬기에서 내려 백사장을 밟는 여주인공의 모습, 둘 중 어떤 것이 더 낫겠는가.

"헬기요? 그건 너무 오버다."

"이왕이면 차도 업그레이드하고."

"에이, 그것도 비싼 차예요. 더 비싼 차는 구할 수도 없고."

성 대리가 입에 감자튀김을 집어넣고 머리를 도리질한다.

"배 말고 요트 같은 건 어때요? 부자들 타고 다니는 속도 빠른 배 있잖아요?"

"왜 이러실까. 우리 예산 그 정도 아니에요. 누가 공짜로 빌려주면 또 모를까."

그러니까.

"혹시, 대표님 미국에 아는 사람 있어요? 그런 거 빌릴 만한."

그 질문에 나는 그들을 떠올렸다.

*　　　*　　　*

"엣취!"

로돌포가 갑자기 기침을 했다.

그 바람에 마주 앉아 있던 클린턴의 얼굴에 잘게 부서진 햄버거 조각들이 달라붙었다.

"이 날다람쥐 같은 자식, 복수하는 거냐?"

결국 또 서로의 멱살을 잡아챘다.

두 사람은 불과 5분 전에 클린턴이 케첩을 찢다가 로돌포의 선글라스를 빨갛게 물들여서 멱살을 잡았던 전적이 있다.

"제발 좀 가만히 안 있을래?"

한가로이 잡지를 보던 팻시가 눈을 부릅떴다.

"언제 철들래?"

"얘가 먼저 시비 걸었거든?"

"치사한 자식아, 겨우 케첩 한 번 날린 것 가지고 복수를 해?"

"복수가 아니라 기침이었거든? 갑자기 오한이 밀려왔단 말이야!"

"땡볕이 내리쬐는데 오한? 이 날다람쥐를 오늘 내가 아주……."

탁!

팻시의 매서운 손길에 두 사람이 고개를 푹 숙였다가 다시 들었다.

로돌포가 눈동자를 이리저리 흔들며 속삭인다.

"땡볕에 오한이라니, 왠지 느낌이 안 좋아."

"누가 네 얘기라도 했나 보지. 너 원래 그런 감이 남다르… 엣 취!"

순간, 중얼거리던 클린턴이 기침을 했다.

로돌포가 벌떡 일어나서 멱살을 잡는데, 클린턴이 눈을 부릅뜨고 속삭인다.

"왠지 느낌이 안 좋아."

그리고 이어지는 불길한 전화벨 소리.

띠리리……

$*$ $*$ $*$

"헬기 좀 빌립시다."

빙빙 돌려 말하면서 시간 끌 여유가 없었다.

그래서 문 열고 들어오자마자 당당하게 말하고 포 워리어즈와 마주 앉았더니 곧바로 멱살을 잡혔다.

"이 자식! 마빈한테 우릴 팔아서 릴리시크 뮤직비디오를 찍은 것도 모자라서 이제는 헬기를 빌려달라고?"

"창고에서 먼지만 쌓이고 있는 거 이참에 좀 빌려주고 그러면 얼마나 좋습니까?"

이왕 뻔뻔하기로 마음먹었으면 끝까지 밀고 나가는 게 도리다.

"네 문제가 뭔지 아냐? 전설의 포 워리어즈를 우롱차인 줄 안다는 거야! 대체 우리를 얼마나 우려먹을 생각인 거야?"

"친구끼리 이러기예요?"

"친구?"

클린턴과 로돌포의 부릅뜬 눈에서 광기가 흘러나온다.

좀비 영화와 공포 영화가 뒤섞인 분위기랄까.

"한국에는 은혜 갚은 까치 얘기가 있습니다. 소림이가 나중에 오스카상이라도 받아봐요. 그때 수상 소감에서 포 워리어즈를……"

"이 자식이 또 말장난을!"

하긴, 내가 생각해도 오스카상 얘기는 안 통할 줄 알았다.

나는 웃으며 말했다.

"아무튼, 장난 그만하고 이것 좀 놔요."

멱살을 잡고 있는 털이 수북한 팔을 톡톡 두드렸지만, 꿈쩍도 않는다.

이러면 나도 할 말이 참 많은데.

"내가! 그때! 라스베이거스까지 6시간 날아가서! 고생고생해서 클린턴을 찾았고! 또 시카고로 날아가서! 둘이서 로돌포를 잡느라 뛰어다녔고! 또 뉴욕에 와서! 마빈을 물에 빠뜨리고! 셋이 도망쳤고! 코니아일랜드 해변에서 함께 밤을 보냈고!"

추억이 가장 빛을 발하는 순간은 그 시절 함께한 친구, 가족, 연인과 기억을 공유할 때일 것이다.

시간이 제아무리 흘러도 내 추억을 증명할 수 있는 산중인들.

"그때, 참 재밌었는데… 안 그래요?"

"에잇!"

그제야 클린턴과 로돌포가 먼지를 풀럭이며 소파에 앉았다.

구경하던 팻시가 고개를 절레절레 흔든다.

사실 헬기를 대여하는 데 시간당 수백만 원이면 충분하다. 오히려 장소 섭외를 하는 데 시간과 돈이 배는 소요될 것이다.

그러니 내일 예정된 촬영이 미뤄지면 스케줄이 제대로 꼬일 것은 불을 보듯 뻔한 일.

하지만 지금은 옛 친구의 얼굴을, 추억을 공유한 친구들을 마주할 뿐이다.

"무슨 광고인데 헬기 하나를 못 구해? 그거 얼마나 한다고."

"헬기는 얼굴 볼 핑곗거리고, 잘 지냈죠?"

"그럼 헬기 안 빌려줘도 돼?"

"아니요."

나는 씨익 웃었고, 클린턴이 예상했다는 듯 하얀 이를 드러낸다.

이건 뭐랄까.

늑대와 늑대의 신경전이라고나 할까.

*   *   *

「로스앤젤레스 국제공항」

"그러게 강현준을 안 잡고 뭐 했어?"

"마지막까지 결정짓지 못하다가 윤소림 씨가 상회예술제에서 여우주연상을 수상하면서 일사천리로 결정됐습니다."

"그런데 이제 와서 강현준이 저쪽 광고를 하니까 발등에 불이 떨어진 거고?"

"예."

뉴욕지사에서 날아온 임원이 혀를 끌끌 찬다.

"이한나 실장이라고 했지?"

"예."

"대행사한테 책잡힌 거 있어? 아니면, 뭐 받았어?"

이한나 실장의 눈썹이 껑충 올라갔다.

"그럴 리가요. 그런 거 없습니다."

"그런데 왜 대행사한테 끌려다녀? 촬영 미룬다고 몇 푼이나 손해 본다고! 여차하면 모델도 바꾸자고 해야 할 거 아니야?"

"윤소림 씨도 어렵게 캐스팅한 거라서요."

"그래서 아무 대책도 없이 촬영 들어가겠다는 거야?"

"일단 차에 타시죠."

차에 타서도 잔소리는 계속 이어졌다.

임원은 코를 긁적거리면서 다른 한 손으로는 콘티를 펄럭거렸다.

"이게 뭐야? 윤소림이 근사한 차를 몰며 차창을 열고 밖으로 손을 뻗어 바람을 매만진다, 배 위에서 바닷바람을 맞는 그녀의 모습, 백사장을 밟고 연인에게 달려간다?"

뒷장이 더 있는데…….

이한나 실장이 잠깐 머뭇거리다가 덧붙였다.

"그렇게 달려가서 연인을 만났지만 실은 꿈이었고, 침대에서 일어난 윤소림이 저희 신모델을 들고 연인에게 바로 영상통화를 한다는 내용입니다."

바로 속도와 감성.

"그러니까, 이게 강현준이었어 봐. 얼마나 역동적이겠어? 강함, 스피드, 정열! 남자의 상징 아니야?"

침을 튀겨가며 목청을 높이는 임원은 포악한 악어였다.

조금만 틈을 보이면 물어뜯기 위해서 이를 드러낸다.

일개 홍보팀 직원이 할 수 있는 일은 입술을 빨아들이며 날카로운 이가 물지 않기를 기도할 뿐이었다.

"이 실장님, 얘기 들었겠지만 상황 봐서 감사팀에 연락할 수도 있으니까, 그 점 양해해 주세요. 경쟁사 광고와 콘셉트가 겹치는 일이 흔한 일은 아니잖아요?"

반면 임원과 나란히 앉아 있는 뉴욕지사 직원은 하이에나과였다. 악어가 물고 찢은 고기 한 점을 줍기 위해 냉큼 달려드는 하이에나.

"예."

이한나 실장은 풀 죽은 대답을 뱉으며 어제 본 퓨처엔터 대표의 모습을 떠올렸다.

그는 이따금 웃는 모습도 보이긴 했지만 광고 얘기를 하는 동안 꽤나 집중하는 모습을 보였다. 성 대리 말로는 능구렁이도 그런 능구렁이가 없다더니.

그런 모습은 전혀 찾아볼 수가 없었다.

'마치…….'

숲 한가운데 뻗어 있는 초록 잎 만개한 나무 같았다.

그런 사람이 윤소림을 키우고, 릴리시크에 성지훈까지.

"이 실장님, 제 말 듣고 있는 건가요?"

"예, 듣고 있습니다. 말씀하세요."

"강현준하고 윤소림 말고는 대안이 없었나요?"

"두 사람이 남녀 배우 중에서는 톱이라서요."

"내 말은 우리 S전자가 꼭 국내 연예인을 광고 모델로 내세울 필요가 있냐 이거죠. 해외 스타들도 있잖아요?"

"그래, 포 워리어즈 같은 스타 좋잖아? 얼마 전에 유유랑 콘서트도 했던데. 한국에서도 난리가 아니라고 하고."

대꾸할 말이 없어서, 이한나 실장은 운전에 더욱 집중했다.

'포 워리어즈? 제정신인가.'

아마 100억을 줘도 어렵지 않을까.

돈이 문제가 아니다. 그들과 접촉하는 것부터가 쉽지 않은 일일 터.

"하, 내가 젊었을 때 포 워리어즈 노래 많이 불렀는데. 내 와이프가 포 워리어즈 노래 부르는 내 모습 보고 뻑 간 거 아니야?"

"사모님 좋으셨겠어요. 상무님이 부른 팝송도 듣고."

얼씨구?

뜬금없는 악어의 추억담에 동조하는 하이에나의 모습에 기가 막히고 코가 막힌다.

"다 옛날얘기지. 이제는 가사도 기억 안 나는걸. 흠!"

악어는 마른기침을 하고 콘티를 툭 내려놓았다.

"아무튼, 촬영장 가면 바로 촬영 멈추고 원점에서 다시 검토할 거니까 그렇게 알아."

촬영팀을 갈가리 찢어버리겠다고 선언.

이한나 실장은 차창을 살짝 열었다. 차 안의 무거운 공기에 질식할 것 같았기 때문이다.

촬영장에 도착하자 분주하게 움직이는 촬영팀 스태프들과 성유나 대리를 볼 수 있었다.

스태프와 얘기 중이던 성유나 대리가 차에서 내린 이한나 실장을 향해 고개를 돌렸다. 곧 죽을 운명도 모르는 여리기만 한 토끼의 모습에 안타까워하는 사이 차 뒷문이 열리고 악어와 하이에나가 내렸다.

꿀꺽.

이한나 실장은 마른침을 연거푸 삼켰다.

곧 있을 사냥의 시간이 제발 빨리 지나가길 바라면서, 등 뒤의 육식동물들이 자비를 베풀기를 바라면서.

"이 실장, 누가 성유나 대리야?"

"저기에 서 있는 사람입니다."

"퓨처엔터 대표는 누구야?"

"그 사람은……"

고개를 돌리는 그때, 잔디밭의 스프링클러에서 물줄기가 뿜어져 나오기 시작했다.

비명을 지를 새도 없이 사방으로 튀어 오른 물방울들과 아침 햇살 사이로 이한나 실장은 마침내 그를 볼 수 있었다.

"저기 계시는데… 어?"

이한나 실장은 고개를 갸웃했다.

최고남 옆에 있는 외국인들은 분명 어디서 본 얼굴인데. 키가 크고 깡마른 남자와 키는 작지만 대신 옆으로 펑퍼짐한 남자.

고개를 갸웃하는데, 옆에서 악어의 신음하는 듯한 목소리가 흘러나왔다.

"포… 워리어즈?"

뭐라고? 살아 있는 전설의 팝 밴드가 여긴 왜?

이한나 실장은 궁금증을 안고 최고남에게 다가갔다.

"대표님… 이분들은? 맞죠?"

최고남이 고개를 끄덕이고 포 워리어즈를 소개시켜 준다.

넋이 반쯤 나가서 인사를 하는 둥 마는 둥 하고.

"미리 말씀 못 드려서 죄송해요. 확실한 게 아무것도 없어서 말씀 못 드렸어요."

"그럼, 포 워리어즈가 저희 광고에……."

"아니요, 그럴 리가 있나요."

하긴, 팝 스타를 광고 모델로 쓰려면 신제품 모델을 수십만 대는 더 팔아야 할 텐데.

"그럼 대체 여기에 포 워리어즈가 왜 있는 거예요?"

이한나 실장뿐 아니라 뉴욕지사에서 온 사람들도 귀 기울였다.

그러자 최고남이 어색하게 웃으며 말했다.

"놀러 온 거예요."

"예?"

잘못 들은 건가.

"저 사람들은 그냥 놀러 온 거라고요."

황당한 것도 잠시.

최고남은 다른 곳으로 시선을 돌리며 다시 말했다.

"오늘 주인공은 당연히 윤소림입니다."

악어와 하이에나, 그리고 이한나 실장은 최고남의 시선을 좇아 촬영장 한편에 놓인 트레일러를 바라봤다.

그 안에서 완벽하게 세팅을 끝낸 윤소림이 걸어 나오고 있었다.

고장 난 스프링클러가 또다시 물줄기를 뿜었고, 악어는 육식성을 잃어버렸다.

*   *   *

촬영이 순조롭게 이어지면서 경쟁사 광고 얘기는 쏙 들어갔다.

첫날 S전자에서 온 사람들도 처음의 딱딱했던 모습들과 달리 활짝 핀 얼굴로 촬영을 지켜봤다.

그리고 누구보다 흥이 난 사람은 광고 감독이었다.

구경하기도 힘든 외제 차에 요트와 헬기까지 지원받았으니 신이 날 수밖에.

촬영 둘째 날은 헬기에서 밧줄을 타고 내려온 윤소림이 해변가에 발을 딛고 연인에게 달려가는 중요한 씬이 예정돼 있었다.

안전에 만전을 기해야 했기 때문에 모든 스태프가 신경을 곤두세우고 리허설을 진행했다.

그런데 막상 본촬영을 앞두고 문제가 생겼다.

뷰파인더에 집중하던 감독이 뱀이 혀를 날름대듯 스읍스읍거리다가 고개를 내저은 것이다.

"아무래도 남자가 있어야겠는데요?"

콘티에는 윤소림이 연인에게 달려간다는 내용만 있었다.

그 모습을 옆에서, 그리고 앞에서 잡는 구도였다.

그런데 남자가 있어야 한다니?

"요즘 소비자들은 연상적인 것보다 분명한 것을 좋아해요. 여기서 여주인공이 달려가는 쪽이 연인인지 바다인지, 애매하다 이거죠."

감독의 의견에 성 대리가 이한나 실장을 쳐다봤다.

"남자가 앞에 서 있는 걸로 하자 이 얘긴가요?"

"예, 정면은 그렇고, 뒷모습."

"대표님 생각은요?"

이제는 사람들의 시선이 내게 모였다. 성 대리는 눈을 깜빡거리고, 이한나 실장은 미간을 살짝 찌푸리고 있다.

"전 괜찮습니다. 무리 없을 것 같아요."

일단 나는 윤소림에게 다가갔다.

상황을 설명해 주려다가 잠깐 메이크업이 끝나길 기다렸다.

윤소림의 발이 백사장의 모래에 파묻혀 있다.

"왜요?"

눈을 감은 채로 윤소림이 질문했다.

"너 내가 보여?"

"그럼요."

신기하네.

나는 피식 웃고 말했다.

"감독님이 마지막 장면에서 연인이 등장하는 게 좋을 것 같대. 그래서 네가 그 등을 끌어안는 식으로 연출하는 거지."

윤소림의 작은 턱이 끄덕여진다.

"일단은 그렇게 알고 있어."

"그럼, 누가 서 있는 거예요?"

"그거야 감독이 알아서 하겠지."

설마 그런 것까지 내가 챙겨야 하진 않겠지.

현장에서 저 인간들 챙기는 것도 힘들어 죽겠는데.

나는 백사장에 드러누워 똥배를 두드리고 있는 로돌포를 바라보며 눈살을 찌푸렸다.

아무튼 다시 스태프들에게 다가갔는데, 이한나 실장이 뜬금없이 이런 말을 했다.

"대표님, 준비하셔야죠."

"뭘요?"

눈을 깜빡거리는 내게, 그녀는 딱 단어 하나만 말했다.

"등."

＊   ＊   ＊

"소림 씨, 이 장면에서는 인물의 표정에서 설렘과 행복한 감정이 철철 넘쳐야 해요, 아시겠죠?"

"예!"

오직 연인을 만나기 위해서 대륙을 횡단하고, 바다를 건너, 마침내 눈앞에 연인의 뒷모습이 있다.

그 순간에 감독이 요구하는 것은 세상에서 가장 행복한 여주인공의 모습이었다.

"모델 준비됐습니까?"

감독은 목청을 높이며 백사장을 바라봤다. 그리고 확신했다.

'그래, 저거지!'

콘티에서 느꼈던 부족함을 채우고도 남을 것이 눈앞에 있었다.

완벽한 등.

윤소림의 소속사 대표는 감독이 원하는 그 완벽한 등을 가지고 있었다.

태평양처럼 넓고 최고급 침대처럼 포근할 것만 같은 등.

저 등이야말로 정말 이상적인 연인의 등 아닌가.

'찍고 싶다!'

감독은 어서 빨리 촬영에 들어가고 싶었다.

촬영 준비로 딜레이 되는 1분 1초의 시간도 아쉽다.

윤소림이 촬영 동선에 위치하기 무섭게 감독은 조바심 들린 사람처럼 확성기를 움켜쥐었다.

"소림 씨, 우리 가장 설레었던 순간을 떠올리는 겁니다!"

윤소림은 고개를 끄덕이고 눈을 가늘게 뜬다.

영화의 시간이 컷, 씬, 시퀀스로 구분된다면 삶의 시간은 추억으로 구분될 것이다.

어떤 추억은 되새기기 싫지만, 또 어떤 추억은 앞으로 나아가는 원동력이 되기도 한다.

예를 들어 그녀에게 무릎 부상은 절망의 감정이 되새겨지는 시간이었다.

모든 것을 잃은 상실감 속에서 그녀는 오롯이 혼자였다.

반면 어두운 극장 안에서 신경 쓰이는 사람과 단둘이 영화를 본 추억은 몇 번이고 되새겨도 좋은 시간이었다.

무엇보다 그 시간이 특별한 이유는, 얼마 전에도 같은 순간이 있었기 때문이다.

"소림 씨, 준비됐죠? 아주 등이 아스러지게 끌어안는 겁니다!"

숏 사인이 떨어졌고, 윤소림은 온 힘을 다해 백사장을 밟았다.

그때의 떨림과 쿵쾅거리는 심장, 지금 순간의 설렘으로 마침내 그의 등을 끌어안았다.

바위에 부딪친 파도가 두 사람 발밑에 하얀 거품을 밀고 온다.

*　　　　　*　　　　　*

「2주 후, 퓨처엔터」

또다시 7월이 찾아왔다.

여전히 퓨처엔터 앞은 팬들이 진을 치고 있었지만, 전과 달리 입구에 주차차단기가 설치되면서 팬들은 일정 거리 이상 접근할 수가 없게 됐다.

그 결과, 릴리시크 멤버들은 건물 앞에서 맘 편하게 아이스크림을 깨물며 한가로이 햇볕을 쬘 수 있었다.

"소림 언니 표정 진짜 쩐다."

핸드폰을 손에 든 소연우는 S전자 광고를 뚫어지게 보며 아이스크림을 깨물었다.

"연우야, 그런 단어 쓰지 말라니까."

"언니, 그냥 내버려 둬요. 또 대표님한테 불려 가서 정신교육 받게. 앗, 대표님!"

권아라의 오버액션에 소연우가 피식 웃는다.

"그걸 연기라고 하냐? 하려면 소림 언니처럼 해야지!"

어떻게 하면 이렇게 표정이 풍부해질까 싶을 정도로 광고 속 윤소림의 표정은 정말 사랑 그 자체에 빠져 있었다.

역시 배우는 배우.

"진짜 사랑하는 사람한테 달려가는 것 같아."

송지수도 광고에 푹 빠져 버렸다.

그래서 영상이 재생을 멈출 때마다 손가락을 내밀어서 핸드폰 화면을 톡톡 친다.

윤소림이 차를 타고, 오토바이를 타고, 요트를 타고, 헬기를 타고, 마침내 연인을 끌어안는다.

톡.

윤소림이 차를 타고, 오토바이를 타고, 요트를 타고, 헬기를 타고, 마침내 연인을 끌어안는다.

톡.

윤소림이 차를 타고, 오토바이를 타고, 요트를 타고, 헬기를 타고, 마침내 연인을 끌어안는다.

"언니, 그만해."

"아, 미안."

"근데, 진짜 대표님 등인가? 아닌 것 같지 않아요?"

"대표님 등 맞대."

"아닌 것 같은데."

네 사람은 머리를 맞대고 영상을 유심히 살폈다.

광고에는 정말 오롯이 등만 나와서 이게 대표님 등인지, 스태
프 등인지 알 수가 없었다.

"이 정도로 대표님 등이 넓었나?"

"화면으로 보면 원래 더 넓어 보이잖아. 그래서 우리가 맨날
다이어트하는 거고."

"진짜 대표님 맞대. 지우 언니가 그랬거든. 대표님이 절대 안
하려고 도망쳤는데, 포 워리어즈가 다리 걸고 헤드록 걸어서 붙
잡았다고."

"포 워리어즈하고 대표님은… 베프 같은 건가?"

"그런가 봐."

어찌 됐든 대표님 등이라고 결론 낸 넷은 다시 아이스크림을
깨작거렸다.

데뷔 곡 활동이 끝난 뒤로는 연습실, 집, 요 앞 편의점, 인터넷
이라는 사이클을 반복하는 삶이었다.

아니, 데뷔는 했었던가.

"언니들, 우리 이러다 매미 신세 되는 거 아니에요?"

"매미? 웬 매미?"

"매미가 17년을 땅속에 있는대요. 그러다가 땅 위로 나와서 고작 몇 주 살고 죽는다고 하더라고요. 그러니까 우리는, 퓨처엔터의 매미?"

소연우는 담벼락 너머의 나무를 보며 이맛살을 구겼다.

매미 소리가 우렁차게 울려 퍼지고 있었다.

소리가 따가운지 박은혜가 무릎에 팔꿈치를 기대고 귀를 막으며 속삭인다.

"그래도 우리는 저렇게 시끄럽게 울어도 봤잖아."

"아, 이 언니 또 감상 모드 빠진다. 송지수 양, 한 말씀 해주시죠."

두 눈만 끔뻑이는 송지수에게 소연우의 주먹 마이크가 들이밀어졌다.

"음… 밥 먹으러 갈까요?"

"마라탕!"

"난 짜장면."

"나도."

"나도 짜장면 한 표."

3 대 1.

다수결의 원칙에 의해서 짜장면이 결정된 순간, 소연우는 입술을 구부렸다.

"맨날 짜장면, 지겹지도 않아요? 내가 진짜, 법블레수유!"

"그런 단어 쓰지 말라니까."

"내버려 두라니까요, 대표님한테 불려 가서… 앗, 대표님!"

순간 권아라의 눈이 동그랗게 변했지만, 이번에도 어김없이 소연우는 실실 웃기만 했다.

"오호, 이번에는 진짜 리얼한데? 배우인 줄?"

그러나 여전히 고개를 들고 옆을 올려다보는 권아라.

박은혜와 송지수도 고개를 들더니 눈을 깜빡인다.

"으휴, 이 연기자 지망생들. 셋이서 아주 사람 놀려라, 놀… 진짜야?"

갑자기 밀려온 불길함에 눈동자를 이리저리 흔들던 소연우는 눈을 질끈 감고 자리에서 일어났다.

"대표님, 잘못했습니다!"

그리고 한쪽 눈만 슬며시 떴는데, 아무도 없다.

멤버들의 웃음소리만 귀를 간지럽게 할 뿐.

"법블레수유!"

소연우가 포효하는 이때, 건물 입구 문이 벌컥 열렸다.

움찔한 것도 잠시, 그 안에서 나온 사람은.

"안녕하세요, 언니 오빠 이모 삼촌들! 백만 유튜버 고은별입니다!"

이어지는 귀여움, 깜찍, 발랄함 3종 세트.

"오늘, 드디어, 대본리딩 하는 날이에요!"

고은별은 신가영 작가의 드라마에서 천재 여배우의 아역으로 출연한다.

500살 마녀에서도 아역으로 출연했지만, 이번에는 여주인공의 어린 시절 상처와 트라우마를 표현해야 하기 때문에 그때처럼 가벼운 캐릭터는 아니었다.

그래서 요즘 대표님이 은별이와 함께하는 시간이 부쩍 늘었다.

대본도 같이 맞춰보고 배드민턴도 치고.

가끔은 멍구랑 쫓고 쫓기는 술래잡기도 하고.

"대표님 보고 싶으시다고요? 잠시만요. 5, 4, 3, 2, 1!"

은별이가 짠 하고 손을 내밀자, 유리문이 열리고 대표님이 나타났다.

핸드폰을 붙잡고 있던 그는 VJ 카메라를 향해 손을 잠깐 흔든 다음 다시 전화 통화에 열중이다.

"예, 누님. 은별이 대본리딩 끝나면 댁에 잠깐 들를게요. 아, 진짜!"

핸드폰을 귀에서 잠깐 떼더니, 고개를 절레절레 흔드는 대표님.

다시 심호흡을 하고 귀에 붙인다.

"소리 좀 지르지 말고. 요즘 왜 이렇게 짜증이실까? 아무튼, 시사회 때는 내가 모시고 갈 테니까 아무 걱정 말고요. 끊을게요!"

전화를 끊은 대표님이 꽉 다문 입술 사이로 으깨진 이름을 속삭인다. '강주희!'라고.

유재하 감독의 신작이자 강주희가 주연한 〈K라는 여자〉가 곧 개봉을 앞두고 있다.

알 수 없는 힘을 가진 여자가 하루아침에 모든 것을 잃으면서 복수심에 불타오른다는 스토리의 영화인데…….

그래서 요즘 대표님은 강주희에게 신경을 많이 쓰고 있었다.

통화를 할 때마다 스트레스를 받는 것 같긴 하지만.

"아, 작가님! 오늘 첫방이죠? 걱정하지 말아요, 다 잘될 테니까.

갓유라 아닙니까, 갓유라!"

지금 통화하는 전유라 작가의 〈미래를 갔다 온 여자〉가 오늘 첫방을 한다.

제작사에서 캐스팅 조건으로 무명 배우들에게 돈을 챙기고, 주연배우가 하차하는 등 캐스팅 과정에 잡음이 많았던 드라마였다.

일련의 과정 끝에 화음에서 드라마 제작을 맡아서 100프로 사전제작으로 드라마를 완성했다.

대표님 입가에는 강주희와 통화할 때와 달리 미소가 만연하다.

그 밖에도 대표님은 여기저기 전화를 했고, 그동안 은별이는 VJ 카메라 앞에서 청산유수의 말솜씨를 뽐냈다.

"은별아, 출발하자! 윤환 씨 뭐 해? 빨리 내려와요!"

통화를 끝낸 대표님이 은별이를 차에 태운다.

배우 윤환과 차가희 팀장도 정신없이 뛰어 내려와서 차 안에 뛰어들었다.

VJ 카메라까지 태우고 차가 떠나자, 릴리시크 멤버들은 한숨을 푹 내쉬었다.

활동할 때는 그렇고 쉬고 싶더니, 지금은 저 차에 타고 싶은 마음이 굴뚝같았다.

어서 팬들 앞에 서고 싶은데.

"우리 밥 먹으러 가자."

누가 그랬던가.

우울한 마음은 음식으로 해치워야 한다고.

그래서 배달 어플을 켜려는데, 박은혜의 핸드폰 화면에 대표님이 나타났다.

"예, 대표님!"

—빨리 사무실 올라가서 곡 들어온 거 들어봐!

"곡이요?"

—그래, 릴리시크 신곡!

잠깐 서로의 얼굴을 마주 본 멤버들은 누가 먼저랄 것 없이 사무실로 달려갔다.

한바탕 소란에 먼지가 흩날린다.

잠시 뒤, 릴리시크가 있던 자리에는 저승사자가 하품을 하고 있었다.

[하아.]

입을 쩍쩍 벌리고 나서 긴 한숨과 함께 속삭인다.

[짬뽕 땡기네.]

*   *   *

조금 빨리 도착해서인지 대본리딩 현장에는 배우들보다 스태프들이 더 많았다.

"안녕하십니까, 고은별입니다!"

작은 아이가 여기저기 뛰어다니며 인사를 한다.

나도 열심히 인사하면서 은별이에게서 눈을 떼지 않았다.

"우리 은별이가 대표님 덕분에 훨훨 나네."

은별이 할머님의 표정이 더없이 부드럽다. 옆에 있는 윤환의 눈이 초승달처럼 휘었다.

"대표님."

"왜요?"

"저 정말 퓨처엔터 들어온 게 행운인 것 같아요."

저 얘기 몇 번 더 하면 백 번 채울 것 같다.

아닌가? 벌써 백 번을 넘겼는지도 모르겠다. 뭐, 상관없으려 나. 애사심은 좋은 거니까.

"은별아."

"예, 대표님!"

내 앞에 다가온 은별이가 방실방실 웃으며 나를 올려다본다. 그래서 나는 무릎을 잠깐 숙였고, 은별이에게 손바닥을 내밀었다.

이어 작은 손이 내 손바닥을 터치한다.

"잘할 수 있지?"

"옙!"

"실수해도 되니까, 겁먹지 말고."

흐름 깬다고 아역들을 대본리딩에서 빼는 경우가 많다.

몇 시간 동안 대본 하나 놓고 별의별 감정을 쏟아내는 곳이라 성인 배우들도 힘들어하는 곳이 대본리딩 현장이기 때문이다.

하지만 은별이는 괜찮다.

까짓것 실수하면 좀 어떤가. 내가 옆에 있을 건데.

흐뭇하게 웃으며 흩어진 이맛머리를 정리해 주는데, 은별이가 내 얼굴을 빤히 보면서 말했다.

"저 하나도 겁 안 나요."

"그래?"

"예! 대표님이 그러셨잖아요."

"내가 뭐?"

"우리 은별이, 실수해도 되고 대사 틀려도 돼. 힘들면 언제든 나한테 도와달라고 해. 그러면……."

아.

"은별이한테 달려올 거라고 했어요."

"그래, 세상 그 어디에 있더라도 내가 너한테 달려갈게."

나는 아이의 머리를 쓰다듬어 주고 허리를 폈다.

그런 내 시야에 멀리서 걸어오는 여배우가 보인다.

이 드라마의 주연이자, 천재 여배우 그 자체인 여자.

배우 김유리가 걸어온다.

그러자 사람들이 홍해처럼 갈라져 길을 터줬고, 그녀와 나 사이의 길은 다시 이어졌다.

제2장
—
트라우마 극복기

"다들 앉아주세요."

스태프의 목소리에 비어 있던 의자가 하나둘 사라진다.

연출의 김재하 피디와 극본의 신가영 작가가 테이블 상석에 자리 잡으면서 들떴던 분위기는 순식간에 무거워지고, 배우들은 대본을 펼쳐보기 바빴다.

나는 이 순간이 좋다.

배우들의 각오, 긴장, 설렘이 휘몰아치는 자리에서 남들보다 한 발 앞서 배우들의 날것의 연기를 눈앞에서 볼 수 있기 때문이다.

그래서 들뜬 아이처럼 설레는 마음으로 내 배우들을 지켜본다.

김유리가 두 손을 들어 뒷머리를 한데 모으면서 목덜미가 드러났다.

새벽닭이 울기 무섭게 숍에 들러서 손질했을 머리가 머리끈에 속수무책으로 동여매진다.

그러더니 가방에서 안경을 꺼냈다.

동그란 안경알이 작은 얼굴을 덮는 모습을 보면서 나도 모르게 입꼬리가 올라갔다.

역시 보통이 아니라니까.

올 때는 콧대 높은 여배우였을지 몰라도 지금은 권위나 위신 따윈 내려놓고 배우로서 대본에만 신경 쓰겠다는 거다.

대본리딩이 현장과 다른 것은 외적인 부분을 크게 신경 쓰지 않아도 된다는 거다. 장비 세팅 할 시간을 기다릴 필요도 없다.

이곳은 오로지 배우와 대본만이 존재할 뿐이다.

하지만 현장에 나가기 전 최종 체크나 다름없기 때문에 뒤에서 지켜보는 촬영 스태프들은 대본리딩이 진행되는 동안 머릿속에서 현장을 대입할 것이다.

저 배우가 저런 버릇이 있구나, 저 배우가 저 대사를 칠 때는 확 잡아야겠다 등등의 생각들이 대본리딩 현장을 둥둥 떠다닌다.

뭐, 김유리와 윤환은 알아서 할 테니 걱정은 내려놓고.

나는 은별이에게 집중했다.

아마 오늘 다들 깜짝 놀랄걸? 나랑 같이 얼마나 연습했는데. 은별이의 대본에는 고사리손으로 볼펜을 꾹꾹 누른 흔적이 많다.

내가 '은별아, 이건 이렇게 해야 해' 하면, '앗! 대표님, 잠깐만요!'라고 외치면서 열심히 적었다.

그럴 때마다 나는 은별이의 동그란 머리가 숙여져 있는 모습을 보면서 흐뭇하게 미소 지었고.

"대본리딩 시작하겠습니다!"

나는 대본 첫 장의 제목을 쓰다듬었다.

〈내 매니저〉

이 드라마의 한 줄 소개는 천재 여배우와 신입 매니저의 로맨스였다.

하지만 윤소림이 아닌 김유리가 캐스팅되고, 비비7 멤버가 아닌 윤환이 캐스팅되면서 극의 방향은 완전히 달라졌다.

배우의 연령대도 캐릭터도 달라졌으니 신가영 작가의 고민이 깊었을 거다.

그래서 걱정이 돼 잠깐 쳐다봤더니, 불안한 듯 굳어 있던 신 작가의 얼굴이 날 마주하고는 살짝 풀어진다.

나는 엄지를 슬쩍 내밀었고, 그녀는 미소를 보였다.

그런데 이때, 누군가 옆구리를 푹 찔렀다.

"대표님, 썸은 나중에."

가만 보자.

차가희가 정직원이었던가.

하아, 정직원이지. 근데 실력도 좋아. 손도 빨라. 일도 완벽해…….

"아, 짜증 나."

차가희 얼굴을 보면서 나도 모르게 속마음을 내비치다가 옆구리를 한 번 더 찔렸는데…….

어라, 쟤는 왜 온 거야?

대본리딩 현장에 저승이가 스윽 들어온다. 모델이 워킹을 하듯 천천히 다가오더니 김재하 피디 옆에 엉덩이를 탁 걸친다.

"어휴, 갑자기 왜 이렇게 서늘하냐."

"감독님, 감기 걸리셨어요?"

"내가 성격은 호랑인데, 몸은 유리거든. 여름만 되면 개도 안 걸리는 감기가 걸려요."

넉살 좋게 웃는 김재하 피디 옆에서 저승이가 피식 웃는다.

[당신 진짜 개였어, 개. 근데 잠든 주인 구하고 불에 타 죽어서 인간으로 환생한 거지.]

차마 김재하 피디의 전생부를 보지 못하겠다.

뭐, 이제는 볼 수도 없지만.

[아직도 전생부가 제대로 안 보여요?]

돌아온 뒤로 내내.

신의 배려가 끝난 건 알겠는데, 지금 내 현재가 상이 아닌 벌인 것도 알겠는데, 나에게 얼마나 시간이 남은 건지는 모르겠다.

'후회하지 않을 자신 있나? 업이 해결되지 못하면 자네는 환생을 못 하네. 그러다가 구천을 떠돌게 될 수도 있어.'

'상관없습니다. 어서 길이나 알려주시죠.'

'이유가 뭔가? 기억을 잃는 게 두려워서? 아니면······.'

'다 만들어놨는데, 이대로 가면 신경 쓰여서요.'

'뭘, 만들었다는 건가?'

'스타.'

그러나 얼마 전부터 어렴풋이 시간이 줄어들고 있음을 느끼고 있다.

미국에서의 광고촬영 때, 소림이가 내게 달려와 안긴 그때부터 내 시계는 다시 움직이기 시작했다.

[좋은 소식이 있어요.]

응?

[새로운 구슬이 도착했어요.]

저승이는 내가 A급 운명을 S급으로 만들면 보상을 받는다고 했다.

그렇다면 누구?

[갑인(甲寅)년 무진(戊辰)월 을해(乙亥)일에 태어난, 배우 강주희]

*   *   *

"전 작가, 연애 좀 하고 살아! 아까운 청춘 다 썩힐 거야?"

"아휴, 좀. 나중에 알아서 할 거예요. 우리 엄마인 줄."

전유라는 강주희의 잔소리에 입술을 푸르르 떨었다.

"나중 나중 하다가 시간 훅 가는 거야. 집 있고 돈 있고 하면 연애할 수 있을 것 같지? 못 해, 못 해."

"제 걱정 말고 언니 걱정부터 하세요."

"헐, 전 작가님 지금 대한민국 최고의 여배우이자, 한때 국민 첫사랑이었던 배우 강주희에게 연애하라고 한 거세요?"

기가 막히고 코가 막혀서 콧바람을 컹컹 뱉는 강주희의 모습에 전유라 작가는 한숨을 푹 내쉬었다.

"그러게요. 여유가 되면 해야지 하다 보니까 이제는 연애를 어떻게 해야 할지도 모르겠고."

"모쏠은 아니지?"

"모쏠이라니요!"

그 사실을 아는 사람은 세상에 딱 한 명만 존재한다.

펄쩍 뛰는 통에 전 작가가 손에 들고 있던 캔 맥주에서 맥주가 흘러나왔다.

그래서 서둘러 입술을 가져가서 후르르 마시는데, 그 모습을 강주희가 안쓰럽게 바라본다.

"전 작가야, 남자랑 술 마실 때 그럴래?"

"남자 없잖아요."

"결정적인 순간에 평소 습관이 나오는 거라고! 평소에 의식을 하란 말이야! 아휴, 안 되겠다. 전 작가, 내가 소개팅시켜 줄게."

"소개팅이요?"

"그래, 소개팅! 전 작가 가만 보니까 센스도! 눈치도! 많이 부족한 것 같거든!"

화살이 날아와 전 작가의 가슴에 쿡쿡 꽂힌다.

"걱정 마, 부족하면 채우면 돼. 내가 다 채워줄게. 그래서 어떤 사람이 취향이야?"

아니, 또⋯ 갑자기 그렇게 물어온다면.

전 작가는 머뭇거리면서 맥주 한 모금을 마시고 운을 뗐다.

"음⋯ 우선 동물 좋아하는 사람이 이상형이고요."

"오케이, 또."

"키가 너무 크면 싫고."

"어느 정도? 최고남보다 커야 해, 작아야 해?"

또 맥주 한 모금 꿀꺽.

"음⋯ 대충, 최 대표님이랑 비슷한 키?"

"오케이, 또!"

"저는 종일 집에서 혼자 일하니까, 남자가 너무 바쁘면 마냥 기다려야 하니까……."

"서론이 길다. 너무 바쁜 남자는 싫다는 거 아니야? 한마디로 최고남 같은 일중독자는 퇴짜!"

"아, 아니요. 그건 바쁜 것도 아니죠."

"뭔 소리야. 대한민국에서 최고남이 제일 바쁠 텐데. 영국 갔다가 미국 갔다가 또 한국 오고. 하여간 제일 바빠."

"아니, 뭐… 열심히 하는 모습이… 멋있던데."

"멋은 개뿔. 아니지, 걔가 멋있긴 하지. 그거 알아? 걔 내 매니저 할 때 촌티 장난 아니었어. 그거 다 내가 뜯어고쳐 준 거야. 옷 사줬지, 스타일 고쳐줬지, 매너 가르쳐 줬지. 진짜 내가 만들었다, 최고남."

전 작가는 맥주를 홀짝거리면서 생각했다.

강주희도 눈치가 많이 없구나…….

"아무튼 딱 기다려. 내가 좋은 남자 소개시켜 줄 테니까."

"예."

전 작가는 풀 죽은 목소리와 함께 빈 캔을 내려놓았다.

새로운 캔을 들고 딸칵.

"그러면 지금 민대용 대표는 KIS에 가 있는 거야?"

"그렇지 않을까요?"

"아니, 이 팀은 첫방인데 뭉치질 않고 왜 따로 놀아? 화음에서 연락 온 거 없어?"

강주희가 먼저 연락해 오지 않았으면 전 작가는 오늘 혼자서 첫방을 지켜봐야 했을 거다.

심지어 최고남도 연락이 없다.

"종방 때 모이면 되죠."

"그래도 전 작가 첫 미니시리즈인데. 나쁜 사람들."

위로하듯 속삭인 강주희는 캔 맥주를 들어 입에 가져갔다. 그래서 살짝 올라간 턱이며 팔찌의 흔들림이 전 작가의 눈에 선명히 박힌다.

'어쩌면 맥주 마시는 것도 저렇게 우아할까.'

맥주 거품 흘러내릴까 봐 호들갑 떨며 입술을 쭉 내밀던 모습이 괜스레 부끄러워진다.

"아, 소림이 광고 나온다."

강주희가 자세를 고쳐 앉았다.

TV에 윤소림의 광고가 나오고 있었다.

끝도 없이 펼쳐진 미국의 도로, 사막, 바다의 풍경이 이어지고 헬기에 탄 윤소림의 모습이 너무 아름다워서 눈을 뗄 수가 없었다.

광고의 배경음악처럼 심장이 두근거린다.

하이라이트는 백사장을 가로질러 연인에게 달려가 안기는 윤소림의 모습이었다.

넓은 등과 윤소림의 행복한 얼굴을 그저 넋을 놓고 바라볼 수밖에 없었다.

"저 등… 최 대표님 등이네요."

"전 작가 눈썰미 좋다. 어떻게 알았어? 나는 운전하는 뒷모습 그렇게 봤으면서도 긴가민가한데."

"딱 알겠던데요?"

피식 웃는 이때, 초인종 소리가 들린다.

"누가 왔나 본데?"

강주희가 자리에서 일어나서 현관으로 향한다. 그리고 잠시 뒤에 민대용 대표가 넙데데한 얼굴을 들고 들어오더니, 그 뒤에서 최고남이 미소 가득한 얼굴로 짠 하고 나타나 양손에 든 검은 봉지를 흔든다.

"치킨 배달하신 분?"

달랑달랑.

맥주와 소주병들이 부딪쳐 맑은 소리가 난다. 그날처럼.

.

.

.

우리는 전 작가의 집에 모여 〈미래를 갔다 온 여자〉의 첫방을 함께 봤다.

강주희는 자신이 맡을 뻔했던 주연배우의 연기를 유심히 지켜봤고, 민대용 대표는 제작비 얘기만 계속했지만, 어쨌든 첫방에서는 미래를 다녀올 수 있게 된 여주인공이 로또에 당첨되면서 인생이 확 바뀌는 과정이 스피드하게 펼쳐졌다.

"거봐요, 내가 그랬죠? 작가님 드라마 재밌다고."

"실시간 반응도 좋아."

눈 부릅뜬 민 대표가 포털사이트의 드라마 코너에 올라오는 실시간 댓글을 읽는다. 강주희도 목을 빼고 핸드폰을 살폈다.

"오랜만에 볼 만한 드라마 나타난 듯."

"앗! 이 작가 전유라 작가였구나, 윤소림의 데뷔작 작가."

"공서도 완전 설렜는데. 미래 여자도 기대!"

"이거 캐스팅 문제 있던 드라마 아닌가요? 제작사 대표가 캐스팅 조건으로 배우들한테 돈 받아먹은… 아이고, 별걸 다 읽었네."

핸드폰 화면에 파묻혀 신명나게 댓글을 읽던 민 대표가 뒷머리를 긁적거린다.

"전 괜찮아요. 다 지난 일인데."

전 작가가 날 향해 빙긋 웃는다. 전 같았으면 오만 가지 걱정을 꺼내며 죽을상을 했을 텐데.

나는 전 작가의 어깨를 툭툭 두드렸다.

"장하다, 우리 작가님."

그리고 다행이다. 당신의 미래가 이제 정말 밝아져서.

〈미래를 갔다 온 여자〉는 전유라 작가의 삶을 비출 환한 촛불이 될 것이다.

그래서 조금이나마 미안함이 덜어진다.

환생할 때 정상참작 해주겠지?

피식 웃으며 맥주 한 캔을 더 따는데, 문득 강주희의 시선이 느껴졌다.

뭔가 싶어 바라보니 강주희가 눈짓으로 부엌을 가리켰다. 따로 할 얘기가 있는 모양이었다.

"뭐예요?"

나는 냉장고 문을 열며 강주희에게 물었다. 그러자 강주희가 핸드폰을 내민다.

"이거 봐봐."

핸드폰 화면에는 기사 하나가 떠 있었다.

[단독] KIS 드라마 〈미래를 갔다 온 여자〉 표절 의혹?
—방송가에 또다시 태풍이 불 전망이다. 드라마 제작 과정에서부터
바람 잘 날 없었던 〈미래를 갔다 온 여자〉는… 비영리단체 사단법인 극
본저작권협회는 〈미래를 갔다 온 여자〉가 협회 소속 작가의 시나리오
소재와 설정을 베꼈다며…

＊　　　　　＊　　　　　＊

"아휴, 마 기자님, 기사 잘 봤습니다! 감사합니다!"
핸드폰을 내려놓은 그는 책상 거울을 바라봤다.
짧은 스포츠머리는 설원처럼 하얗고, 찌푸려진 이맛살은 신경
질적으로 보이며, 굵고 거친 눈썹과 자글자글한 눈주름은 사나
워 보인다.
곰팡이 냄새 가득한 대학로의 허름한 건물에서 이 자리까지
오는 동안 얼굴에 악만 남은 것이다.
한때는, 이 얼굴에 주름 하나 없던 시절이 있었는데.
근심 걱정 없이 영화만 생각하던 때가 있었다.
그러나 어디서 개잡놈 같은 배우 하나 잘못 썼다가, 어디서 개
또라이 같은 놈이 찾아와서 제 허벅지를 칼로 쑤시고 사라진 뒤
로 인생이 내리막길로 치달았다.
뭐만 하려고 하면 일이 어그러지고, 사람들은 기피하고.
이유를 알 수 없어서 미쳐 돌아버릴 것 같았는데, 뒤늦게야

그 이유를 알았다.

'너 강주희한테 찍혔냐? 강주희 알지? 졸라 잘나가는 배우. 걔가 너 콕 집어서 나쁜 놈이라고 소문냈대.'

왜?

그 이유를 또 알아봤더니, 강주희 매니저가 그놈이었다. 개또라이.

결국 영화를 계속하려면 다른 길을 택해야 했다. 그래서 중국으로 건너갔지만, 그나마도 한한령 탓에 귀국해야 했다.

"대표님, 왜 그러세요?"

"아니에요. 옛날 생각이 나서."

"옛날 생각이요?"

"그런 게 있어요. 두 번 다시 마주치기 싫은 개또라이가 있었거든요."

"개또라이요? 협회장님도 피하고 싶은 사람이 있으세요?"

"있어요. 나 염춘재를 소름 끼치게 만들었던 괴물이."

무심코 고개를 숙인 염춘재는 순간 바닥에 흥건한 피를 보고 몸서리를 쳤다.

"괜찮으세요?"

"옛날 생각이 자꾸 나네요."

피는 사라지고 눈앞에는 표절을 제기한 작가가 앉아 있다.

'그래, 설마 그놈을 또 마주치겠어?'

그러고 보니 개또라이 그놈, 어디서 뭘 하고 있으려나.

아직도 강주희 매니저인가.

중국에서 귀국한 지 얼마 안 돼 한국 사정에 캄캄한 염춘재였다.

'하긴, 세월이 많이 흘렀지. 코앞에서 마주친다고 알아볼까. 촌티 풀풀 나던 놈이었는데.'

어쨌든 과거는 과거일 뿐이다.

지금은 새로운 사업에 집중해야 할 때.

중국에서 염춘재는 새로운 것에 눈을 떴다.

'저작권!'

저작권 따위는 개나 줘버리는 대륙의 기상 앞에서 깨달은 바가 있었다.

이 세상에 더는 새로운 것이 없다는 것이다.

아이디어는 돌려쓰라고 있는 것이며, 귀에 걸면 귀걸이요 코에 걸면 코걸이인 것이다.

그게 무슨 말인고 하니.

"작가님 명심하고 또 명심하세요. 우리는 정당한 권리를 요구하는 겁니다. 우리 작가님 아이디어를 표절한 거니까. 흔해 빠진 설정이 아니고, 우리 작가님만의 오리지널이라고요."

"협회장님이 보시기에도 그렇죠?"

염춘재는 고개를 끄덕였다.

"당연하죠. 우라까이도 적당히 쳐야지 말야. 소재하고 설정이 완전히 똑같잖아요?"

눈앞의 작가는 꿈을 통해 미래를 본 여자가 미래의 지식으로 사랑도 일도 쟁취한다는 스토리로 인터넷에 연재를 한 적이 있다.

하지만 반 권 분량 정도의 연재 끝에 손을 떼고 잊고 있었는데, KIS 신작 드라마 광고를 보고 정신이 번쩍 든 것이다.

아니, 내 소설과 똑같잖아?

미래를 본 여자, 미래의 지식 활용, 로맨스.

세 가지 키워드가 동일할 수는 없다.

그래서 작가는 〈미래를 갔다 온 여자〉를 표절이라고 결론짓고 인터넷을 검색했고, 비영리단체 사단법인 극본저작권협회의 문을 두드렸다.

"근데 바로 연락이 올까요? 기사 내기 전에 내용증명을 먼저 보낼 걸 그랬어요."

"우리가 기사 하나 안 내고 저쪽에 연락하면 전화나 받을까요? 호랑이 담배 피우던 시절에야 우는 애 떡 하나 더 줬지, 요즘은 떡판을 뒤집어야지 흙 묻은 떡이라도 얻어먹을 수 있는 겁니다."

"그런가요?"

"그럼요. 더구나 촬영 중이면 뜯어고치기라도 하지, 사전제작 드라마니 뭐 어떻게 할 수가 없죠. 걱정 마시고, 나만 믿고 따라오시면 됩니다."

자신만만한 태도와 푸근한 목소리.

염춘재의 미소 앞에서 작가의 얼굴은 하늘에서 내려온 한 줄기 빛을 마주한 듯 환해졌다.

*　　　　*　　　　*

며칠 후.

"이번에도 대표님이 전 작가님 도와주실까요?"

오늘도 열심히 퓨처엔터 SNS를 관리 중인 권박하.

팬 매니저 업무를 담당하고 있는 그녀는 팬들과 소속 아티스트의 원활한 소통을 위해서 하루 중 많은 시간을 인터넷 커뮤니티 모니터링에 집중하고 있었다.

커뮤니티를 점령한 핫게시글, 연예 종사자들의 뒷얘기, 기자들의 동향을 체크하는 것은 물론 본업인 홍보와 마케팅도 챙겨야 한다.

이 업계, 그러니까 연예계는 바람 잘 날이 없다.

하루라도 조용하면 기억에서 지워질까 봐 두려운 것인지 사건 사고가 끊이질 않는다.

그리고 최근 며칠은 전유라 작가의 표절 논란이 업계를 시끄럽게 하고 있었다.

"승권 씨?"

"예? 뭐라고 했어요?"

손등에 턱을 받친 채로 멍하니 있던 김승권이 깜짝 놀라 눈을 깜빡인다.

권박하는 피식 웃고 다시 물었다.

"대표님이요, 이번에도 전 작가님 도와주실까요?"

"글쎄요, 이번에는 지켜보시기만 할 것 같은데요? 은별이도 챙겨야 하고, 릴리시크 컴백 준비도 해야 하고, 강주희 선생님도 영화 프로모션 때문에 바쁘고."

김승권이 뒷머리를 긁적인다.

어찌 됐든 최고남은 몸이 두 개라도 모자란 상태고, 무엇보다 퓨처엔터에서 전유라 작가를 도울 이유가 없다.

"우리하고 작가님이 일적으로 얽혀 있는 것도 없고. 표절 논란도 결국 당사자들이 풀어야 할 문제니까요."

"승권 씨, 지금 보니가 되게 선 긋는 스타일이구나."

무심코 던진 돌멩이에 개구리는 맞아 죽는 법.

권박하가 툭 던진 한마디에 김승권의 입이 크게 벌어졌다.

"아닌데. 나 되게 열린 사람인데."

"그래요?"

권박하의 못 미더운 반응 앞에서 김승권은 눈에 힘을 잔뜩 줬다.

"그러니까 제 말은, 솔직히 이거는 대표님이 나설 거리도 아니 란 거죠. 이런 흔한 설정이 무슨 표절이에요? 영화에서 미래나 과거 여행하는 거 흔하잖아요? 더구나 화음에 민대용 대표님이 계신데 굳이 우리 대표님이?"

"민 대표님이요?"

"예, 민대용 대표님. 이 바닥에서 산전수전 다 겪으신 분이실 텐데, 이런 일 정도야 계획이 있으시겠죠."

"그런가. 계획이 있으시려나."

여전히 뜨뜻미지근한 권박하의 표정.

김승권은 다시 말했다.

"어휴, 나 진짜 선 긋는 스타일이라는 소리는 처음 들어보네."

"에이, 장난이었어요."

"나요, 너무 열린 사람이라서 별명이 골대예요, 골대."

"하하."

"오죽하면 학교 다닐 때 수학 선생님한테 맨날 혼났어요. 왜 이렇게 선을 못 그리냐고."

"알았어요, 미안해요, 미안해."

"서언? 참나, 나 진짜 섭섭하네. 이렇게 열린 사람한테."

"알았다니까요."

"아차, 오늘 비 올지도 모른다고 그랬는데 큰일이다. 박하 씨, 저요. 창문 닫는 것도 잘 못해요. 선을 못 그어서."

"그만해요, 알았으니까."

"선이 영어로 라인이죠? L.I.N.E. 제가 학창 시절에 이 단어 외우느라 그렇게 고생했잖아요. 태생이 선을 잘 못……."

"그만하라니까요!"

아차.

입을 놀리던 김승권이 그대로 굳어버렸다.

"김승권 매니저님, 저 일해야 하니까 그만 가주세요!"

"박하 씨, 전 그냥… 농담 삼아……."

조금 잘 보이고 싶었을 뿐이라는 얘기.

그 말을 해서 오해를 풀고 싶은데, 이때 옆에서 불도저 같은 힘이 김승권을 붙잡고 자리를 이탈했다.

"아휴, 답답이, 답답이!"

김승권을 사무실 밖으로 끌고 나온 소연우가 제 가슴을 두드린다.

"오빠, 왜 이렇게 눈치가 없어요? 적당히를 몰라."

"난 그냥, 재밌게 해주려고."

"그게 재밌어? 아라야, 이 오빠 어떻게 해야 하나?"

팔짱 끼고 삐딱한 자세로 서 있는 권아라.

그녀의 답은 간단했다.

"포기해요. 주위 사람 다 아는데 진도가 안 나간다는 얘기는,

박하 언니는 매니저님한테 1도 관심 없는 거예요."

"야! 두들겨 맞은 사람한테 카운터펀치를 날리면 어떻게 해?"

소연우가 펄쩍 뛰었지만, 이미 김승권의 다리는 풀려서 비틀거리고 있었다.

그때, 가만히 상황을 지켜보던 송지수가 손을 살짝 들었다.

"저, 제가 한마디 해도 될까요?"

고개를 끄덕이는 김승권, 소연우, 권아라.

"일단 준비가 필요한 것 같아요."

"무슨 준비?"

"어… 일단, 스타일을 조금 바꾸시는 게 어떨까요? 지금은 좀……."

"좀… 별론가?"

고개를 끄덕이는 소연우, 권아라, 송지수.

"뭐, 그거는 서희 언니한테 부탁하면 금방이니까 너무 걱정 마시고요."

"그래? 그럼 또 다른 건?"

"매니저님이 외모는… 어……."

풍랑 속 배처럼 눈동자의 거친 흔들림 끝에 송지수는 간신히 말을 이었다.

"훈남이시잖아요?"

고개를 끄덕이는 김승권.

고개를 가로젓는 소연우와 권아라.

"제가 보기에는 헤어스타일을 깔끔하게 정돈하고, 얼굴에 있는 잡티 정도만 피부과 몇 번 다니면서 정리하면 확 달라지실걸요?"

"그래?"

"예. 그러면 가능성이 있다고 봅니다."

송지수는 발언을 끝내고 주먹을 꽉 쥐었다.

'힘들었어.'

다행히 어드바이스가 마음에 들었는지, 김승권 멘탈이 회복되는 기미가 보인다.

"그래, 까짓것 해보지 뭐. 사랑도 노력이 필요한 거잖아? 그럼 딱 그것만 준비하면 된다 이거지?"

다시 이어진 질문에 잠깐 당황한 송지수는 대답을 뜸 들이며 김승권을 찬찬히 살폈다.

'스타일링 좀 하고, 외모도 관리하면……'

이때, 계단에 그림자가 드리워졌다.

위층에서 대표님이 내려오는데, 복도 창에서 들어온 햇살에 눈이 부신지 한쪽 눈을 찌푸리며 웃고 있다.

"다들 여기서 뭐 해?"

여름 바람 소리 같은 웃음소리를 흘리시며 지나가는 대표님.

그리고 복도에 남은 김승권과 소녀들.

"지수야? 왜 대답이 없어?

망설임 끝에 송지수는 눈을 질끈 감았다.

"죄송해요!"

"뭐가?"

"훈남이라고… 거짓말한 거요!"

잠깐의 정적이 흐르고.

소연우와 권아라가 송지수의 손목을 잡아챘다.

"언니, 도망쳐요!"

.

.

.

"쟤들 뭐 하는 거야?"

사무실에 들어와서 창밖을 내려다보니 릴리시크 애들이 정신없이 뛰어가고 있고, 그 뒤를 김승권이 쫓고 있다.

"잘들 노네."

피식 웃고 소파에 앉는데, 저승이가 다리를 꼬며 묻는다.

[전유라 작가 어떻게 할 거예요?]

"이번에는 지켜보려고."

조금 걱정은 되지만, 그녀가 이번 일을 잘 이겨낼 수 있을 거라고 믿는다.

사실 대부분의 표절 논란은 결국에는 시간 싸움이다.

실제로 표절이 이뤄졌어도, 표절한 측에서 그걸 그대로 가져다 쓰진 않기 때문에 법정 싸움까지 가도 표절 여부를 밝히기 어렵다.

"다만 걱정되는 건 이게 사전제작 드라마인데다, 이런 일은 결과가 어떻든 작가에게는 흠으로 남을 수밖에 없거든."

표절이 아니라고 밝혀져도 한번 새겨진 주홍 글씨는 쉽게 지워지지 않는다.

[자칫 잘못하면 그녀의 운명이 또 한 번 흔들릴 수 있는데도요?]

"하지만 스스로 이겨낸다면 전 작가의 운명은 더 강해지겠지."

뭐, 아주 믿는 구석이 없는 건 아니다.

민대용 대표.

그 사람이라면 계획이 있을 거다. 분명하고, 확실한.

드라마계의 미다스의 손 아닌가.

*　　　　*　　　　*

"전 작가, 누구나 다 처음은 있는 겁니다. 앞으로는 여기 자주
오게 될 거고."

"글쎄요."

민 대표의 어르는 목소리를 들으며 전 작가는 주위를 둘러봤
다.

북촌 마을이나 경복궁에서나 볼 법한 한옥 기와집이라니.

아무래도 전 작가는 이곳이 영 불편했다.

"대표님은 여기 자주 오세요?"

"나만 자주 오는 게 아니야. 얼마나 용한지 알아? 정치하는 사
람들 여기 문턱이 닳도록 들락거린다니까?"

"그렇게 용해요?"

"용하지!"

민 대표가 멧돼지 다리 같은 제 허벅지를 찰싹 내려친다.

"500살 마녀 때도 우리 작품 아주 대박 날 거라고 했다니까?
한마디 한마디가 퍼즐 맞추듯이 딱딱 맞아."

"아, 그래요?"

하긴.

전 작가도 이쪽 업계 사람들이 점을 자주 본다는 얘기는 얼핏 들어서 알고 있었다.

"그리고 말이야……."

민 대표가 다시 콧바람을 들썩이며 입을 열 때였다.

생활한복을 입은 남자가 다가와 둘을 안내했다. 미닫이문을 지나고, 마침내 전 작가는 그 유명한 강남 무당을 마주했다.

두 사람이 자리에 앉자 무당은 여기 온 목적도 묻지 않고 밥상 위에 쌀알을 흩뜨렸다.

미간을 찌푸려 눈썹을 가득 모으고 한참을 보더니, 갑자기 눈썹이 탁 펴진다.

조바심 난 민 대표가 얼른 물었다.

"어떻습니까? 이번 사태 잘 넘길 수 있겠습니까?"

그러자 한마디 툭 뱉는 무당.

"가."

"가라니요?"

민 대표는 두꺼운 목을 다시 내밀었다.

"여길 왜 왔어? 여기 올 게 아니라 이런 일은 전문가한테 맡겨야지."

"제가 전문가 안 찾아가 봤겠습니까? 변호사도 혀를 내두릅니다. 걔들 아주 미친놈들이라니까요? 아니, 별것도 아닌 것 가지고 지금 언론플레이 하고 지랄도 아닙니다! 법정 가서 따지는 동안 우리 드라마가 폭망하게 생겼는데 우리가 누굴 찾아가요?"

"그러니까, 가라고. 나 말고 전문가한테."

"그 전문가가 누군데요? 그걸 알려주셔야죠!"

그러자, 무당이 전 작가를 바라본다.

흠칫 놀란 전 작가의 목울대가 크게 요동친다.

"흠, 재밌네. 모자란 놈에게는 해가 되더니, 여기는 귀인 중의 귀인으로 붙었어."

"그게 무슨……."

"가서 물어봐, 그 사람한테."

"그 사람이요?"

순간, 왜인지 모르겠지만 전 작가의 머릿속에 최고남이 떠올랐다.

무당은 생각을 알고 있다는 듯 피식 웃더니 다시 말했다.

"자네와 귀인의 연이… 길 듯하면서 짧고, 짧은 듯하면서도 길어. 참 묘하네."

무당의 검은 눈동자가 신비롭다.

전 작가는 입술을 잘근 씹고 다시 물었다.

"길 듯하면서 짧고, 짧은 듯하면서도 길다고요?"

"걱정 마. 한동안 연이 끊길 일은 없을 테니까. 가봐."

"아니, 진짜 이대로 가라고요?"

"왜? 너도 밥상 엎을 거냐?"

"아이고, 그럴 리가요!"

놀란 민 대표가 손사래 친다.

"명심해. 너희 둘은 그 귀인만 붙들면 돼. 다만, 너는 무슨 잘못을 해도 귀인이 챙겨주겠지만, 너는 실수하면 끝이야."

자신을 가리키는 부채 앞에서 민 대표는 마른침을 꿀꺽 삼켰다.

머뭇거리다가 일어나는데, 무당이 전 작가를 향해 넌지시 말한다.

"하지만 언제까지고 그 귀인이 널 지켜주진 않아. 제 운명은 제 손으로 지킬 때 강해지는 법이야."

결국 소득 없이 점집을 나온 두 사람은 근처 카페에 자리 잡았다.

복비 아깝다고 투덜거리는 민 대표와 달리 전 작가는 무당의 마지막 말이 귓가에 아른거려서 아무 생각도 할 수가 없었다.

제 운명은 제 손으로 지킬 때 강해지는 법이라는 말.

'그래, 내 글이잖아. 이거 표절 아니잖아.'

그런데 최고남을 찾아가서 도와달라고 말하면 안 되지.

아니니까.

"대표님, 저쪽에서 주장하는 최초 연재일이 언제라고요?"

"초고 작성일이 14년도 9월이라던데?"

"미래를 갔다 온 여자 초고는 제가 대학 다닐 때 썼어요."

하지만 입증하기 애매하다.

전 작가는 대본을 쓰는 동안 수없이 수정과 수정을 반복하기 때문에 대본 파일은 때마다 날짜와 시간이 바뀌었다.

하물며 파일을 컴퓨터가 아닌 클라우드에 저장하기 때문에 더더욱 입증은 불가능했다.

"그럼, 그 초고 뭘로 썼어요?"

"동아리… 노트북으로 썼던 것 같아요, 아니, 맞아요. 동아리 노트북."

"그 노트북 혹시 있을까? 있으면 복원이라도 맡겨보게."

민 대표는 빼죽 나왔던 입술을 제자리에 돌리고 자세를 바로 잡았다.

전 작가의 눈빛이 변했다.

*   *   *

"절대, 절대 최고남 대표님에게 얘기하시면 안 돼요. 아셨죠?"

─알았어요, 알았어. 최 대표한테 얘기 안 해. 근데, 진짜 혼자서 괜찮겠어요?

"예, 저 혼자 다녀올 수 있어요."

─전 작가 졸업한 지도 꽤 됐는데 동아리에 그 노트북이 있을까 모르겠네.

"일단 가보려고요."

─그래요, 뭐라도 해야지. 못 찾아도 너무 걱정 말고. 이건 싸워보나 마나 한 게임이니까.

단지 시간문제일 뿐이라는, 그 말을 귀에 딱지가 앉을 정도로 들었지만 그 시간 동안 얼마나 많은 걱정과 가슴앓이를 해야 할까.

예전이었으면 견디지 못했을 것이다.

하지만 지금 전유라 작가에게는 민대용 대표가 있었고, KIS가 있고, 최고남이 있었다.

'그래, 일단 가보는 거야!'

차라리 소풍 나왔다고 생각하자.

그렇게 다짐하고 버스에 오른 전유라는 창가에 자리 잡았다.

그런 다음 귀에 이어폰을 꽂고 좋아하는 옛날 노래를 찾는다.
2000년 8월에 발매된 걸 그룹 3W 2집의 수록곡……

좋아한다고 말할까 사랑한다고 말할까

'나는 매일 당신이 궁금해요.'

온종일 소식을 기다리느라 일이 손에 잡히질 않아요
좋아한다고 말할까 사랑한다고 말할까, 겁이 나요 당신이 놀랄
까 봐
좋아한다고 말할까 사랑한다고 말할까, 걱정돼요 당신이 싫어할
까 봐
시간이 흘러 당신 곁에 내가 없더라도
지금은 당신 보며 떨고 있는 내 모습이 너무 좋아요.

'좋아한다고 말할까 사랑한다고 말할까, 걱정돼요 당신이 싫어
할까 봐.'
전유라는 입을 벙긋벙긋 움직이며 소리 없이 노랫말을 속삭
였다.
그 시절의 정서와 1세대 걸 그룹의 목소리가 고스란히 묻어
있는 사랑 노래를 듣고 있으니 세상이 아름다워 보인다.
이럴 때 눈요기가 빠지면 안 되지.
그래서 만화를 보기 위해 핸드폰을 켜고 어플을 다운받았다.
"요즘 이 어플이 흥하던데."

세상에나.

N포털의 '시리즈'라는 어플을 켰더니 재밌는 만화며 소설이 한 보따리 아닌가.

이렇게 완벽한 어플이 있었다니.

—정민수! 너에게 고백할 게 있어! (순정 만화 히로인 후보1)

—뭔데? (순정 만화 주인공, 엄청나게 잘생겼지만 퉁명스러움)

—난 사실 기척을 숨길 수 있는 능력이 있어!

—뭐라고?

—그래서 널 따라다니면서 몰래 관찰을 했다구!

—어, 어떻게? 기척을 숨기는 게 가능하단 말이야?

—가능해! 나한테 귀신이 빙의하면 되거든.

—무슨 소리인지 모르겠어. 대체 왜 그런 거야?

—그렇게라도 하지 않으면, 민수는 나한테 관심이 없는걸? 이것 밖에 방법이 없었다구!

'훗, 기척을 숨길 수 있는 능력이라니.'

전유라는 자신에게 이런 능력이 있었다면 뭘 해볼까를 잠깐 생각했다.

하지만 머릿속 생각은 이내 19금 딱지가 붙었고, 그녀의 얼굴은 빨개졌다.

그래서 서둘러 핸드폰을 내려놓고 얼굴에 손부채를 부치면서 차창 밖을 바라봤다.

완벽한 햇살과 좋아하는 노래, 그리고 좋아하는 만화를 보고 있으니 근심 걱정이 사라진다.

"아, 오늘 좋은 일만 있을 것 같다!"

기지개를 쭉 켜는데.

"응?"

왠지 누군가 지켜보는 것 같은 느낌에 무심코 뒤돌아봤지만.

아무도 없다.

*   *   *

[Y대 상모현(상상하는 모든 현자들) 동아리실]

"야, KIS에서 새로 하는 드라마 봤냐?"

"미래를 갔다 온 여자?"

"어, 그거 장난 아니게 재밌더라고!"

"표절이잖아?"

"에이, 그거 아니라고 반박 기사 났잖아?"

"그랬는데, 표절 주장한 쪽에서 추가 기사 나왔잖아. 심지어 드라마보다 훨씬 전에 인터넷에 연재도 했고."

"대박."

"그거 알아? 드라마 작가가 우리 동아리 선배인 거."

"헐, 진짜?"

"그렇다니까. 우리 상모현의 수치야, 수치."

동아리실 소파와 의자에 둘러앉은 학생들이 한창 드라마 얘기에 빠져 있을 때였다.

"실례합니다."

똑똑, 노크 소리와 함께 낯선 여자가 문을 열고 들어왔다.

학생들은 서로를 보며 고개를 갸웃했다.

"누구세요?"

"아, 저는 2013년도에 졸업한 사람인데요. 상모현 활동도 했었고요."

"아! 선배님이시구나!"

서둘러 자리에서 일어난 학생들은 밝은 표정으로 선배를 반겼다.

발 빠르게 동아리 명부를 가져온 여학생이 명부를 펼치며 묻는다.

"선배님 성함 좀 여쭤봐도 될까요?"

"전유라입니다."

"전유라 선배님… 어디서 들어본 것 같은데."

명부를 훑어 내리던 여학생의 검지가 우뚝 멈췄다.

"혹시, 공서의 전유라 작가님 아니세요? 이번에 방송하는 미래를 갔다 온 여자도?"

"예, 맞아요."

입이 벌어진 학생들, 다음 순간 남학생 한 명이 전유라의 손을 덥석 잡았다.

좀 전까지만 해도 전 작가를 상모현의 수치라고 했던 그 입에서는…….

"선배님, 영광입니다!"

"정말요?"

자초지종을 들은 후배들은 제 일처럼 안타까워했다.

"드라마 초고를 동아리실 노트북으로 썼었거든요. 그래서 찾아온 거예요. 혹시나 그 노트북 아직도 있나 해서요."

"어쩌죠? 오래된 비품들은 싹 정리했는데."

"그래요?"

아무래도 어려운 듯 보였다.

그래도 여기까지 왔는데.

전유라는 망설이다가 다시 물었다.

"혹시, 그 비품들 어떻게 처분했는지 알 수 있을까요?"

"잠시만 계세요. 저희가 알아볼게요."

"그러면 부탁 좀 할게요."

후배들은 다부진 얼굴로 비품의 행방을 여기저기 알아보기 시작했다.

전화를 돌리는 후배, 행정실로 달려간 후배, 혹시 몰라서 동아리실을 다시 뒤져보는 후배.

그 모습이 너무 고맙고 미안해서, 전유라는 앉지도 못하고 선 채로 동아리실을 둘러봤다.

"이게 아직도 있네."

동아리의 역사를 함께한 해어진 소파와 낡은 의자.

한때는 그녀 역시도 이곳에서 선배들의 이야기를 귀담아들었고, 여름 더위를 피해 이곳에서 꾸벅꾸벅 졸기도 했고, 겨울에는 여기 앉아 창밖에 내리는 눈을 보며 컵라면을 먹기도 했다.

사실 동아리에 가입했던 것도 지나가다가 얼떨결에 붙잡혀서였는데.

시간이 제법 흘렀지만 기억은 고스란히 남아 있었다.

"선배님! 선배님!"

행정실에서 돌아온 후배가 밝은 얼굴로 들어왔다.

"저희가 알아봤는데요, 작년쯤에 상모현 7기 선배님 댁에 택배로 보냈다고 하더라고요."

"7기면……."

"조선화 선배님이요."

대학 동기의 이름이 나오자 전유라는 안도의 한숨을 나직이 내쉬었다.

후배가 메모지를 내밀었다.

"연락처 적어 왔거든요."

"고마워요."

"아닙니다!"

"그러고 보니 경황이 없어서 빈손으로 왔네."

"아니에요, 선배님! 저희는 괜찮습니다."

"오늘 정말 고마워요. 내가 곧 다시 한번 들를게요."

전유라가 다음을 기약하고 동아리실을 떠나자, 후배들은 그녀가 남긴 명함을 돌려 보며 다시 수다를 이었다.

"상모현 출신이 드라마 작가라니!"

"노트북 찾으면 진짜 대박인데."

"꼭 찾으셔서 선배님 누명 벗었으면 좋겠다."

트라우마 극복기 87

"근데, 너무 뛰어다녔더니 배고프네."

"짜장면 먹을까?"

"그럴까? 우리 탕수육도 하나 시키자."

"돈 없다."

후배들이 짜장면을 주문하려고 돈을 걷을 때였다.

또다시 노크 소리가 들리고 문이 열렸다.

헬멧을 쓴 배달원이었다.

"여기가 상모현이죠?"

"맞는데요."

뒤이어 피자와 치킨이 동아리실 책상에 놓였다.

"헐, 이거 누가 시킨 거야?"

"설마, 선배님 아니야?"

이때, 또 배달원이 도착했다.

"상모현이죠?"

이번에는 짜장면과 탕수육이 놓이고, 문을 닫으려는데 또 다른 배달원이 들어와서는.

"상모현이죠?"

아이스크림까지 놓고 갔다.

동아리실을 나가려는 배달원을 여학생이 붙잡았다.

"아저씨, 이거 누가 주문했어요?"

"남자분이셨는데, 전유라 작가님 매니저라고 하더라고요. 맛있게 드시래요."

그리하여 책상 위에 가득한 배달 음식 앞에서 학생들은 한마음 한목소리로 외쳤다.

"존경합니다, 선배님!"

*   *   *

―그 노트북? 그거 승수 선배한테 보냈는데.

"승수 선배?"

―어, 원래 선배 거였거든. 한번 연락해 봐.

동기의 말에 전유라는 아무 말 못 하고 아랫입술만 빨아들였다.

―아, 너 승수 선배한테 고백한적 있었지. 좀 불편하려나.

"아니야, 괜찮아."

―그럼, 선배 일하는 회사 위치하고 연락처 문자로 보내줄게.

"어, 고마워!"

바로 문자가 도착했지만, 한숨만 나온다.

고백은 무슨. 그게 언제 적 일인데…….

"할 수 있어. 그래. 할 수 있어, 전유라!"

.

.

.

"홍보팀 에이스가 뭐 하러 있는 거야? 이럴 때 쓰라고 있는 거지."

"팀장님, 릴리시크는 캐스팅이 안 된다니까요?"

홍보팀 승수 씨는 지친 얼굴을 두 손에 파묻고 속삭였다.

하지만 팀장의 성화는 멈추지 않았다.

"승수야, 세상에 안 되는 게 어디 있어? 회장님 늘 하시는 말씀 몰라? 안 된다고 하지 말고, 아니라고 하지 말고, 긍정적으로!"

"릴리시크는 활동도 쉬고 있고, 대행사 말로는 그쪽 회사에서 행사 안 하겠다고 선을 그었대요."

"하는 데까지 해봐, 내가 윤소림을 데려오라는 것도 아니잖아?"

"윤소림이요?"

"왜? 가능해?"

되겠냐?

"대행사 쪽에 다시 한번 연락해 보겠습니다."

"윤소림?"

"릴리시크요!"

"흠! 아무튼, 회사 창립 기념일 행사에 무조건 릴리시크 와야 한다. 알지?"

팀장이 담뱃갑을 들고 사무실을 나가고서야 홍보팀에 숨통이 트인다.

"아니, 회장님 손자분은 웬디즈 좋아하지 않았어요?"

"어린놈의 새끼가 벌써부터 덕질이야."

"이러다가 우리가 행사에서 릴리시크 춤 춰야 하는 거 아니에요?"

"끔찍한 소리 하지 마! 어떻게든 릴리시크 섭외한다!"

승수 씨가 주먹을 불끈 쥐며 각오를 다질 때였다.

"김 대리님, 로비에서 김 대리님 찾는 분 계시는데요?"

"날? 누군데?"

"여성인데, 대학 후배래요."

누굴까. 올 사람이 없는데.

궁금증에 걸음걸이가 빨라진 승수 씨는 순식간에 로비로 내려왔다.

멀리서 보이는 옆모습은 누구지 전혀 알아볼 수가 없었다. 조금 더 가까이 오고서야 어렴풋이 누군지 알 것 같았다.

하지만 그래도 긴가민가해서 물었다.

"⋯전유라?"

"예. 저예요, 선배."

승수 씨의 얼굴은 반가움에 활짝 폈다. 전유라도 수줍게 웃는다.

"연락도 없이 와서 죄송해요. 선화가 준 번호가 다르더라고요."

"아니야, 괜찮아. 근데 너 몰라보겠다! 많이 변했네."

"선배는 그대로네요."

"그래? 나 많이 늙었어. 배도 많이 나오고."

"잘 지내셨죠?"

"나야 너무 잘 지낸다. 너는? 잘 지냈지?"

졸업한 뒤로 오랜만의 만남이었다.

그래서 할 얘기도 많고 하고 싶은 얘기도 많았지만, 직장인이 긴 시간 동안 자리를 비울 수는 없는 노릇.

"노트북? 그거 집에 아직 있을 거야."

"그거 좀 저한테 보내주실 수 있으세요? 돈은 드릴게요."

"됐어, 인마. 그거 버려도 안 주워 갈 물건이야. 나도 그냥 버릴까 하다가 옛날 생각 나서 그냥 뒀던 거야."

"그래도 계좌번호 주시면⋯⋯."

"됐다고."

승수 씨는 손을 휘젓고 후배 전유라와 명함을 주고받았다.

．

．

．

"누구예요? 그 후배."

담배 한 대 피우려고 직장 동료와 함께 옥상에 올라온 승수 씨.

"내가 좋아했던 후배."

"정말요?"

승수 씨는 담배 연기를 뱉으며 잠깐 옛날 생각을 떠올렸다.

동그란 안경을 쓴 여자 후배가 조막만 한 손으로 노트북을 두드리던 모습을.

"그럼, 학교 다닐 때 고백했어요?"

"아니."

"왜요?"

"내가 자격지심으로 똘똘 뭉쳤던 때였거든."

어느 날 전유라가 고백을 해왔지만, 승수 씨는 집안 사정으로 휴학을 해야 해서 거절했다.

그래서 그랬다.

초라한 모습을 보이고 싶지 않아서. 바보같이.

"후배분 지금 뭐 하신대요?"

"드라마 작가야."

"드라마 작가요?"

"응. 윤소림 데뷔작이 내 후배가 쓴 드라마잖아."

"정말이요?"

"그렇다니까? 대단하지?"

자랑스럽게 턱을 내미는 승수 씨의 얼굴에는 미소가 만연했다.

하지만 예기치 못한 일이 생겼다. 짧은 담배 타임을 끝내고 돌아왔을 때였다.

팀장이 눈이 댕그래져서 반기는 게 아닌가.

"김 대리! 너 대체 무슨 짓을 한 거야?"

"예? 뭐가요?"

"릴리시크가 하기로 했대!"

무슨 뚱딴지같은 소리를.

대행사에 아직 연락도 안 했건만.

"팀장님, 지금 대행사 연락할게요. 아니, 담배 한 대 피우고 왔다고 사람을 이렇게 쪼면 어떻게 합니까?"

"아니야. 나 지금 너 쪼는 거 아니야. 진짜라고, 팩트!"

"…정말이요?"

승수 씨의 눈이 가늘어졌다.

"네 후배가 부탁했다는데?"

"제 후배가요?"

"그래! 네 후배 엄청 유명한 드라마 작가라며? 릴리시크 소속사 대표가 작가님 부탁이라서 하겠다고 했대. 이야, 우리 김 대리가 이런 인맥이 있었다니. 최고야, 최고!"

팀장은 경박하게 쌍따봉을 날리고 나서 여전히 얼이 빠져 있는 승수 씨를 보며 속삭였다.

"근데 릴리시크 소속사 대표 말이야, 행사비는 1원도 안 깎아 주더라. 치사하게."

*   *   *

[단독] 드라마 〈미래를 갔다 온 여자〉 제작진, 작가 초고 파일 공개!
[투데이IS] 전유라 작가 표절 누명 벗었다!!
[HOT이슈] '미래 여자' 제작사 화음, 사단법인 극본저작권협회에 역으로 표절 제기

전 작가가 힘겹게 찾아온 노트북은 사용이 불가능할 만큼 온갖 파일들로 가득 차 있었다고 한다.

하지만 그랬기 때문에 다행히 수년 전 파일이 그대로 있었고, 화음 측에서는 곧바로 초고 파일을 기자들에게 공개하고 보도 자료를 돌렸다.

그렇게 표절 논란이 일단락되고 나서 나는 고생한 전 작가를 달래줄 안주와 캔 맥주를 들고 찾아갔다.

"십년감수했다니까요?"

"그래도 천만다행이네요. 노트북 찾아서."

"그러니까요! 진짜 기대 안 했는데."

"노트북… 혼자 찾으러 갔다면서요?"

전 작가가 지평선처럼 굳게 다문 미소를 끄덕인다.

"나한테 얘기해서 같이 가지 그랬어요?"

"뭘 그런 거 가지고 같이 가요. 나 혼자 하면 되는 걸."

"흠, 나 조금 섭섭해지려고 하는데요?"

"대표님 바쁠까 봐 그랬으니까, 이걸로 봐주시죠."

일부러 눈꼬리 올리고 엄살을 부렸더니 전 작가가 결 따라 찢은 쥐포를 내민다.

나는 쥐포를 받아 입에 넣고 질겅 씹으며 물었다.

"민 대표님께 듣자니까, 한두 군데 들른 게 아니라면서요? 고생 많이 했다던데."

"원해요?"

갑자기 뭘?

내가 눈썹만 꿈틀 올리는 게 재밌는지 날 보는 전 작가의 눈이 생글생글 웃는다.

"그 험난했던 여정이 듣고 싶으냐고요."

그 얘기구나.

나는 왼팔을 소파에 비스듬히 기대며 물었다.

"당연히 듣고 싶죠."

"얘기를 해드릴까 말까."

말할 거면서.

전 작가는 잠깐 고민, 아니, 고민하는 척하고 말했다.

"잘 들으세요. 제가 어디어디 들렀냐 하면……."

사뿐하게 운을 뗀 그녀는 그날 하루의 일을 소상히 얘기하기 시작했다.

졸업한 대학을 찾아간 일부터, 대학 선배를 만난 일까지.

동아리 후배들을 만났을 때는 생각보다 적극적으로 도와줘서 고마웠으며, 대학 선배는 오랜만에 얼굴을 봐서 너무 좋았다고.

물론 빼먹은 이야기도 있었다.

퉁명한 택시 기사 때문에 소심해졌던 순간이나, 편의점에서 혼자 쓸쓸하게 김밥을 먹으며 배를 채웠던 얘기는 쏙 빠졌다.

"근데, 이상하게 누가 날 지켜보는 느낌이 들더라고요."

미간을 찌푸린 전 작가가 쥐포를 입에 문다.

질겅질겅 씹는 모습을 보면서 나는 웃음을 참고 물었다.

"그래요? 누가 지켜보는 느낌이었으면, 기분 나빴겠네."

"아니요. 전혀."

전 작가는 맥주를 한 모금 마시고 다시 말했다.

"든든했어요. 꼭 날 지켜주는 것 같아서."

그랬다면 다행이고.

"저요, 동창회도 한번 나가보려고요. 그동안 글도 잘 안돼서 안 나갔는데, 이제는 나가볼까 해서요."

"잘됐네. 집에만 있지 말고 좀 그래 봐요."

"너무 염치없어 보이진 않을까요? 조금 잘되니까 얼굴 비치는 것도 얌체 같고. 싫어하는 친구들도 있겠죠?"

"그러면 좀 어때요? 누가 좀 싫어하면 어떻고."

"아는데, 제가 좀 소심하잖아요. 솔직히 상처받을까 봐 겁나요."

나는 이마를 긁적거리다가 말했다.

"작가님, 그거 알아요?"

"뭘요?"

"창작하는 사람은 상처도 글로 쓸 수 있어요."

"그건 그런데."

"상처받는 거 두려워하지 마요. 아파봐야 낫는 방법도 배운다잖아요."

전 작가가 잠깐 날 뚫어지게 보더니 조심스럽게 묻는다.

"…그리고요?"

"뭐가 또 그리고예요?"

"아니, 뭐, 로맨스 남주라면 이럴 때 결정적 대사가 있으니까."

내가 로맨스 남주는 아니지만. 나는 잠깐 고민하고 말했다.

"상처받으면… 내가 호 해줄게요."

"으! 느끼!"

전 작가는 쥐포를 깨문 채로 몸을 부르르 떨었다.

*   *   *

"훗, 이렇게 나오시겠다?"

화음의 반박 기사를 본 염춘재는 피식 웃고 말았다.

전 작가 측에서 초고 파일을 증거 자료로 내밀고 표절이 아니라고 반박하고 있지만, 그게 뭐?

이쪽은 드라마 방영 전에 먼저 연재를 했다는 분명한 증거가 있다.

저쪽은 다 이긴 게임이라고 착각하고 있을지 몰라도, 이쪽은 아니란 얘기다.

언플에 박차를 가하고 키워드 광고업체를 써서 인터넷 핫게시글 작업 좀 하면 분위기 반전쯤은 식은 죽 먹기일 테고, 네티즌들은 화음이라는 드라마계의 큰손과 힘없는 작가의 갈등을 보면서 분통을 터뜨릴 것이다.

"내가 중국에서 뭘 배웠는지 알아? 우기는 놈 못 이기더라 이 거야."

표절 논란으로 시청률이 내리막길에 접어들면 화음에서는 결국 손을 내밀 수밖에 없을 거다.

그때 가서 합의해 주고 잘 마무리된 걸로 끝내는 것이 염춘재의 계획.

합의가 안 되면? 그럼 마는 거지 뭐.

"오케이, 내일 마 기자한테 술 좀 사 먹이고, 광고업체 괜찮은 데 한번 찾아봐야겠네."

결과는 정해져 있다. 과정을 거칠 뿐.

그렇기에 염춘재는 계획대로 흔들림 없이 움직이면 될 뿐이었다.

그 어떤 파도가 와도, 비바람이 몰아쳐도, 세상이 뒤집혀져도 그의 계획을 방해할……

"응?"

염춘재는 순간 눈살을 찌푸렸다.

전 작가의 기사를 검색하던 중에 보게 된 기사 하나 때문이었다.

[인터뷰] 전유라 작가와 일문일답 '표절 논란 속상했지만, 퓨처엔터 대표님의 응원에 힘이 났다'

화면 속에는 전유라 작가의 환한 얼굴과 어디서 본 듯한 눈빛을 가진…….

"그, 그놈이잖아?"

옷차림이나 스타일이 많이 변하긴 했지만 특유의 건방진 눈빛은 한 치의 변함없이 그대로다.

잊고 있었는데. 아니, 애써 외면하고 있었는데.

모니터 화면이 흔들리는 것을 깨닫고서야 염춘재는 덜덜 떨고 있는 자신의 손을 마주했다.

두려워하고 있는 건가.

대륙에서 살아 돌아온 이 염춘재가?

이를 악물고 주먹을 쥐어봤지만 떨림이 쉽게 가시지 않는다.

심호흡을 하고, 염춘재는 〈퓨처엔터 대표〉를 검색해 봤다.

"윤소림 소속사 대표라고?"

윤소림이 누군지는 알고 있다.

한한령 때문에 한중 관계가 냉랭해도 한국 드라마의 인기는 여전하고 한국 배우들이 중국 SNS 검색어 상위에 랭크되는 일도 흔하니까.

"릴리시크도?"

그뿐이 아니다.

연예 매니지먼트 회사 대표 이름이 웬만한 톱스타보다 연예면 기사에 오르내리고 있었다.

누구는 중국 가서 개고생을 하고 왔는데, 이놈은 신수가 훤해진 것도 모자라서…….

"존나 잘나가고 있네."

화가 난다. 가슴에서 분노가 일렁거린다. 그 순간 손의 떨림이 멈췄다.

"그래, 그게 언제 적 일인데. 네놈이 제 허벅지를 내려찍은 미친놈이었을지 모르겠지만, 나 염춘재 역시 대륙에서 살아 돌아왔어!"

전갈이 기어 다니는 바닥에서 잤다가 물려서 사경을 헤맨 적도 있고 가짜 계란, 가짜 소고기 먹고 죽다 살아난 적도 있었다.

"먹을 게 없으면 박쥐도 씹어 먹었다고!"

염춘재는 자리를 박차고 일어났다.

머릿속이 맑게 개면서 해야 할 일이 선명히 떠오른다.

그래, 이번 기회에 전유라뿐만 아니라 최고남까지 엮어버리는 것이다.

돈과 복수를 동시에 손에 쥔다.

"개또라이 자식! 누가 더 또라이인지 보여주겠어!"

악을 내지른 염춘재는 핸드폰을 챙기고 차 키를 챙겼다. 해야 할 일이 많다. 기자도 만나야 하고, 광고업체도 만나려면 시간이 없다.

그런데 서두르던 그의 발걸음이 느려졌다.

처벅처벅.

마치 물에 빠진 것처럼 발이 무겁고 질질 끌린다.

무심코 고개를 숙인 염춘재는 너무 놀라서 굳어버렸다. 바닥에, 바닥에 피가 흥건했다.

개또라이 놈이 제 허벅지를 쑤셨을 때 본 피처럼 붉고 끈적이는 피였다.

"아니야, 내가 잘못 본 거야."

염춘재는 눈을 질끈 감았다가 힘겹게 다시 떴다. 하지만 피는 그대로였고, 더 소름 끼치는 것은 방금 전까지 아무것도 없던 책상에 칼이 놓여 있는 것이었다.

정신이 혼미해진다.

"으허허."

철퍼덕 쓰러진 염춘재.

그 옆으로 발자국이 새겨지면서 사무실 문이 살짝 열렸다가 닫힌다.

*　　　　　*　　　　　*

[아저씨도 많이 변하셨네요.]

"뭐가?"

[염춘재 말이에요. 예전 같았으면 아주 요절을 내셨을 텐데.]

"지금까지 죽지도 못하고 업보 해결하느라 개고생했는데, 저런 놈 때문에 또 업보 쌓이면 안 되지."

[환생 시켜준다고 해도 안 가시는 분이.]

"어련히 갈 거거든?"

나는 어깨를 으쓱 올렸다.

그나저나.

"야, 이왕 한 거 반빙의 한번 더 하자."

[어헛! 전 작가는 아저씨의 업보와 관련됐기에 제 능력을 십분 발휘한 것이지만, 사사로이 망자의 능력을 쓸 수는 없습니다! 저승의 엄격한 규칙이…….]

자식, 더럽게 빼네.

"야, 그놈의 규칙은 왜 매번 엿가락 늘어나듯이 제멋대로야? 맛있는 거 먹으러 갈 때는 빙의든 뭐든 제멋대로 하면서 이럴 때만 치사하게."

[나도 그 정도는 누려야죠! 내가 지금 아저씨 때문에 일을 못 하고 있다고요! 이제는 사자 일을 어떻게 하는지도 까먹게 생겼다니까요!]

이제는 뻔뻔하기까지.

살랑살랑 움직이는 저 녀석 앞머리 사이에 딱밤 한 대만 때렸으면 소원이 없겠다.

"잘됐네. 사자 일 관두고 너도 환생해."

[그게 내 맘대로 되나요.]

"내가 한번 부탁해 볼까? 그때 그 아저씨 말이 좀 통하던데."

[어허! 신께서 그 소리 들으면 노하십니다!]

하긴, 선은 넘지 말아야지.

[근데 왜요? 기척 숨길 일이 또 남았어요?]

"그냥 뭐……."

[오케이, 한번 또 힘을 써보죠.]

"진짜지?"

[대신 조건이 있어요.]

"하여간 그냥을 안 넘어가지."

[몇 번을 얘기합니까. 이게 쉬운 일이 아니라니까요? 사자의 힘을 자칫 과하게 쓰기라도 하면 빙의가 풀리지 않을 수도 있기 때문에 그 미묘한 힘의 컨트롤…….]

저승이는 일장 연설을 시작했고, 나는 아까부터 저승이의 말을 한 귀로 흘리고 있었다.

．

．

．

"그럼, 작가님 일은 잘 마무리된 거예요?"

"응, 잘된 것 같아."

"정말 다행이다."

운전 중에 조수석을 보니 윤소림이 안도의 숨을 내쉬고 있었다.

"대본 보란 거는 봤어?

"봤는데, 캐릭터가 난해한 것 같아요. 끝까지 읽어봤는데, 어렵더라고요."

"그렇게 어려워?"

"제가 아직 많이 부족한가 봐요. 그래도 대표님이 보라고 한 걸 보면 분명 메리트가 있는 대본일 텐데, 그걸 캐치하지 못하고 있으니까."

"아니야, 그거 나도 어려웠어. 별로 재미도 없고."

"그런데, 그거 왜 보라고 하셨어요?"

"배우가 대본 가리냐? 재미없는 것도 가끔은 봐줘야지. 그런 거 보면서 난 이런 작품 절대 안 한다, 그런 마음가짐을 가지는 거라고!"

"흠."

윤소림이 입술을 빼죽 내밀다가 말고 피식 웃는다.

나도 모르게 따라 웃었다.

"왜요?"

"모자에 마스크까지 썼지만 풀세팅한 여배우 윤소림보다 보기가 좋아서."

"정말요?"

윤소림이 가까이에서 날 쳐다본다. 소리 없이 웃으면서.

"그렇다고 가까이 오진 말고. 너 머리 안 감았지?"

"와, 감았거든요?"

아, 그러시구나.

"차기작 언제 들어갈지 궁금하니?"

"대표님이 때 되면 얘기해 주실 거잖아요."

"그래서 말이야, 좀 더 쉬어."

"우리 회사 이제 돈 걱정 안 해도 될 정도예요?"

돈이 걱정한다고 생기나.

로또나 한번 더 살까.

"돈이 문제가 아니고 회사가 정신없어서 그래. 이제 주희 선배도 다시 활동할 거고, 환이하고 은별이도 촬영 들어가지, 릴리시크도 컴백 준비해야 하고."

권하준도 슬슬 준비를 시작해야 하고, 김유리 쪽도 계약을 타진하는 중이라서 매니지먼트 인력이 부족한 상황이다.

"우리 지금 어디 가는 거예요?"

"너 연습생 때 지내던 숙소. 그 앞에 있는 분식점 떡볶이 먹고 싶다고 했었잖아? 지금 거기 가는 거야."

"정말요?"

"그럼 정말이지."

"와, 대박."

윤소림 얼굴이 환해진다.

"그런데, 지금 가면 사람 많지 않을까요?"

"괜찮아. 넌지 아무도 몰라볼 거야."

"모자 쓰고 마스크 써도 눈썰미 있는 팬분들은 다 알아보던데요?"

"다 방법이 있거든?"

진짜 이런 대표가 없다니까.

소속 아티스트가 좋아하는 떡볶이 한번 먹여주려고 저승사자와 딜을 하는 소속사 대표라니.

기척 한 번 숨겨주는 조건으로 패스트푸드 제사상을 차려야 한다는 점이 심하게 불공정하기는 하지만, 톱스타가 되어서 연습생 때 자주 들르던 떡볶이집에 다시 오는 일이 쉬운 일은 아니니까.

그래서…….

"아, 문 닫았다."

젠장.

부들부들 떨고 있는 내 옆에서 저승이가 낄낄 웃는다.

[비하인드 Scene]

"지훈아, 점심 먹자."

오성식 매니저는 아침에 이어서 점심때도 햄버거를 내밀었다. 결국 성지훈이 폭발하고 말았다.

"못 먹어! 언제까지 햄버거야! 김치찌개, 된장찌개, 떡볶이를 줘!"

"그래, 씨팍! 나도 못 먹겠다!"

오성식 매니저도 결국 햄버거를 쓰레기통에 집어 던지려는데, 옆에서 가느다란 손목이 나와서 그의 팔을 붙잡았다.

김나영 팀장이다.

"음식 쓰레기통에 버리면 벌 받는 거 몰라요?"

"나영 씨, 우리 언제 한국 갑니까?"

김나영 팀장이 콧바람을 내쉰다.

"가고 싶어도 아직 스케줄이……."

"몇 번을 얘기해, 나 은퇴할 거라니까. 스케줄 그만 좀 잡으라고!"

"일단 영국 방송 스케줄은 줄이고 있어요, 하지만 외교 행사는 아무래도 거시적인 차원에서 해야 하는 거라서요."

"아후, 진짜… 그래도 8월까지 넘기진 않겠지?"

김나영 팀장이 눈을 피한다.

"나영 씨는 햄버거 안 물려? 나 이러다 햄버거 트라우마 생기겠어!"

"전 어제 한식당 갔다 와서."

눈이 커진 성지훈과 오성식 매니저.

"그러게 어제 같이 가자니까 두 분이 안 가신다고."

"밥 먹으러 간다며?"

"예, 한식당에 갔죠."

"그럼 한식당이라고 얘기했어야지! 난 또 햄버거에 소시진 줄 알았잖아? 에잇! 안 되겠어. 형, 최고남한테 전화해 봐. 어서!"

오성식 매니저가 주머니에서 핸드폰을 꺼내 들었다.

"최고남 이 자식의 계획을 들어봐야겠어! 설마 날 잊지는 않았겠지!"

신호가 가고. 상대방이 전화를 받았다.

"여보세요?"

―…….

"여보세요? 최 대표님?"

―…….

오성식 매니저의 외침에도 대답이 없자, 성지훈이 핸드폰을 낚아챘다. 그는 심호흡을 하고 물었다.

"듣고 있는 거 다 알아, 이 자식아! 너 설마… 나 잊고 있었냐?"

―…….

뚝.

신호가 끊겼다.

"최고남!"

제3장
—
또다른내모습

　―잘 지낸다니 다행이네. 최고남이라는 친구 악평이 많아서 걱정했는데. 그럼 조만간에 한번 보자고.

　전화를 끊은 고석천 이사는 찬찬히 주위를 둘러봤다.

　소속 배우 강주희와 직원들이 어울리고 있는 모습이 보이고, 유리 벽 너머의 대표실에는 최 대표가 애들이나 갖고 놀 법한 형광 구슬을 손에 들고 요리조리 살펴보고 있었다.

　'신기하단 말이야. 저렇게 맹하다가도 일할 때는 확 달라진단 말이지.'

　하도 들은 소문이 많아서 까다로울 거라는 편견을 가지고 있었다.

　그런 사람이 대표니 회사 분위기도 딱딱할 거라고 생각했던 게 사실이고.

"자, 양발을 어깨너비로 벌리고, 그다음에는 왼발을 앞으로 내미는 거야, 그런 다음에 허리를 틀면서!"

절도 있는 동작에 이어 강주희의 주먹이 김승권의 귀 옆으로 길게 뻗어 나갔다.

이번에 영화 촬영을 하면서 배운 무술 동작 중 하나인 모양이다.

"어때, 맞으면 훅 갈 것 같지 않니?"

"버틸 만할 것 같은데요?"

김승권이 겁 없이 도발 버튼을 누른다.

고석천 이사는 생각했다.

'우리 회사, 너무 자유로운 거 아닌가.'

퓨처엔터 직원들의 정신상태는 매일매일이 즐거움 지수 150프로.

"승권아, 함부로 목숨을 걸지 마라."

강주희가 김승권의 어깨를 툭툭 두드린다.

"누나, 저도 왕년에 줄넘기 좀 했습니다. 2단 뛰기, 엑스 연속으로 뛰기, 양발 번갈아 하기 등등! 저 때문에 복싱장에 먼지가 가라앉질 않았죠."

"오호, 그랬어? 어이구, 잘했어."

"진짜로 한번 쳐보시겠어요?"

배를 내미는 김승권을 보면서 여직원들이 고개를 절레절레 흔든다.

"진짜? 버틸 수 있겠어?"

"그럼요!"

"오케이! 스타일팀, 붙잡아!"

"옛써!"

명령이 떨어지기 무섭게 차가희 팀장과 배서희가 양쪽에서 김승권을 붙잡는다. 마치 영화에서처럼 악당이 붙잡혔다.

"가만히 있어라, 다친다."

강주희가 눈을 빛내면서 방금 전 설명처럼 양발을 넓힌 다음 왼팔을 내민다.

그런 다음 번개처럼⋯ 뻗던 주먹이 김승권의 배 앞에서 멈칫했다.

강주희의 눈길이 닿은 곳에는 언제 나왔는지 최고남이 책상 모서리에 엉덩이를 걸치고 앉아 있었다.

형광 구슬을 바라볼 때의 멍한 얼굴은 싹 사라지고 눈에 힘을 주고 앉아 있다.

강주희가 놀이에 흥미를 잃은 어린아이처럼 의자에 털썩 앉는다.

"그래서, 성지훈은 계속 영국에 있는다?"

"영국에서 스케줄이 계속 잡히네요. 대사관 행사에도 참여해야 할 것 같고."

강주희와 성지훈의 썸은 퓨처엔터의 일급 기밀.

"왜요? 성지훈이 보고 싶습니까? 하하⋯ 흠!"

고석천 이사는 볼 따가운 눈빛 앞에서 헛기침을 하고 최고남을 돌아봤다.

"최 대표, 다큐는 어떻게 하기로 했어? 〈안녕, 성지훈〉 말이야."

"그 문제는 TVX와 상의 중입니다. 그 전에 주희 누님 예능 출연 건을 먼저 매듭지어야죠."

개봉을 앞둔 〈K라는 여자〉.

배우 강주희의 터닝 포인트가 될 수 있을 만큼 중요한 시기인 탓에 퓨처엔터는 여러 가지 홍보 방향을 염두에 두고 있다.

한때 모두가 사랑하는 여배우였으며, '가진 게 재능과 외모뿐입니다'라는 말을 스스로 할 정도로 자신감이 넘쳐서 어디로 튈지 모르는 자유분방한 이미지를 가졌던 여배우 강주희.

그런 그녀가 40대 중반을 넘기고 조연 롤에 만족하며 가족들 문제로 시들어가고 있을 때 최고남을 다시 만났다.

그런 걸 보면 두 사람의 인연도 보통이 아닌 듯하다.

"주희 씨, 이번 홍보에서 가장 우선하는 것은 이미지 변신입니다."

엊그제, 고석천 이사는 최고남과 이 문제를 논의했다.

한물갔다는 소리가 쏙 들어가게끔 여배우는 죽지 않았음을 보여줘야 한다는 데 둘의 의견이 일치했다.

다행히 그녀에게는 든든한 지원군들이 있다.

그녀를 따르는 방송계 인맥들과 선후배 배우들, 그리고 퓨처엔터.

"예능 많이 돌아야 해요?"

그 질문에 답은 최고남이 대신했다.

"누님이 저한테 항상 하시던 말씀 잊었어요?"

"잔바리 많이 쳐서 뭐 하나, 굵직한 거 하나면 되지."

입을 가린 강주희가 쿡쿡 웃는다.

같이 웃지 못한 고석천 이사는 어깨를 으쓱하고 말했다.

"사실 난 지금의 강주희 씨 이미지도 좋지만, 기존의 이미지 그대로 다시 대중 앞에 서는 것은 안 됩니다."

"그래요. 이참에 억센 이미지 지우고 부드럽게 갈게요. 최고 남, 너 지금 웃냐?"

"복권 안 사 온다고 제 엉덩이를 걷어차던 누님이 그 말을 하니까, 웃을 타이밍인가 싶긴 했습니다."

최고남이 옅은 미소를 머금고 강주희를 바라본다.

그러고 보니 그를 둘러싼 소문 중에는 웃는 얼굴을 본 사람이 없다는 얘기도 있었다.

"그러면 TVX와 미팅할 때 그런 방향으로 캐릭터 잡아달라고 얘기할게요. 그러니까 주희 씨도 좀 조심하셔야 합니다."

"조심할 게 뭐 있나요? 저도 여린 구석이 있는 여자랍니다."

"푸흡……."

김승권이 잠깐 웃다가 차 팀장에게 제압당한다.

강주희가 그녀를 보며 고개를 끄덕인다. 잘했다는 의미 같다.

"너무 인위적인 이미지는 보기 좋지 않을 것 같아요. 영화 홍보하는 동안 강주희 씨가 맡은 캐릭터를 설명하는 일이 잦을 텐데, 현실과 너무 언밸런스하면 내숭 같잖아요. 그동안 이미지도 있고."

영화에서 강주희는 알 수 없는 힘을 가지고 있는 캐릭터를 연기한다.

모든 것을 잃어버리고 복수심에 불타서 2시간 동안 한바탕 액션을 펼치는데.

"이사님, 제가 설마 TV 나가서 '어머, 저는 파리가 너무 무서워요!' 이러겠어요?"

강주희가 피식 웃으며 다시 입을 연다.

"꿀맛 과자 아시죠? 거기에 꿀이 0.001% 들어간대요. 그걸로 꿀맛이 나는 거예요. 그 말인즉, 여린 이미지는 0.001%의 여린 마음만 가지고 있으면 되는 거라고요. 제가 딱 그 정도 가지고 있거든요."

그런가.

조금 이상한 비유이긴 한데.

고석천 이사는 헛기침을 하고 최고남을 바라봤다. 그는 잔잔한 미소를 입가에 걸친 채로 강주희를 바라보다가 느릿하게 그 입을 열었다.

"누님, 지구 면적에서 다이아몬드가 0.001%라고 하네요. 딱 그 정도가 아니라, 딱 그만큼 있어서 값어치가 있는 겁니다. 누님처럼."

뭐니, 얘들.

최고남과 강주희는 서로를 마주하며 미소 짓고 있고, 직원들은 어깨를 부르르 떨면서 느끼하다고 난리다.

"근데, 홍보가 어떻든 일단 영화가 잘돼야 할 텐데."

강주희가 테이블에 놓인 양갱을 집어 들며 중얼거린다. 포장지를 쭈욱 찢어서 한입에 쏙.

고석천 이사는 말했다.

"그 양갱… 내 건데. 지우 씨가 나 먹으라고 사 온 건데."

"……"

강주희가 반쯤 남은 잇자국 선명한 양갱을 돌려준다.

잠깐 어색한 정적이 흐를 때, 최고남이 다시 말했다.

"누님, 예전에 톱스타가 처음 만난 신입 매니저를 놀리려고 그런 말을 했어요."

최고남이 엉덩이를 떼고 바로 선다.

"너, 나 잘 쫓아와야 한다. 쓸데없는 생각 하지 말고 나만 쫓아와. 나 엄청 빨리 뛰니까."

톱스타는 신입 매니저를 놀리려고 짓궂게 말했을 테고, 바싹 얼어붙었던 신입 매니저는 목청껏 대답했을 거다.

그리고 이제 그 신입 매니저는 대표가 됐고.

"누님, 잘 쫓아오셔야 합니다. 쓸데없는 생각 하지 말고. 저 엄청 빨리 뛰는 거 아시죠?"

"예!"

톱스타는 그때처럼 짓궂은 얼굴로 외쳤다.

강주희 얼굴에서 눈이 부실 정도로 밝은 빛이 난다.

'그나저나 도저히 못 봐주겠네.'

회의가 끝나자마자 고석천 이사는 몸을 부르르 떨며 사무실을 빠져나왔다.

얼큰한 게 먹고 싶다.

잠깐 사이 느끼한 걸 너무 많이 봐서.

*　　　　　*　　　　　*

「걸 그룹 〈O.O.O〉 컴백 쇼케이스 현장」

또 다른 내 모습　117

[황 기자! 잘 지내지?]

오늘도 여기저기 뛰어다니며 기삿거리를 찾던 황 기자는 방금 막 도착한 하트 뿅뿅 섞인 안부 인사 문자에 분노를 금치 못하고 있었다.

"잘 지내냐고? 영국까지 간 나를 찬밥 신세로 만들어놓고 잘 지내?"

내내 연락을 피하다가 이제 와 연락을 한다는 건, 이용해 먹을 일이 있다는 얘기.

퓨처엔터의 스케줄을 꽉 꿰고 있는 그녀였기에 그 이유를 짐작할 수 있었다.

"강주희 영화가 곧 개봉한다 이거지?"

자기가 필요할 때만 연락하는 나쁜 인간 같으니라고!

하지만 이 문자를 외면할 수가 없는 것도 잔인한 현실.

최고남과 친분을 쌓기 위해서라면 간쓸개 다 빼놓을 기자들이 한둘이 아니다. 아니, 대기표 빼 들고 줄 서고 있지.

"진정, 독인 줄 알지만 먹어야 한단 말인가."

그녀가 손을 바들바들 떨면서 문자를 노려보고 있을 때, 기자들의 웅성거림이 들려왔다.

"이야, 강주희 광고 또 나오네."

"벌써 세 개째 아니야?"

"이번에 TVX 예능도 한다던데?"

"퓨처엔터 또 발동 걸렸네."

"이러다가 강주희 전기 영화라도 나오는 거 아니야?"

"하하, 그것도 재밌겠네. 최 대표가 강주희 엄청 챙긴다는데."

"나 진짜 어디서 그런 얘기 들은 것 같아. 혹시 모르는데 일단 낚싯대라도 드리워 볼까? 클릭 수 짭짤할 텐데."

"에이, 퓨처엔터 몰라? 당장 전화 와서 내리라고 할걸?"

"아, 확실한 소스만 있으면 바로 기사 쓰겠는데."

입맛을 쩝쩝 다시는 기자들의 모습에서 눈을 뗄 때, 황 기자의 핸드폰이 또다시 부르르 떨린다.

[황 기자, 김유리하고 윤환 배우 드라마 들어가는 거 알지? KIS에서 그거 방송 전에 프리퀄 형식으로 단막극 들어갈 거야.]

"뭐야, 이건?"

[시대 배경은 1995년, 스타감을 찾아 헤매던 유학파 매니저가 우연히 TV에 나온 여대생을 보게 되고 그녀를 찾아 스타로 만들게 되는 스토리. 여대생 이름은 강주희, 무슨 뜻인지 알지? 논픽션 드라마야.]

논픽션이라 함은 사실에 근거한 이야기.

즉, 강주희의 전기 영화가 아니라…….

"전기 드라마? 돌았네."

분명 오늘 걸 그룹 오3의 컴백 기사는 수두룩하게 쏟아질 것이다.

하지만 드라마 얘기는 '단독'이다. 이 문자를 한 사람만 받았다는 가정하에 말이다.

"대체 이런 아이디어는 누구 머리에서 나오는 거야?"

한 사람밖에 더 있나.

"최고남."

저도 모르게 혼잣말을 중얼거리는 황 기자를 본 기자들이 묻는다.

"왜 그래? 무슨 일 있어?"

대기표를 손에 쥔 기자들의 시선에 황 기자는 마른침을 삼키고 서둘러 답문을 쓰기 시작했다.

[아후, 잘 지냈죠! 대표님도 잘 지내셨죠? ㅎㅎ 근데, 이거 단독 붙여서 내도 되는 거죵?]

보내기 버튼을……

"앗, 하트 뿅뿅 안 붙였네. 근데, 이 인간 지금 어디에 있는 거야?"

*　　　　　*　　　　　*

바야흐로 진정한 1인 1미디어의 시대가 도래하면서 우리 생활 깊숙이 다가온 라이브 방송.

라방을 하기 위한 조건은 아주 간단하다.

인터넷이 가능한 핸드폰 한 대와 방송을 위한 SNS 어플 설치, 핸드폰을 고정할 긴 팔 혹은 셀카 봉, 마지막으로 방긋 미소.

"여러분, 안녕하세요, 빵 국장입니다!"

방기룡 KIS 드라마 국장은 요즘 바둑보다 더 재밌는 것을 찾았다.

그건 바로 소통이었다.

라방을 틀면 〈빵 국장의 드라마와 인생〉 채널을 구독한 네티즌들이 들어온다.

다양한 닉네임들, 쉴 틈 없이 올라가는 채팅을 보고 있으면 술에 취한 듯 기분이 좋아진다.

　》빵 국장님!! 오늘도 멋있으세요!!
　》빵형! 넥타이 죽여줘요!
　》국장님, 연예인 출연 안 해요?

"당연히 출연합니다. 계획 중에 있습니다!"
시원스러운 방 국장의 공약에 채팅창은 또 난리가 난다.
너무 빨리 글이 올라와서 눈을 가늘게 뜨고 봐야 할 정도.

　》빵 국장님, 지금 어디세요?

"사무실입니다. 여러분은 어디세요? 식사들 하셨나요?"

　》오늘은 김 피디님 안 나와요?
　》김 피디님 나와서 구박받아야 재밌는데.
　》두 분 오늘도 티키타카 기대합니다!!!

구독자들이 김재하 피디를 찾는다.
　카메라에 몇 번 얼굴 비쳤는데 그때마다 반응이 괜찮았다. 자식이 그래도 피디 짬밥이 있어서 말빨이 아주 그냥 수준급이다.
　하지만 채팅창에서 계속되는 김 피디 언급에 방 국장의 심기는 슬슬 불편해지고 있었다.

왜냐고? 이 채널은 빵 국장의 드라마와 인생이니까.

"김 피디는 오늘 안 나옵니다."

〉〉엥? 오늘 노잼필인데?

〉〉김 피디 안 나오면 실컷 라떼만 하실 거잖아요? 라떼는 라떼는.

〉〉뭐야. 보통 채널 개설하면 게스트도 나오고 그러던데, 지원사격 같은 거 없어?

〉〉브래드톰이랑 티키타카 하는 밈 보고 왔는데, 완전 실망! 이대로 가면 폭망각인데.

위험신호에 그나마 얼마 없는 머리카락이 바싹 솟는다.

"자자, 여러분, 김 피디가 안 나온다고 했지, 게스트가 없다고 하진 않았습니다!"

〉〉오오! 누구예요?

〉〉여윽시 빵 형! 기대하고 있었다구!

〉〉그래서 게스트가 누굽니까!

"그건 바로!"

미다스의 손이라고 불리며 수많은 스타를 탄생시킨, 하지만 얄미울 정도로 뺀질거리는 것이 일상인…….

"퓨처엔터 대표 최고남을 소개합니다!"

짠 하고, 손을 내민 방 국장.

소파에 앉아 있던 나는 한숨을 내쉬었다.

*　　　　*　　　　*

"여러분, 앞으로도 〈빵 국장의 드라마와 인생〉 지켜봐 주세요."

환한 미소를 띠고 손을 흔들고 있는 내 모습에 살짝 현타가 찾아오지만, 방 국장이 제대로 안 하면 가만 안 두겠다며 으름장을 놓고 있어서 별수가 없다.

방 국장은 여느 유튜버들처럼 좋아요와 구독을 외치고서야 핸드폰을 내려놓았다.

"오호! 그새 구독자가 이백 명이나 늘었네!"

머리에 빗질하랴, 핸드폰 보랴.

우리 방 국장님 바쁘다, 바빠.

"KIS 사장님은 뭐라고 안 하세요?"

"인마, 다 허락받고 하는 거야. 아나운서들도 유튜브 한다고 난린데 내가 못 할 것 없잖아?"

못 말리겠네.

"그러다가 프리 전향 하시는 거 아닙니까?"

"자식이!"

방 국장이 빈 주먹을 허공에 휘두른다.

1도 위협이 되지 않지만, 그래도 피하는 척 액션을 취해줬다.

아무튼, 여기까지 왔으니 내 일부터 마무리해야겠다.

"이게 최종고예요?"

[응답하라 1995 (최종고)]

일전에 김 피디에게 제안했던 게 먹혀들었다.

강주희라는 스타 탄생 이야기를 지루한 요소 다 빼고 어떤 과정으로 어떻게 데뷔하고 성공했는지만 스피드 있게 엮어보자는 제안이었다.

[강주희의 운명은 S급에 들어섰어요. 아저씨가 뭘 선택하든 강주희는 승승장구할 거예요.]

'하지만, 끝날 때까지는 끝난 게 아니지.'

언론시사회 반응을 봐야 정확하게 감이 오겠지만, 강주희의 운명이 S급이 된 걸 보면 영화의 흥행은 예정된 수순.

그래서 퓨처엔터는 영화 상영 기간 내내 강주희를 화제의 중심으로 만들 계획이다.

예능 출연, 광고 송출, 실시간검색과 기사들로 2019년의 여름을 강주희 시즌으로 만들 것이다.

"국장님……."

"됐어, 인마. 고맙다는 얘기 할 거면 하지 마."

"국장님……."

"됐다니까. 지난번에 주희 빚투 사건 터졌을 때 나서서 돕지 못한 게 마음에 내내 걸리기도 했고."

"국장님……."

"됐다니까. "

"그게 아니고……."

나는 눈살 찌푸린 방 국장을 보며 말했다.

"이번엔 돈 좀 쓰세요."

"뭐 인마? 이게 그냥!"

또다시 빈 주먹이 날아온다.

"내가 인마, 벌써 제작비 **빵빵**하게 편성했어!"

"에이, 내가 KIS 제작비 클래스를 아는데 뭐가 **빵빵**합니까? 공서 촬영할 때도 제작비 없어서 크레인 안 쓰고 미니집 쓰려는 거 김 피디 꼬드겨서 크레인 불렀건만."

"쥐어 터지고 대본 볼래? 군말 없이 대본 볼래?"

"군말 없어요."

방 국장이 쏘아붙이던 시선을 거두고 날 위아래로 훑어본다. 그러더니.

"너 말이야, 매니저 역할 네가 해볼 생각 없냐?"

방 국장님… 미쳤구나?

"저보고 연기를 하라는 말씀이세요?"

"어. 그 역할 딱 너야. 대본 보는 내내 너만 떠오르더라. 그리고 너 예전에 강주희 매니저 할 때 카메라 앞에 곧잘 섰잖아?"

그때야 강주희가 하라면 죽는 시늉도 했을 때라서 땜빵 난 단역 자리에 잠깐 얼굴 비치는 정도였지, 메인으로 나설 재능은 결코 아니다.

"드라마 망칠 일 있어요? 환이가 할 겁니다."

"진짜 할 생각 없어?"

"없다니까요."

"다시 생각해 봐. 네가 모르는 또 다른 너의 캐릭터가 숨어 있을지도 모르는 거잖아? 혹시 알아? 연기 천재 최고남이 튀어나올지?"

"됐습니다."

나는 단칼에 거절하고 바로 최종고 대본 표지를 넘겼다.

씬을 보면서 배경을 떠올리고 대사와 지문을 보면서 인물을 상상한다.

그런데 방 국장 얘기 때문인지 자꾸 내 모습이 오버랩 된다.

어딘지 나를 닮은 매니저와 어딘지 윤소림을 닮은 강주희가 대본 위에서 뛰어다닌다.

[응답하라 1995 (최종고)]

씬 #1. 1995년 봄 어느 날 / 낮

한국의 엔터테인먼트 업계에 지각변동을 일으키겠다는 일념 하나로 귀국한 유학파 출신의 지미유.

"정말 이러기예요? 내가 월세 떼먹을 사람 같아 보여? 누나! 나 지미야, 지미유! 컴온!"

"컴온이고 자시고! 다음 주까지 월세 안 주면 사무실 빼!"

"누나! 누나!"

오늘도 사무실에 파리만 날리던 중에 건물주에게서 최후 통첩장을 받았다.

"아, 진짜 돌겠네."

희극배우 찰리 채플린은 인생은 가까이 보면 비극이지만 멀리서 보면 희극이라고 했다.

미국에 있을 때만 해도 대한민국 연예계는 그에게 희극이었다.

그렇지만 지금은 매일매일이 비극.

"아차, 라면!"

서둘러 탕비실로 달려간 지미유.

양은 냄비 속 라면이 국물 하나 없이 잔뜩 졸아 있다.

"꼭 내 신세 같네… 아니야, 컴온, 지미! 난 할 수 있어!"

지미유는 졸아버린 라면에 물을 부어서 좀 더 끓인 다음 깍두기를 챙겨 사무실 TV 앞에 앉았다.

리모컨을 꾹 누르고.

희뿌옇게 올라오는 증기에 코를 박고 라면을 먹기 시작했다.

"역시, 라면은 깍두기지!"

후루룩, 후루룩.

다 불어터진 라면이지만 시장이 반찬이라고 아주 꿀맛이다.

그런데 맹렬하게 움직이던 지미유의 젓가락질이 느려진다.

찬찬히 고개를 들고 TV에 집중하는 지미유.

그의 덧니에 걸쳐 있던 불어터진 라면 면발이 뚝 끊긴다.

─나는 매일 당신이 궁금해요.

─온종일 소식을 기다리느라 일이 손에 잡히질 않아요

─좋아한다고 말할까 사랑한다고 말할까, 겁이 나요 당신이 놀랄까 봐

─좋아한다고 말할까 사랑한다고 말할까, 걱정돼요 당신이 싫어할까 봐

네모난 TV 상자 안에 신나게 노래를 부르는 여자가 있었다.

꾀꼬리 같은 목소리! 아침 햇살 같은 상쾌함! 눈길 사로잡는 외모와 화면 장악력! 그리고 그녀에게서 뻗어 나가는 무지갯빛 오로라!

지미유는 젓가락을 집어 던지고 외쳤다.

"유레카!"

그길로 방송국에 연락한 지미유는 깐깐한 전국팔도노래자랑 AD에게 사정사정해서 여대생이 다닌다는 대학교를 알아냈다.

하지만 세상일이 어디 그렇게 쉬운가.

대학에서는 그를 이상한 사람 취급하며 여대생의 신상 정보를 알려주지 않았고, 그래서 종일 여대를 들쑤시며 돌아다닌 끝에 최종 정착지는 경찰서였다.

"이름."

"지미유."

탕!

책상을 내려치는 경찰.

"한국 이름!"

"유… 봉남입니다."

경찰이 눈살을 찌푸린다.

"유봉남 씨, 왜 여대 주위를 서성인 거예요?"

"제가 연예 기획사 대푭니다. 여대에 왜 갔겠어요? 캐스팅하려고 갔지!"

"누구를요?"

"이름은 강주희! 지난주에 전국팔도노래자랑 보셨어요? 거기서 노래 부른 여대생!"

"아하, 그 노래 잘하던 여대생?"

"보셨구나? 걔가 바로 원석이라고요!"

"난 평범해 보이던데? 원석인지 아닌지 어떻게 알아요?"

"저는요, 그걸 볼 수 있는 능력이 있습니다. 스타가 될 재목에게서 빛이 뿜어져 나오거든요."

책상에 바싹 붙어서 얘기했더니, 경찰의 눈이 게슴츠레해졌다. 지미유는 입맛을 쩝 다시고 중얼거렸다.

"제가 미친 건 아닙니다. 비유를 든 거죠."

어쨌든.

몇 가지 더 질문을 던지고 나서 경찰은 지미유를 풀어줬다.

"이번에는 훈방 조치 하는데, 또 신고 들어와서 여기 오면 그때는 그냥 못 나갑니다. 아시겠죠?"

단단히 주의를 받고 경찰서를 나왔을 때는 낮이 지나고 밤이 찾아와 있었다.

드라마로 치자면 씬이 바뀐 것이다.

"밤하늘에는 별이 저렇게 많은데."

지미유는 고개를 젖혀 밤하늘을 눈에 담았다.

수억 광년 떨어진 별은 바라지도 않는다.

오직 한 사람, 빛을 쏟아내던 강주희라는 여대생 한 명만 찾으면 되는데.

"내일 한번 더 찾아봐야겠어."

부딪치다 보면 단서라도 하나 얻지 않겠는가.

그전에, 이 꼬르륵 소리 나는 배부터 달래야 할 것 같았다.

"출출하네."

종일 밥도 못 먹고 이 일대를 돌아다녔더니 배가 난동을 피우고 있었다. 마침 분식집에서 파는 떡볶이 냄새가 코를 찌른다.

"아줌마, 떡볶이 1인분 주세요."

윤기 자르르한 빨간 떡볶이가 입맛을 돋운다.

손이 안 보일 정도로 허겁지겁 삼키고 오뎅 국물을 마실 때였다.

"이모! 저 떡볶이 1인분이요!"

쌀쌀한 가을바람과 함께 유난히 밝은 목소리가 분식집에 들어왔다.

무심코 돌아본 그 얼굴은.

"강주희!"

여대생이 눈을 찌푸린다.

"누구신데… 제 이름을 아세요?"

"아! 여기 명함."

"지미유?"

명함을 살펴보는 여대생과 입가에 떡볶이 국물을 잔뜩 묻힌 채로 여대생을 눈에 담는 지미유.

두 사람은 짐작도 하지 못했다.

먼 훗날 이 순간이 드라마의 한 장면이 될 것이란 걸.

씬 #11. 한 달 후 영화 촬영장 / 낮

강주희 : "스타 만들어준다면서요? 이게 뭐야?"

지미유 : (곤란한 듯 이마를 긁적이면서) "아니, 원래 스타들은 바닥부터……."

강주희 : "나 안 해요!"

지미유 : (강주희를 간절하게 붙잡는다) "알았어, 알았어. 오늘 촬영만 끝내자."

강주희 : "배고프단 말이에요! 주연배우들은 도시락 주면서 보조출연자들은 아무것도 안 주는 건 너무하잖아요!"

지미유 : (검은 봉지에서 도시락을 꺼낸다) "내가 그럴 줄 알고 하나 챙겨 왔어."

강주희 : "이거 사 온 거예요?"

지미유 : (주위를 둘러보면서) "째벼 왔어. 빨리 먹어." (이때, 지미유 배에서 꼬르륵 소리가 나고)

강주희 : "나눠 먹어요."

지미유 : (밝은 표정으로) "그럴까?"

계속 주위를 살피면서 도시락을 나눠 먹는 두 사람.

이 장면, 참 안쓰러우면서도 익살스럽다.

씬 #14. 도로 / 낮

사소한 문제였다.

강주희의 삐삐가 고장 나서 AS센터에 가야 하는데, 촬영 때문에 시간이 나질 않았다. 그래서 강주희가 내내 뾰로통해 있다.

뭘 물어도 단답에 좋아하는 빵을 건네도 거들떠도 안 본다.

얼굴에 심술이 잔뜩 묻은 채로 휴대용 게임기만 들여다보고 있다.

"테트리스 세계 챔피언 되겠네. 삐삐는 내가 이따 고쳐 올게."

"됐거든요."

"자꾸 그렇게 삐딱하게 나올 거야? 컴온, 주희! 우리 이러지 말자고."

"뭐만 하면 컴온이야."

지미유는 운전대를 꽉 쥐었다. 성질 같아서는 확 그냥.

하지만 저런 불성실한 스타를 달래는 것도 대표가 할 일.

그래서 얼굴에 경련이 일 정도로 미소를 활짝 지었는데.

"알았어, 알았어. 그러니까 우리 화 풀고……."

"맨날 혼자 화내고 혼자 풀래. 연기는 자기가 하고 있다니까."

"에잇!"

결국 폭발한 지미유가 갓길에 차를 세웠다.

좀처럼 피우지 않는 담배를 입에 물며 소리친다.

"그래, 가지 마, 가지 마! 촬영장 가지 마!"

차에서 내린 지미유는 담배를 뻑뻑 물며 중얼거렸다.

"더러워서 운전 못 하겠네! 뭔 애가 맨날 불만이야! 에잇! 너 오늘 한 번 늦어봐라, 감독님한테 혼나봐야 정신이 번쩍……."

중얼거리며 무심코 차를 돌아보던 지미유의 눈이 화등잔만 해졌다.

차가 떠나고 있었다.

콧잔등에 화가 잔뜩 난 강주희가 운전대를 붙들고 떠난 것이다.

"야!"

이 미역 말미잘 같은.

"너 운전 못 한다며!"

씬 #27. 방송국 / 낮

마침내 강주희에게 기회가 찾아왔다.

KIS 방송국 피디를 찾은 지미유.

"피디님, 저희 어머니가 직접 담근 인삼줍니다."

"뭘 이런 걸."

"아휴, 별거 아닙니다. 저희 뒷산에 인삼이 널렸습니다. 이게 30년짜리던가."

"30년?"

피디의 눈썹이 껑충 솟는다.

그러고는 술병을 이리저리 살펴본다.

"삼이 통통하긴 하네."

통통하지. 중국산인데.

"뭐 아무튼. 잘 마실게요."

피디가 흡족해하며 술을 내려놓고 명함을 내민다.

'방기룡 KIS 피디?'

지미유는 명함을 지갑에 고이 넣고 방긋 미소 지었다.

"피디님, 복희 역할 이번에 우리 주희한테 맡겨주시면 후회하지 않으실 겁니다."

"프로필 봤는데, 이미지는 복희랑 딱이긴 하더라고요."

방 피디가 뜨뜻미지근한 표정으로 턱만 긁적거린다.

"근데, 미안하지만 이 역할 다른 배우한테 갔어요."

"예?"

지미유는 눈을 크게 떴다.

그럴 리가. 분명 어제 조연출하고 통화할 때만 해도 아직 내정된 배우가 없다고 했는데.

"그게 누군데요?"

이때, 사무실 문이 열리고 눈에 익은 얼굴이 나타났다.

'N탑⋯ 연성만 사장?'

라이벌의 등장이었다.

"뭐야? 그럼 안 된 거예요?"

"하아."

지미유는 고개를 숙인 채로 구수한 쌍화탕만 홀짝거렸다.

죽일 듯이 노려보고 있을 강주희와 눈이 마주치느니 이러고 있는 게 백번 낫기 때문이다.

"N탑인가 M탑인가는 우리보다 구멍가게라면서요?"

"그렇긴 한데, 곧 가수 하나 나올 건가 봐. 핫인지 뭔지 하는 애들이라는데… 아무튼 그게 중요한 건 아니고, 중요한 건 그 인간이 내 라이벌이라는 거지."

"라이벌은 무슨. 물먹고 왔으면서. 대표님, 하버드 출신 맞아요?"

확 그냥.

지미유는 고개를 들려다가 참고 다시 말했다.

"걱정하지 마. 곧 개편 시기라서 좋은 역할 금방 찾을 수 있을 거야."

"됐고요. 종일 뛰어다녔을 텐데, 라면이나 드세요."

"주희야?"

지미유는 앞에 놓인 양은 냄비를 보면서도 믿을 수가 없었다.

강주희가 라면을 끓여주다니.

이것이 바로 한국의 정이라는 건가.

"잘 먹을게."

라면 한 젓가락 후르륵!

"주희, 걱정 마. 나야, 지미! 지미유라고! 조금만 기다려. 방법을 찾을 테니까!"

큰소리 떵떵 치고 국물도 후루룩 마시는 지미유.

강주희가 끓여줘서일까. 라면이 아주 꿀맛이다.

그래서 순식간에 냄비를 비우고 젓가락을 놓았다.

배를 쓸어내리는 지미유를 보며 강주희가 자리에서 일어났다.

"알아요, 나 대표님 믿으니까."

"주희야."

드디어 대표와 배우 사이에 신뢰와 믿음이 쌓이는 순간이었다.

순간 울컥하는 감정이 생겨서 지미유는 이를 악물고 눈물을 참았다.

"저 수업 있어서 갈게요. 설거지는 대표님이 하세요."

"그거야 당연하지!"

강주희가 떠나고서야 지미유는 코를 훌쩍거렸다.

자신을 믿어주는 배우를 위해서 최선을 다해야겠다는 생각이 든다.

그 전에 설거지부터 해야 하는데, 탕비실에 들어선 지미유는 눈을 부릅떴다.

"이거, 내가 아끼는 건데!"

미국에서 가져온 찻잔은 깨져 있고, 설거짓거리는 한가득이다.

감동이 분노로 바뀌는 데는 긴 시간이 필요치 않다.

"강주희!"

씬 #38. N탑 엔터테인먼트 / 낮

스타가 되기 위한 길은 험난하다.

방송국의 개편이 마무리될 때까지도 강주희는 적당한 배역을 찾지 못했다.

아니, 찾았어도 매번 물을 먹어야 했다.

지미유와 강주희를 경계하는 엔터테인먼트 회사들의 담합 때문이었다.

그들은 새로운 스타 탄생을 원치 않았다.

몸과 마음이 지쳐갈 즈음, 지미유는 라이벌 회사의 문을 두드렸다.

아이러니하게도 강주희를 도와줄 사람 역시 라이벌뿐이었기 때문이다.

"연 사장님, 우리 주희 좀 도와주세요."

"내가 왜 그래야 합니까? 나랑 아무 상관도 없는 아이를."

연성만 사장은 지미유를 차갑게 대했다.

하지만 다음 순간 연성만 사장의 눈에 지진이 일어났다.

지미유가 무릎을 꿇은 것이다.

"뭐 하는 겁니까?"

"부탁드립니다."

지미유는 가슴에서 무언가를 꺼내서 내밀었다.

강주희의 계약서였다. 눈살을 찌푸린 연성만 사장이 물었다.

"왜 이렇게까지 하는 거예요?"

"그러게요. 왜 이렇게까지 하는 걸까요."

지미유도 그 이유를 알지 못했다.

확실한 건 강주희를 위해서라면 뭐든 할 수 있다는 것이었다.

처음 그녀와 눈이 마주쳤을 때부터 지금까지의 기억들이 눈앞을 스쳐 간다.

분식집, 촬영장 구석에서 도시락 까먹던 기억, 혼자 차 끌고 떠나던 강주희의 모습들이 눈물에 씻겨 나간다.

"우리 주희는요……."

눈물을 훔치며, 지미유는 당부의 말을 꺼냈다.

"애가 싸가지가 좀 없어요."

하지만 속은 여려요.

"그리고, 애가 좀 제멋대로예요."

그래도 잘 타이르면 말을 듣긴 해요.

"가끔 라면을 끓여주기도 해요."

그럴 때는 조심하세요. 뭔가 잘못을 저질렀다는 의미예요.

"그래도, 예쁘긴 진짜 예뻐요."

진솔한 마음을 꺼낸 지미유는 눈물 콧물 범벅인 얼굴이었지만 속은 후련했다.

마치 앓던 이가 빠진 것 같은······.

그때, 쾅 소리와 함께 사무실 문이 벌컥 열렸다.

강주희였다.

"지금 뭐 하는 거야! 일어나! 일어나라고!"

"주희?"

"쪽팔리게 정말 왜 그래요? 내가 대표님 두고 어딜 가!"

"컴온, 주희. 이 선택이 베스트야, N탑에서라면 주희 너는 스타가 될 수 있어!"

"누구 맘대로 베스트야? 나한테 물어보기나 했어요?"

"플리즈! 주희, 이번만은 내 말 들어! 넌 오늘부터 N탑이야!"

"싫어요! 정 날 N탑에 보낼 거면 위약금 내놔요! 천만 원! 그래, 천만 원 내놔요!"

"주희, N탑에 있으면 천만 원이 아니라 1억도 벌 수 있다고!"

지미유는 강주희를 타일렀다.

그리고 귀를 열었다. 강주희가 받아칠 말을 듣기 위해서.

그런데 강주희가 조용하다. 설마, 1억이라는 소리 때문에?

늘 그렇듯 감동이 분노로 바뀌는 데는 긴 시간이 필요치 않다.

"너 진짜!"

하지만 지미유의 예상과 달리 강주희의 볼에는 눈물 한 줄기가 흘러내리고 있었다. 속삭임과 함께.

"1억이 있으면 뭐 해. 지미가 없는데."

"주희야……."

마침내 진심이 통한 두 사람.

이때, 헛기침 소리가 끼어들었다.

"두 사람, 볼일 끝났으면 집에 가. 남의 사무실에서 이러지 말고."

"연 사장님!"

연성만 사장은 지미유는 아랑곳하지 않고 강주희를 유심히 바라봤다.

"강주희라고 했지? 내가 기회를 줄게요. 대신 나랑 약속 하나 합시다."

"약속이요?"

"나중에 A급, 아니, S급 되면 우리랑도 계약합시다."

"계약이요?"

"그래요, 계약. 내가 잘해줄게. 매니저도 똘똘한 놈으로 붙여주고."

연성만 대표의 미소는 톱스타 강주희의 시작이었다.

이후로 강주희는 승승장구하면서 활약한다.

씬 #60. 방송국 시상식 / 밤

그해 겨울도 어김없이 한 해 동안 방송된 드라마와 출연한 배우들의 공로를 치하하는 시상식이 열렸다.

당연히 강주희와 지미유도 참석했다.

신인상을 발표하는 코너.

떨리는 얼굴로 앉아 있는 강주희를 잡는 카메라.

시상자가 나와서 이런저런 말들을 하고 큐카드를 살피며 의미심장한 미소를 보인다.

시상자 1 : 배우의 일생에 단 한 번뿐인 상이죠. 하지만 해마다 이 상을 받을 수 있는 배우는 오직 한 사람뿐입니다.

시상자 2 : 올해도 어김없이 쟁쟁한 신인배우의 등장으로 시청자 여러분의 사계절이 저희 KIS와 함께 행복하셨으리라고 믿습니다. 자, 그럼, 발표할까요?

시상자 1 : KIS 연기 대상, 수상 부문 신인상! 주인공은요…….

주먹을 쥐고 있는 지미유. 그의 심장 소리가 들린다.

두근.

두근.

두근.

*   *   *

「2019년 8월 8일 목요일, 퓨처엔터」

응답하라 1995가 방송된 다음 날, 나는 출근하자마자 인터넷

커뮤니티와 드라마 영상 클럽에 달린 댓글을 체크하느라 정신없
었다.

ㄴ윤소림과 윤환 둘이 너무 재밌어요.
ㄴ소림 언니 미모 실화냐, 너무 예뻐요.
ㄴ차기작 근황 궁금했는데, 어제 방송 보고 좋아서 비명 질렀어
요!
ㄴ지미유 캐릭터 대박, 꿀잼이었음.
ㄴ강주희가 누군지 몰랐는데, 인터넷에서 사진 찾아보고 깜짝
놀랐네요.
ㄴ그 시절 강주희는 여신이었죠!
ㄴ근데, 지미유는 지금 어디서 뭐 하나요? 궁금.

실검까지 확인한 뒤에야 안심하고 의자에 등을 기댈 수 있었
다.

1 강주희 ↑
2 윤소림 ↑
3 응답하라 1995 ↑
4 지미유 ↑

[말했잖아요, S급 운명은 엄청나다고.]
책상에 걸터앉은 저승이가 발을 흔들며 짓궂게 웃는다.
그 말을 들으며 문득 궁금해졌다.

저 스케줄을 다 소화하면 여기서 얼마나 더 엄청나질지 말이다.

[강주희 스케줄 ? TVX 예능 녹화 회의 '내 집의 지배인']
[강주희 스케줄 ? MNC 예능 녹화 회의 '놀면 뭐 해']
[강주희 스케줄 ? 광고 촬영(D&D 화장품)]
[강주희 스케줄 ? 광고 촬영(광명 비타민)]
[강주희 스케줄 ? 'K라는 여자' 언론시사회(용산)]
[강주희 스케줄 ? 'K라는 여자' GV 행사(건대입구)]

…….

일단 그 전에, 윤소림한테 문자를 보내야겠다.

어제 드라마를 보니까 새삼 윤소림한테 고마운 마음이 들더라고.

까다롭고, 까칠하고, 고집불통인 강주희에 비하면 윤소림은 천사다, 천사.

[소림아, 네가 최고다!]

하트 뿅뿅… 이건 지우자.

*   *   *

"한 잔 더."

"많이 드셨습니다."

"너도 잔소리야?"

백은새는 채워진 칵테일 잔을 들고 바를 벗어나 구석진 자리에 앉았다.

그리고 알코올에 젖은 눈으로 핸드폰 화면을 물끄러미 바라본다.

"강주희, 강주희, 강주희."

온통 그 이름뿐이다.

그게 아니면 응답하라 1995와 관련한 이름들이었다.

N탑 연성만 대표, 빵 국장 특별 출연, 지미유.

하다못해 드라마에 나왔던 분식집도 실시간검색어에 있었다.

"근데 왜 내 이름은 없는 거야?"

백은새는 꺾인 손등에 아슬아슬하게 턱을 괸 채 불만을 토했다.

드라마에서는 강주희의 라이벌도 언급됐었다.

다만 그 라이벌 이름이 백은새가 아니었을 뿐.

그게 너무 화가 나서 술을 들이부어도 가슴속 불길이 꺼지질 않는다.

"하아."

또다시 비워진 잔.

술에 젖은 입술을 깨물고 일어서려던 백은새는 잠깐 주춤했다.

칸막이 반대편에서 들리는 목소리가 신경을 거슬리게 했기 때문이다.

—그렇다니까, 강주희가 고의로 날 방해했다고. 나뿐이 아니야, 싹수 보이는 배우들 더 크지 못하게 밟아서 짓이긴 여자라고. 물만 주면 알아서 자랄 잔디를 못 크게 밟았다니까?

저건 무슨 소리일까.

―다들 쉬쉬하고 있어서 그렇지, 마 기자가 기사 한번 내면 목소리 낼 사람들 많다니까?

강주희가 자라나는 싹을 밟아?

뭘 모르는 소리.

조명팀 알바 하나가 돈 떼이는 것까지 신경 쓰는 오지랖이?

―마 기자, 나 염춘재야. 내가 산중인이라니까? 내가 이런 말까지는 안 하려고 했는데… 나, 비디오도 있어.

뭐?

―그래, 강주희 비디오.

말도 안 돼.

―알지? 이거 터지면 강주희 올 스톱인 거.

칸막이 반대편에서 들리는 목소리는 음침하고 역겨웠다.

마신 술이 역류할 정도로.

*   *   *

「TVX 예능국」

"선배님, 그래서 지미유 그분 지금 어디에서 뭐 하세요?"

"글쎄."

엄란 피디와 작가들은 그게 궁금해서 죽겠는 모양이다.

강주희가 귀걸이를 매만지며 기억을 더듬는다.

"나 신인상 받고 나서 자기는 다른 할 일이 있다면서 회사 정리했어."

"예?"

"그러고 나서 뭐 했는지 알아?"

"뭐 했는데요?"

"음반 냈어. 트로트 앨범."

"진짜요?"

"응, 이름도 유산슬인가로 바꾸고 활동했거든. 아마 꽤 잘나갔지? 대한민국 행사란 행사는 죄다 휩쓸고 미국으로 홀쩍 떠났어."

"와, 대단하다."

"그래, 보통 사람이 아니었다니까. 하버드 출신이었어."

스무 살의 강주희를 어르고 달래면서 키운 사람이니 당연히 보통이 아니었겠지.

강주희의 사진첩에는 그와 찍은 사진이 한 장 남아 있었다.

빨간색 모자에 반짝이 옷을 입은 모습이었는데, 행복해 보이는 얼굴이었다.

난 언제 저렇게 웃어볼까.

[윤소림 앞에서 칠푼이처럼 웃는 사람이 아저씬데요?]

'오늘은 어디 안 가냐? 제사 없어?'

[그러지 않아도 볼일이 있습니다.]

저승이가 엉덩이를 털고 일어난다.

녀석이 나가자 회의실 안 온도가 살짝 올라가는 기분이다.

"덥죠? 에어컨 틀어야겠다."

엄란 피디가 재깍 일어나서 에어컨을 튼다.

다시 앉은 그녀는 기획안을 휙휙 넘기고 눈을 반짝이며 물었다.

"그래서, 첫 게스트로 누굴 초대하고 싶으세요?"

TVX 예능 〈내 집의 지배인〉은 산장 펜션에 초대된 게스트를 지배인이 정성껏 대접하는 관찰 예능이다.

게스트, 먹방, 힐링, 관찰 코드가 들어가는 흔한 예능의 연장선이지만 강주희라는 지배인이 있기에 조금은 특별해질 예정이었다.

물론 게스트도 아주 중요하다.

누가 산장 펜션에 초대되냐에 따라서 시청률도 출렁일 것이다.

참고로 윤소림과 윤환은 두 번째 게스트로 예약 명부에 이름을 올려놓았다.

"누님, 누구를 첫 게스트로 초대하고 싶으세요?"

제작진도 나도 첫 게스트는 강주희에게 선택을 맡겼고, 고민하던 강주희는 생각이 정리된 듯 미소를 보였다.

"백은새."

"은새 누님이요? 왜 하필……."

이유가 궁금해서 눈만 깜빡이는 내게 강주희는 말했다.

"난 걔 싫어한 적 없거든."

제4장

—

불청객

「방송산업 미디어포럼 축하 만찬」

이날, 방송국 관계자들이 대거 참여한 가운데 방송산업의 현황과 앞으로의 방향에 대한 열띤 논의가 펼쳐졌다.

포럼의 주제는 거창했지만 넷플렉스와 유튜브 등, 온라인 플랫폼이 위협으로 다가온 상황에서 뭐라도 해보자는 자리였다.

그리고 한 테이블에 둘러앉은 네 사람.

보기보다 풍성한 머리카락을 자랑하는 KIS 드라마국 방기룡 국장과, 웬만한 남자는 명함도 못 내밀 정도로 카리스마 넘치는 SBC 예능국 손주영 본부장, 그리고 멧돼지와 싸워도 이길 것 같은 TVX 노용길 본부장, 마지막으로 이들보다는 살짝 밀리는 급의 MNC 예능 2국장.

"예능은 넘쳐나지, 드라마는 만들수록 적자지, 플랫폼은 늘어나지. 유튜브 천하구만."

방 국장이 머리를 쓸어 넘기며 중얼거리는 모습에 손 본부장이 찻잔을 달그락거렸다.

"그러는 분이 유튜브 채널을 개설하셨어요?"

"적을 알고 나를 알면 백전백승이라지 않습니까."

"재밌게 하시던데요."

"소통이란 거 참 재밌더이다. 그래서 그런가? SBC는 간판 아나운서들이 유튜브만 했다 하면 프리 선언하던데. 얼마나 재밌으면 나가는 건지."

손 본부장의 검지에 걸린 찻잔이 위태롭게 흔들린다.

둘 사이에서 커피를 홀짝거리던 노용길 본부장이 슬며시 끼어들었다.

"KIS는 이번에 하는 드라마 아주 재밌던데요? 〈미래를 갔다 온 여자〉, 시청률이 벌써 10프로대라면서요?"

"공서의 전유라 작가입니다. 아시죠? 윤소림 데뷔작. 역시, 드라마는 작가 놀음 아닙니까."

"그 프로 잡음이 많던데. 제작사 돈 받고 무명 배우들한테 역할 팔아서 난리였고, 방송하자마자 작가 표절 논란도 있었고."

어김없이 들어온 손 본부장의 태클에도 방 국장은 미소를 잃지 않았다.

어린아이 투정만큼 우스운 것도 없는 법이니까.

최근 KIS는 타 방송국의 시샘과 질투를 한 몸에 받고 있었다.

유유의 깜짝 등장과 성지훈의 활약으로 엄청난 이슈를 낳았던 KIS 음악뱅크 월드 투어 IN 영국 콘서트를 시작으로 드라마 〈미래를 갔다 온 여자〉까지 시청률 견인에 성공했기 때문이다.

"논란이야 외부에서 떠드는 거고, 우리는 신경 안 씁니다. 그나저나 SBC가 걱정입니다."

"걱정이요?"

"새로운 프로그램들이 영 힘을 못 쓰고 있으니 말입니다. MNC는 얼마 전에 '놀면 뭐 해'로 분위기 쇄신했고, TVX는 뭐 말할 것도 없죠. 나 피디뿐 아니라 작년에 '플레이리스트'로 레트로 열풍 일으킨 엄 피디까지 있으니까. 근데 SBC는 올해 뭐 있나요?"

"훗. 뜨내기 프로그램들 우후죽순 만들어 뭐 합니까. 우리한테는 조깅맨, 정글, 골목식당, 미우새 같은 코어 콘텐츠가 떡 버티고 있는걸요? KIS야말로 언제까지 스타 2세들 데리고 우려먹을 건지."

손 본부장이 차를 호로록 마시고 또다시 피식 웃는다.

"사실, 그렇지 않아도 이번에 우리도 새 예능 준비하고 있습니다."

"무슨 예능인데요? 아니, 누가 출연하는데요?"

"누가 출연한다기보다 엔터 회사와 아예 협업할 계획이거든요."

"엔터 회사라 함은……."

"퓨처엔터죠."

손 본부장은 예능에 대한 이해도가 높은 최고남과 전략적으로 협업을 해서 기존과 전혀 다른 예능을 만들어볼 계획이었다.

하지만 이런 생각은 그녀 혼자만의 것이 아니었다.

아니나 다를까, MNC 예능 2국장의 입가에 느긋한 미소가 그려진다.

"아이고, 그럼 한발 늦으셨네요. 퓨처엔터는 저희 MNC와 진행되는 건이 있는데. 강주희가 '놀면 뭐 해' 출연한다는 기사가 아직 안 떴나 보네요."

이때, 방 국장이 느닷없이 웃음을 터뜨렸다.

"하하! 이거 두 분한테 미안해서 어쩝니까. 퓨처엔터는 우리 KIS와 진즉에 얘기 다 끝났습니다. 윤소림, 릴리시크, 은별이, 퓨처엔터 직원들까지 죄다 출연하는 '퓨처엔터, 즐거움은 끝이 없다'라는 프로그램을 곧 론칭할 계획인데⋯⋯."

"도장 찍으셨습니까?"

훅 들어온 질문에 방 국장이 잠깐 머뭇거린다.

그럴 줄 알았다는 듯 예능 2국장의 미소가 다시 여유를 찾았다.

"끝날 때까지는 끝난 게 아니죠. 이번에는 우리 MNC가 퓨처엔터와 함께해야겠습니다."

"MNC는 좀 어렵지 않겠어요? 그쪽 피디가 윤소림 악플 쓰다가 고소당한 걸로 알고 있는데. 아차, '두근두근' 스캔들 건도 있었죠?"

"그거야 옛날 일이고 해묵은 감정 다 털어냈습니다. 릴리시크도 '3인칭시점' 출연했고, 강주희가 '놀면 뭐 해' 출연도 앞두고 있습니다. 올겨울에 윤소림이 '홀로 산다'에 출연할 계획이기도 하고요."

"뭐, 두 분한테도 기회가 가겠지요. 하지만 올해도 KIS가 먼저 퓨처엔터와 함께할 겁니다. 내가 이런 말까지는 안 하려고 했는데, 최고남 대표와 제가 막역지우입니다."

"저도 이런 말까지는 안 하려고 했는데, 윤소림이 N탑 오디션 봤을 때 그 자리에 있던 게 저예요. 팩트만 보면 윤소림이 SBC의

딸이라고 해도 과언이 아니죠."

"어허, 선 세게 넘으시네요. 윤소림은 KIS의 딸이지. 공서가 없었으면 윤소림이 윤소림인가?"

"누구 딸이 뭐가 중요합니까? 우리 MNC에서는 윤소림을 위한 플랜이 쫙……."

목에 힘줄 굵게 튀어나온 세 사람을 보면서 TVX 노용길 본부장은 시계를 힐끗 쳐다봤다.

'바보들… 최고남은 지금 우리 엄 피디하고 머리 맞대고 얘기 중인데.'

닭 쫓던 개 지붕 쳐다볼 꼴이 될 세 사람의 모습을 보고 있으니 저도 모르게 웃음이 새어 나오는데, 문득 손 본부장이 좀 전에 꺼낸 단어가 머리를 스쳐 간다.

'협업이라. 그래, 우리도 아예 이번 기회에 강주희뿐 아니라 퓨처엔터하고 아주 협업을 해버리지 뭐.'

추진력 하나는 둘째가라면 서러운 남자가 노용길 본부장이다.

테이블 밑에서 문자를 보내는 손길이 정신없다.

*　　　　*　　　　*

"선배님하고 백은새 씨요, 둘 사이가 정확히 어때요?"

강주희를 광고 촬영 스케줄 때문에 먼저 보내고, 나는 엄 피디와 요깃거리를 사러 나왔다.

기획 회의가 마무리될 때까지 방송국을 지킬 생각이다.

그래야 프로그램 콘셉트에 맞는 스타일링이나 협찬에 퓨처엔터도 미리 대비를 할 수 있지.

물론 강주희라는 떠받들어야 할 스타를 유병재에게 서둘러 넘기고 싶은 마음도 컸지만.

그래서, 질문이 뭐였더라. 아.

"누님은 신경도 안 쓰는데 백은새 혼자 라이벌 의식에 사로잡혔다 정도? 왜요? 첫 게스트인데 백은새로는 약할 것 같아서요?"

정곡을 찔렸는지, 엄 피디가 어색한 눈웃음을 보이며 입을 연다.

"첫 회는 깔고 가는 거죠. 소림 씨하고 윤환 씨가 출연하면 시청률 금방이니까."

"우리 전략적으로 가죠. 첫 회부터 임팩트가 있으면 뒤에 기대가 안 되니까."

내 말에 엄 피디가 고개를 끄덕이지만 걱정이 남은 기색이다.

"근데 백은새 씨가 할까요?"

"할 겁니다. 거절은 곧 피하는 거고, 피하는 거는 자존심이 용납하지 않을 테니까."

더구나 작년 캐스팅 논란 이후로 활동을 중단했으니, 복귀 기회를 놓칠 이유가 없다.

"일단 제가 내일 전화를 해볼……."

말꼬리를 늘어뜨린 엄 피디가 고개를 숙여 손에 쥔 핸드폰을 확인한다. 그러더니 곧바로 핸드폰 화면을 내게 보였다.

[엄 피디야, 패널들을 퓨처엔터 애들로 채우는 게 어떨까? 그리고 좀 색다르게 해봐. 지금 기획은 흔한 느낌이다. 따뜻하고 훈훈한 건 널렸잖아?]

그리고 질문.

"대표님이 생각해도 흔해요?"

나는 눈썹만 끔뻑했다.

이런 예능이야 출연자와 게스트만 새롭게 조합해서 변화만 주는 거니까, 흔해 보일 수 있다.

그래서 기획안을 처음에 봤을 때는 별로였지만, 저승이는 이번에도 엄란 피디의 기획안에서 빛이 난다고 했다.

지금까지 빛은 틀린 적이 없었다. 운명의 예고편이니까.

"밖에 나왔으니까 일은 잠깐 내려놓고 머리 좀 식혀요."

머리 아플 때는 바람 쐬고 걷는 게 최고다.

"아, 제가 낼게요. 제작비 카드 있는데 왜 대표님이 내요."

계산하려고 카드를 내미는 내 팔을 붙잡으려고 엄 피디가 펄쩍 뛴다.

그래서 요리조리 피하면서 계산을 끝내고 카드와 초밥이 담긴 비닐봉지를 건네받았다.

"봉지 하나 줘요. 제 손이 너무 민망해서 그래요."

"괜찮습니다."

봉지에 손을 뻗는 엄 피디를 피해서 가게를 빠져나왔다.

"그냥 주시지."

입술을 푸르르 떨며 쫓아온 엄 피디와 나란히 걸어 방송국으로 향했다.

날이 조금 어둡고 비가 오려는지 여름 냄새가 짙었다.

어색함도 지울 겸 발걸음 크게 내밀며 물었다.

"펜션은 어디에 있는 거예요?"

"양평이요. 전부터 섭외하려고 꾸준히 노크했었는데, 이번에 집주인분이 허가해 주셨어요. 내년에 헐어버린다고 하더라고요. 아, 사진 보여드릴게요."

엄 피디가 보여준 핸드폰 갤러리의 펜션 사진은 낡긴 했지만 전체적으로 깔끔해 보였다.

하지만 내부의 고가구들이나 계단 같은 구조를 보고 있으니 약간 음산함이 느껴진다. 뒤에 있는 산도 그렇고.

"어? 이거 내 사진이에요?"

사진 한 장 슥 넘겼는데 내 모습이 딱!

핸드폰에 고개를 더 가까이 하는데, 엄 피디가 서둘러 핸드폰 화면을 끄고 먼 산을 쳐다보며 속삭인다.

"제 핸드폰이 가끔 오작동을 해요, 바꾸던지 해야지. 아무튼, 미술팀에서 약간만 손보면 화면에 근사하게 나올 것 같죠?"

흠.

"뭐, TVX 미술팀 실력이야 정평이 나 있는데요. 아, 그런 곳에 MT 가도 재밌겠다."

"MT요?"

"예, 여름 가기 전에 다 같이 한번 또 모이려고 생각 중이거든요."

지난번 소풍처럼 말이다.

"그럼 MT 가서 콘텐츠 촬영하시겠네요? 소풍 때처럼 게임도 하고. 아, 퓨처엔터 소풍 간 거 봤어요. 입모양 맞히기 게임 보면서 배꼽 빠질 뻔했다니까요?"

"이번에도 게임할 계획인데 뭐가 좋을까요? TVX 피디님의 고견을 참고하고 싶은데."

살짝 기대하고 물었더니 엄 피디가 안경을 추켜올린다.

날 쫓는 발걸음 속도처럼 제 턱을 긁적이면서 생각을 하나둘 꺼내기 시작했다.

"여름이니까, 공포 체험 어때요? MT에 간 퓨처엔터 직원들과 소속 아티스트, 그들 사이에 숨어 있는 귀신!"

"마피아 게임처럼?"

"그래요, 그거!"

"그거 재밌겠네요. 은별이가 귀신1 하고, 릴리시크가 귀신2, 3, 4, 5 하고……."

생각만 해도 귀여워서 미소가 절로 나온다.

"윤소림은 객실장이랑 프런트 맡고, 유병재가 셰프 하고."

막 세탁한 냄새가 나는 깨끗한 유니폼을 입은 윤소림의 모습을 떠올리며 중얼거리는데, 엄 피디가 갑자기 걸음을 멈췄다.

"소림 씨가 객실장이랑 프런트 맡고, 병재 매니저님이 셰프 하고… 주희 선배님이 지배인 하고!"

아무래도 주제가 바뀐 것 같다.

MT 얘기에서 새 예능 기획안 얘기로.

"레크리에이션 담당도 있으면 좋겠네요."

나도 의견을 살짝 보탰다. 엄 피디가 손뼉을 마주친다.

"그렇죠, 레크리에이션 담당 있어야죠!"

"귀신들은 그냥 돌아다니는 걸로 할까요? 카메라 잡히든 말든. 다른 사람들은 못 보는 설정."

기획안의 큰 틀은 그대로다.

'공포 체험'과 '귀신'이 덧붙었을 뿐이다.

하지만 그 두 가지 키워드가 엄 피디를 흥분시키고 있었다.

그래서 나도 모르게 그녀를 보며 속삭였다.

"그래서 빛이 난다고 했구나."

저승이가 기획안에서 빛이 난다고 했던 이유.

"빛이요?"

"엄 피디님 아이디어요."

나는 흐뭇하게 미소 지었고, 엄 피디는 얼굴이 살짝 상기됐다.

"이상해요. 대표님이랑 별 얘기 안 했는데 왜 아이디어가 막 떠오를까요?"

"야식값 계산해 준 사람이라서?"

피식 웃은 엄 피디가 느닷없이 팔을 내민다.

"봉지 하나 줘요. 지금 머릿속에서 아이디어가 봇물 터졌으니까 빨리 가서… 엄마!"

봉지 하나 때문에 깡충깡충 뛰던 엄 피디가 실수로 내 가슴에 기대고 깜짝 놀라서 엄마를 찾았다.

바로 그때, 마른하늘에서 낙뢰가 번쩍인다.

얼마나 컸던지 엄 피디는 놀라서 딸꾹질을 했다.

나는 하늘을 올려다보며 중얼거렸다.

"꼭 그때 같네."

500살 마녀가, 이계에서 지구로 넘어왔던 때가.

*　　　　　*　　　　　*

리모컨을 누를 때마다 TV에 강주희가 나온다.

영화 채널에서는 강주희 신작 영화 예고편이, 드라마 채널에서는 500살 마녀 재방송이, 그리고 광고가.

급기야 백은새는 손에 쥔 리모컨을 집어 던졌다.

배터리 뚜껑이 분리된 리모컨이 거실 바닥을 뒹굴자 토악질하듯 거친 목소리가 터져 나왔다.

"도대체! 최고남 그 자식은 무슨 마법을 부리는 거야?"

누구누구 고모, 주인공 괴롭히는 악녀 같은 기 센 캐릭터만 맡으면서 하향세로 곤두박질치던 강주희 아니었던가.

그런데 지금은 옛날처럼 다시 반짝거리고 있었다.

퓨처엔터에 들어가면서부터 말이다.

―…선배님이 하시면 정말 좋을 것 같습니다. 그럼, 고민해 보시고 연락 주세요.

피디에게 걸려온 전화 한 통에 온종일 머리가 지끈거린다.

백은새는 TV 속 윤기 나는 머리카락을 찰랑거리는 강주희를 보며 입술을 잘근 깨물었다.

"이것도 분명 최고남 머리에서 나온 거겠지."

아무래도 강주희 모친의 빚투 제보에 관여한 걸 아직 모르는 모양이다.

최고남이 어떤 놈인데.

알면 게스트 초대가 아니라 방송국 근처에도 못 가게 할 인간이다.

어쨌든 답은 처음부터 정해져 있었다.

핸드폰을 손에 든 백은새는 TVX 피디에게 보낼 문자를 적기 시작했다.

[프로그램 기획안하고 대본 좀 부탁해요.]

문자를 띡.

"원하니까 가줄게. 게스트가 될지, 불청객이 될지 모르겠지만."

살을 빼고, 보톡스를 맞고, 피부 관리를 받고, 실력 있는 스타일리스트를 찾아서 단단히 준비할 것이다.

그래서 보여줄 것이다.

강주희의 라이벌이 살아 있음을.

*   *   *

엄란 피디와 프로그램의 윤곽을 잡고 나서 퓨처엔터는 스케줄 정리부터 시작했다.

예능 제작은 길면 몇 달 전부터 기획을 하고 출연자들의 스케줄을 맞춘다.

연예인은 고정 프로그램이 많아서 미리 조율하지 않으면 안 되기 때문이다.

"환이는 안 될 것 같은데요?"

유병재가 등을 구부리고 윤환의 스케줄을 들여다본다.

드라마 촬영이 코앞이라서 예능에 할애할 시간이 없었다. 남자주인공인 만큼 캐릭터에 집중해야 할 때다.

"이미 환이는 고정하기 어렵다고 얘기했어."

그래서 예정대로 게스트로만 한 회 출연을 하기로 했다.

"소림이는요?"

"소림이는 하고 싶다고 하더라고."

녀석은 요즘 휴식을 취하며 무릎 관리를 하고 있다.

언제 터질지 모르는 폭탄이니 무릎을 계속 신경 써줘야 한다.

그러다 보니 집순이 생활에 염증이 나는 모양이다.

슬쩍 물었더니 얼굴이 환해져서 '하고 싶어요!'라며 손을 번쩍 들더라고. 심심하던 차에 잘됐다나, 뭐라나.

"릴리시크와 은별이는 출연하는 거죠?"

고은별이야 연기도 뚝딱, 촬영도 뚝딱이다. 아역배우 씬이 그렇게 많지도 않다.

릴리시크는 신곡 준비로 바쁘지만 뭐라도 해야 하는 신인이고.

아무튼 아티스트 스케줄은 정리가 됐고…….

"병재야."

나는 소파에 등을 기대며 유병재를 바라봤다.

"할 수 있겠냐?"

셰프 유병재.

작년 〈3인칭시점〉에서 먹방 매니저로 반짝 스타덤에 오르면서 탈모 광고를 비롯한 각종 인터넷 광고를 섭렵해 돈맛을 살짝 본 유병재.

그는 긴말할 필요 없다는 듯 턱만 살짝 끄덕였다.

"그럼 됐고. 다른 사람들은… 각자 자기 일 하세요."

날 쳐다보던 직원들이 입맛을 다신다.

연예인들도 아니면서 왜 이렇게 방송에 나가고 싶어 하는 건지 모르겠네.

"TV에 얼굴 비치는 것 좋지 않습니다. 병재 봐요, 사람들이 사인해 달라 사진 찍어달라. 얼마나 귀찮은데."

"내가 뭐 유명해지고 싶어서 그러나. 회사의 좋은 이미지를 위해서 살짝만 얼굴 비치려는 거지."

고 이사가 볼멘소리를 웅얼거린다. 반면 차가희는 눈을 부릅뜨고 있다. 얼마나 반짝이는지 눈동자를 통해서 머릿속 생각이 고스란히 비치는 것 같다.

"차 팀장, 구독자 지금 몇이나 돼?"

차가희가 씨익 웃으며 오른손으로 브이를 내민다.

"실버 버튼 받았죠!"

센 언니 콘셉트에 은별이, 윤소림, 릴리시크가 게스트로 출연하는데 구독자 10만 명이 안 넘으면 그게 이상한 거지.

"그럼 이제부터 은별나라 스튜디오에서 촬영해."

"진짜요?"

차가희의 저 감격에 겨운 표정.

노랑머리를 살랑살랑 흔들며 금방이라도 눈물 쏟을 것 같은 촉촉한 눈동자로 나를 바라보는 저 표정.

저거 연기다.

"뭘 새삼스럽게. 한참 전부터 은별나라 스튜디오에서 편집하고 관리해 주고 있었잖아?"

"몰래 하는 거랑 허락 맡고 하는 거랑은 차원이 다르죠! 아싸!"

"뻔뻔해서 마음에 든다."

나는 고개를 끄덕이고 김승권을 바라봤다.

시키는 일 잘하고, 노력하려고는 하는데, 도통 일머리가 없다.

더구나 사내 연애에 목말라 있고.

"열심히 하자."

"열심히 하겠습니다!"

잘해, 잘.

"그리고 백지우 매니저는, 불편하면 촬영장에 안 가도 돼."

고모인 백은새 품을 떠나 우리 회사에 둥지를 튼 그녀다.

그래서 불편할까 봐 얘기했다.

"아닙니다. 릴리시크 가는 데 제가 가야죠. 매니저니까."

"오케이. 그럼 회의는……."

여기까지라고 말하려고 했는데, 옆에서 빤히 쳐다보는 시선 때문에 마른침을 삼키고 돌아봤다.

윤환이 날 애타게 바라보고 있었다.

"대표님, 저 출연할 수 있을 것 같은데요?"

"안 돼."

고개를 가로저었더니.

"할 수 있습니다. 저도 같이 재밌게 촬영하고 싶습니다!"

"안 돼."

김유리 상대역인데 적당히 준비해서는 안 된다.

매니저 역에 몰입하고 또 몰입해야지 그나마 김유리 연기를 받아칠 수 있을 거다.

시무룩해진 윤환을 달래고 나서 귀를 쫑긋 세웠다. 이쯤이면 된 것 같은데…….

"오케이, 커트!"

딱 마침 은별이의 컷 사인이 떨어졌다.

이제는 회의하는 것도 유튜브 각이라나 뭐라나.

자리에서 일어나자, 은별이가 내 앞에 달려와서 눈을 동그랗게 뜬다. 눈동자에 때 이른 별이 가득했다.

그래서 번쩍 들어줬다.

"은별이는 어쩌면 이렇게 가볍니?"

허리가 찌릿하다. 많이 컸단 말이야.

들썩들썩, 서울 구경 시켜주고 내려줬더니 후다닥 뛰어가서 카메라를 들여다본다.

백만 유튜버의 성실함이란.

그런데…….

"차 팀장, 뭘 그렇게 쳐다봐?"

"궁금하지 않으세요? 저도 가벼운지 무거운지."

바로 무시하고 사무실을 나와서 엄 피디에게 까똑을 보냈다.

나 — [저희는 스케줄 조절 끝냈습니다. 윤환 빼고 출연에 차질 없을 겁니다.]

엄피디 — [소림 씨는요?]

나 — [출연할 겁니다. 말씀드렸듯이 포커스는 강주희라는 점 잊지 말아주세요.]

엄피디 — [윽! 고생하셨어요 ㅠㅠ 마침 BB7에서도 확답 왔어요, 하겠대요!]

나 — [다행이네요, 우차빈이면 고정 스케줄 많을 텐데.]

엄피디 — [퓨처엔터하고 한다니까 바로 콜 하던데요? ㅋㅋㅋㅋㅋ 비비7 대표님도 추진력 왓따거든요.]

나 — [그래요? 그쪽 대표님도 일 잘하시네. 그럼 촬영 때 봬요.]

엄피디 — [옙! 하트하트~]

*　　　　*　　　　*

—300미터 앞 10시 방향 좌회전입니다.

"이 방향이 맞는 건가."

"대표님, 그냥 매니저 형한테 맡겨요. 대표님 길치잖아요."

"내가 무슨 길치야? 전국 팔도 동네 구멍가게 위치까지 내 머릿속에 로드맵이 쫙 펼쳐져 있는데."

지앤유 엔터테인먼트 박현우 대표는 허풍이 심한 편이었다.

직원들뿐 아니라 BB7 멤버들도 다 아는 사실이라서 그러려니 하는 편이었다.

"근데, 대표님 너무하시는 거 아니세요?"

"뭐가?"

"저희 데뷔 방송 때도 안 오셨던 분이 윤소림 보겠다고 직접 운전까지 하고."

"아니라니까. 오늘 박 실장 첫 스케줄이기도 하겠다, 겸사겸사 온 거지."

박현우 대표는 조수석을 흘낏 처다보며 변명하듯 대꾸했다.

조수석에는 얼마 전까지 10넘버즈 매니저 실장으로 있던 박천기 실장이 앉아 있었다.

"박 실장, 면접 때도 얘기했지만 내가 바라는 건 박 실장이 10넘
버즈를 케어하면서 쌓은 노하우를 비비7에 녹여주는 겁니다."

"예."

"하지만 10넘버즈 때와는 다르게 행동하셔야 합니다. 팬 밀치
고, 폭행하고, 팬 꼬셔서 연애하고. 그런 거 절대 안 됩니다. 박
실장이 그랬다는 게 아니라, 그쪽 회사에 대해 들은 게 있어서
그래요."

"당연하죠. 주의하겠습니다."

박천기 실장은 신중히 고개를 끄덕였다.

10넘버즈 회사는 악의 소굴이었다. 그러니 단톡방 사건이 터
지지.

그런 곳에는 나쁜 기운들이 모여든다. 악한 사람을 더욱 악하
게 현혹하는 잡귀들이 꼬이는 것이다.

'그래서 내가 이상한 환상을 본 거야.'

신내림이라는 운명을 피하기 위해서 기 센 사람들이 바글바
글한 연예계에서 일을 시작했건만.

잡귀가 있는 곳에 머물고 있으니 수호신이 노여워한 것이 분
명했다.

그래서 박천기 실장은 사표를 내고 지앤유 엔터테인먼트로 이
직을 선택했다.

이 회사가 사람들도 괜찮은 데다 비비7 멤버들도 착하다는
소문이 자자했으니까.

'그런데 하필이면 첫 스케줄이 퓨처엔터라니.'

운명이란 말인가.

"근데, 천기누설 할 때의 그 천기야? 하하!"

이직하면서 한 가지 간과한 사실은 박현우 대표라는 사람, 아재 개그의 달인이었다.

거기다가 쪼잔하다.

첫날 환영 회식 자리에서 같은 박 씨라고 호형호제하면서 시계를 풀어주더니 다음 날 손목을 연신 흔들어대면서 시계를 안 차니 손이 시리다는 말을 수십 번도 더 하길래 저녁에 도로 갖다 바쳤다.

'아니야, 좋은 생각만 하자. 엄마처럼 살 수는 없어.'

강남에 빌딩이 있고 세상만사 꿰뚫어 보는 유명한 무당이면 뭐 하나.

그냥 평범하게 사는 것이 제일이다.

더는 어렸을 때처럼, 귀신을 보는 일은 없어야 한다.

온갖 잡귀들의 하소연과 심심풀이 장난에 시달렸던 유년 시절은 떠올리기도 싫을 만큼 최악이었다.

"근데 차빈아, 너 윤소림이랑 너무 친해지면 안 된다. 팬들 난리 나."

"되게 좋은 사람 같던데요."

"그래, 예쁘지."

자연스럽게 그 말을 뱉은 박 대표가 눈썹을 껑충 올린다.

"내 말은, 좋은 사람이라는 거야."

"맞네, 윤소림 보러 온 거."

"인마, 내가 지금 진지하게 얘기하잖아!"

갑자기 화를 버럭 내더니.

"아무튼, 지금은 강주희가 강세니까 스케줄 내긴 한다만, 적당히 엮이란 말이야."

"지금은?"

"넌 이 바닥을 몰라. 스캔들 한 방에 나가떨어지는 게 이 바닥이다. 강주희가 전적이 없던 것도 아니고, 그러니까 엮여서 시너지를 얻을 수도 있지만 같이 추락할 수도 있다는 거야."

"대표님은 너무 걱정이 많으세요. 퓨처엔터 대표님은 전에 보니까 여유가 철철 넘치시던데."

"한강이냐? 철철 넘치게? 기차야? 칙칙폭폭!"

"그런 것 좀 안 하시면 안 돼요? 희라 누나 생각 좀 해주세요. 밤에 잠을 못 잔대요. 대표님 아재 개그 생각나서."

"그렇게 재밌었어?"

룸미러에 비친 강희라 홍보팀장의 눈빛이 싸늘하다.

"이게 다, 우리 홍보팀장 웃는 모습 한번 보려고 개그 치는 거다. 하여간 우리 홍보팀장 웃음이 짜다니까. 으하하!"

박 대표의 시끌벅적한 웃음소리를 들으며, 박천기 실장은 고민했다.

지금이라도 다른 데로 옮겨야 하나.

*   *   *

"대표님 얘기 많이 들었습니다. 추진력이 끝내주신다고요. 비비7 요즘 행보 보면 앞으로가 정말 기대됩니다."

"하하, 이제야 겨우 빛 보는 거예요. 아직 적자에서 허덕이고 있습니다. 근데, 예전 모습 그대로시네요."

"절 아세요?"

박 대표는 죽기 전에 나와 친분을 꽤 쌓았었다. 골프 친구였으니까.

그런데 지금은 인연이 없는데.

"예전에, 제가 매니저였던 시절에 마주친 적이 있습니다. '검의 노래' 오디션 때요."

최서준을 일약 스타덤에 올린 영화.

그때 오디션장에 있었던 모양이다.

"아, 제가 기억을 못 했네요. 반갑습니다."

"모를 수 있죠, 언제 적 일인데. 이쪽은 저희 강희라 홍보팀장."

"반갑습니다. 최고남입니다."

악수를 나누고 나서 물었다.

"식사들은 하셨어요? 제가 밥차 불렀는데, 안 하셨으면 가서 식사하시죠."

"하하, 저희 밥 먹고 왔습니다. 오다가 제육볶음 끝내주게 잘하는 데가 있다고 해서 두 공기씩 먹고 왔어요."

박 대표는 호탕하게 웃고 나서 주위를 둘러봤다.

"그나저나 현장이 아직 정리가 안 됐네요. 정신없네. 뭐, 이래야 현장이지만."

"그거, 제육볶음 드셔서 그래요."

무슨 말이냐는 듯 박 대표와 강희라 팀장이 날 물끄러미 쳐다본다.

어휴, 답답한 사람들.

"정신없는 돼지가 혼돈이래요. 돼지 돈(豚)."

가볍게 던진 아재 개그에 박 대표의 눈이 가늘어진다. 유머를 모르는 사람인 모양이다.

반면 강희라 팀장이라고 했던가. 입을 가리고 쿡쿡 웃는다.

그리고 왜인지 모르게 박 대표가 그녀를 쏘아본다.

좀 더 화려한 개그를 펼쳐볼까 하는 그때, 메이크업을 마친 강주희가 차에서 나왔다.

펜션을 둘러싼 숲처럼 풍성한 머리숱이 바람에 흩날린다.

그 뒤로 귀신 1, 2, 3, 4, 5가 줄줄이 내린다.

은별이는 창백한 피부에 하얀 드레스를 입은 부잣집 소녀 귀신, 릴리시크는 수학여행 왔다가 사고사한 학생 귀신들.

가만, 사진을 좀 찍어야겠다.

"귀신들! 사진 찍자!"

신나게 달려가는데, 멀뚱히 서서 펜션을 지켜보는 남자가 눈에 띄었다. 어디서 봤더라.

진짜 귀신이라도 본 것처럼 표정이 심각한 얼굴인데. 아무튼.

은별이와 릴리시크 사진을 핸드폰에 가득 담았다. 스태프들도 너도나도 앞다퉈 사진 촬영을 부탁했다.

실컷 찍고 있을 때 눈에 익은 카니발 차량이 도착했다. 백은새였다.

어떤 표정일까, 어떤 모습일까 궁금해하며 차를 바라봤다.

그렇게 차에서 내린 백은새는 누구보다 밝고 누구보다 활기찬 목소리로 등장했다.

"안녕하세요! 안녕하세요!"

언제 왔는지 내 옆에 선 엄 피디가 입꼬리가 올라간 웃음을 띠고 속삭인다.

"감동 스토리로 가기에는 너무 밝은 등장인데요?"

"연기자잖아요."

백은새가 저렇게 등장할 거, 어느 정도 예상했다.

"어머, 언니!"

"은새야!"

강주희가 손을 마구 흔들며 백은새를 반긴다.

누가 보면 되게 친해 보이겠지만, 실상은… 하여간 여배우들이란.

"세트는 어느 정도 정리됐으니까, 일단 동선이랑 대본 맞춰보는 것부터 하죠. 대표님은 귀신 준비해 주세요."

나는 피식 웃고 산장 앞에서 기념사진을 찍고 있는 귀신들에게 다가갔다.

그런 다음 은별 귀신 앞에서 허리를 살짝 숙이고 설명했다.

"잘 들어. 카메라 테스트 먼저 할 거야. 그러니까 피디님 얘기 잘 들어야 해. 알았지?"

"예!"

"릴리시크도 너무 긴장하지 말고."

"예!"

다시 허리를 펴고 귀신들을 들여보냈다.

귀신 1, 귀신 2, 귀신 3, 귀신 4, 귀신 5, 귀신 6.

그러고 나서 허리춤에 손을 얹고 지켜보다가 나도 모르게 눈살을 찌푸리고 말았다.

"귀신 6?"

은별이와 릴리시크면 다섯인데… 하나가 더 있네?

팔뚝에 솟은 닭살을 쓸어내리는데, 옆에서 저승이가 심각한 얼굴로 중얼거린다.

[허허, 이 또한 운명이구나.]

                    *   *   *

"강 팀장, 아까 웃더라? 그 썰렁한 개그를 듣고도?"

펜션을 둘러보며 심드렁하게 묻는 박현우 대표.

"대표님보다 백배는 재밌던데요."

"야, 내 개그랑 뭐가 달라? 말해봐. 어디가 달라?"

이유나 알고 싶어 물었지만, 강회라 팀장은 그의 얼굴만 빤히 쳐다봤다.

왠지 심하게 섭섭해지려는 찰나에 그녀가 시선을 돌리며 속삭인다.

"그냥 예의상 웃어준 거예요."

"그렇지? 어쩐지."

"그런데, 정말 윤소림 보려고 오신 거예요?"

"야, 내가 할 일 없냐?"

박 대표는 팔짱을 끼고 주위를 둘러봤다. 퓨처엔터 대표를 찾는 데는 오래 걸리지 않았다. 눈에 확 띄는 사람이니까.

"나 지난번에 미디어포럼 갔다 왔잖아. 방송국 인간들한테 눈도장 좀 찍으려고 말이야. 근데, 거기서 방송3사 국장 본부장이란 사람들이 서로 퓨처엔터랑 일하겠다고 싸우더라. 하, 기가 막힌데… 궁금하더라고. 퓨처엔터 대표가 어떤 사람인지."

"전에 보셨다면서요?"

"그때야 나나 저 양반이나 둘 다 신입이었고, 나중에 저 사람은 N탑 부문장이라고 사무실에만 박혀 있었는데 나랑 부딪칠 일이 있었겠냐."

입술을 구겨가며 기억을 회상하던 박 대표가 고개를 갸웃한다.

"근데, 가만 보면 옛날에도 보통은 아니었어."

"그래요?"

"어. '검의 노래', 그거 원래 최서준 거 아니었거든. 캐스팅 결과를 바꾼 것 보면 매니저 역량이 보통이 아닌 거지. 아니면 회사 빽이었던가."

"그렇구나."

"그렇다니까. 근데, 박 실장은 아까부터 뭐 하는 거야?"

새로 온 실장이 일은 안 하고 펜션 내부만 둘러보고 있다.

아주 불안한 얼굴로.

"되게 분위기 잡고 있네."

*　　　　*　　　　*

"와."

릴리시크 멤버들이 펜션 내부를 둘러보며 입을 벙긋거린다.

사진으로 봤을 때는 다 쓰러져 가는 낡은 목조주택이었는데 전부 뜯어고친 것 같았다. 사진에 없던 벽도 생겼고.

미술팀이 얼마나 노력했는지 대강 짐작이 갔다.

프로그램 콘셉트에 맞게 인테리어도 전체적으로 어둡게 꾸며서인지 전등 밑 테이블 주변만 따뜻한 느낌이 물씬 풍긴다.

지배인과 손님이 테이블에 둘러앉아 있고, 테이블 주변을 은별이가 뛰어다니면…….

"은별아, 너 진짜 귀신처럼 보이겠다."

"이히히!"

은별이의 볼이 잘 익은 감처럼 볼록해졌다.

톡톡 두드리고 일어나서 릴리시크를 바라봤다.

"너희들은 가만히 있다가 작가님이 시키는 대로 움직이기만 하면 돼. 알았지?"

당부했더니 소연우가 입술을 푸르르 떤다.

"저희 유튜브 보면서 귀신 연구 엄청 열심히 준비했는데."

"뭘 준비했는데?"

순간, 소연우와 권아라, 그리고 은별이가 두 팔을 들고 고개를 옆으로 픽 꺾는다.

"그건 귀신이 아니고 좀비잖아."

"이게 귀신 아니에요?"

"전설의 고향 안 봤어?"

옆에서 강주희가 툭 묻자 애들이 눈을 깜빡인다.

"그게 뭐예요?"

"너희 전설의 고향 몰라?"

아이들이 고개를 가로젓는다. 은별이도.

"은별이는 당연히 모를 테고, 은혜 너도 몰라? 너 어렸을 때는 방영했을 텐데."

"모르겠는데요."

강주희와 아이들 사이에 벽이 치솟는다.

세대 차이라는 벽.

"진짜? 와… 최 대표, 얘네 전설의 고향 모른대."

"그게 뭐예요? 전설의 고향? 나도 처음 들어보는데?"

퍽!

어깨에 묵직한 통증이…….

"애들 앞에서 폭력은 자제합시다. 은별이도 있는데."

"아, 은별아 미안. 이건 때리는 게 아니고 사랑의 터치."

강주희가 눈을 찡긋한다.

"은별아, 저거 거짓말이야. 거짓말은 나쁜 거야. 알았지?"

"예!"

"됐고, 차 팀장이 말해봐. 전설의 고향 몰라?"

"흐음, 그게 뭐지?"

차가희가 노랑머리를 손가락에 배배 꼬며 딴청이다.

"최 대표, 나 삐진다. 삐지면 알지?"

알죠, 일주일 가는 거.

"얘들아, 장난 그만하자. 강 배우님 삐지겠다."

"선배님, 저희 전설의 고향 알아요."

박은혜가 배시시 웃는다.

"어쭈? 너희들이 감히 날 건드려?"

"누님, 릴리시크 팬이 꽤 많습니다. 전 세계에 고르게."

콧바람 씩씩거리며 팔을 걷어붙이던 강주희가 슬며시 소매를 내리더니.

"근데, 우차빈 진짜 잘생겼지 않냐? 차 대표 걱정되시겠는데? 릴리시크가 혹시!"

"연애해. 하면 어때."

나는 릴리시크를 보며 확실하게 다시 말했다.

"그러다가 팬 다 떨어져 나가고, 비비7 팬들한테 욕 배부르게 먹고, 멤버들 실업자 신세 만들면 그만이지."

어깨가 처진 릴리시크 멤버들.

송지수는 그날을 상상하는지 얼굴이 사색이 됐다. 그러더니.

"얘들아, 우리 연애하지 말자! 절대!"

훗.

"농담이고, 연애해도 돼. 대신 걸리지 마. 인기나 돈을 떠나서 팬들에게 예의가 아니야. 뭐, 강 배우님께서는 그런 거 아랑곳 안 하셨지만."

팬들이 설마 내가 좋아하는 가수가 평생 연애를 안 할 거라고 생각하겠는가. 다만 모르길 바랄 뿐이지.

"정말요?"

나는 반색하는 소연우를 보며 권아라에게 눈짓했다. 권아라가 소연우의 손목을 탁 붙잡는다.

"대표님, 가까운 시일 내에 연애를 할 것 같은 유력한 용의자를 잡았습니다!"

"잘했다, 권아라!"

"언니는 지금 미끼에 걸려 버린 것이여!"

"으으, 너무해."

"농담이야, 연애도 해봐야 좋은 곡이 나오고 좋은 가사가 나오지."

릴리시크에게 작사와 작곡을 계속 가르치고 있다.

아직 걸음마 수준이지만 천재 작곡가와 천재 작사가 덕분에 금방 성장할 것이다.

"이제 안 속아요!"

그렇다면야. 나는 고개를 끄덕였다.

"아라야, 더는 안 속는 것 같다."

"연우만 집중해서 지켜보겠습니다!"

"너만 믿는다."

"진짜 너무해! 저도 지켜볼 거예요, 대표님 연애하는지 안 하는지!"

난 실컷 할 나이인데…….

"대표님."

은별이가 내 바지춤을 잡아당긴다.

"왜?"

"저 남자 친구 있어요."

헐.

우린 다들 고개를 숙이고 은별이를 바라봤다.

"누구?"

"민우요. 박민우. 같은 반이에요."

이럴수가.

다리에 힘이 풀린다. 남자 친구라니, 너무 이른 거 아닌가.

"아이고, 애 아빠 충격 먹으셨네."

날 힐긋 보며 핀잔하는 강주희와.

"은별아, 걔 잘생겼어?"

"키 커?"

"누가 더 좋아하는 거야? 은별이야, 걔야?"

백만 유튜버의 사생활에 질문 공세를 퍼붓는 릴리시크 멤버들.

우리가 이렇게 웃고 떠들며 시간을 때우는 이유는 강주희와 백은새 때문이다.

겉으로는 둘 다 웃고 있지만 서로 멀찍이 떨어져 있는 모습이 냉전시대를 연상케 하고 있었다. 이런 식으로라도 떠들어서 분위기를 띄워야 안 그러면 촬영도 못 할 것 같다.

근데, 진짜 은별이가 남자 친구가 있다고?

언제는 멍구랑 결혼한다며?

자식 키워봐야 다 필요 없다더니.

김승권 얘는 뭐 하는 거야. 은별이한테 남자 친구가 생겼으면 회의 때 보고를 했어야지.

안 되겠다. 언제 한번 학교 가서 봐야지.

"대표님."

심각한 상황에서 누가 내 옷깃을 잡아당기길래 뒤를 돌아보니 엄 피디였다.

"아까는 봄바람이더니, 지금은 찬바람이야. 어떻게 해요?"

그녀가 강주희와 백은새를 번갈아 보며 절박하게 묻는다.

"어떻게 하긴요. 그냥 밀어붙여야지."

"에이, 모르겠다!"

뒷머리를 긁적이던 엄 피디가 박수를 짝!

흩어져 있던 출연진들이 한데 모인다.

"대본 보셨을 테니까 간단하게 설명드릴게요. 객실장은 게스트의 취향에 맞는 객실로 꾸미고, 셰프는 게스트와의 추억이 담긴 요리와 디저트로 마무리, 저녁에는 우차빈이 준비한 레크리에이션으로 마무리할 겁니다. 그래서 결과적으로 지배인의 환대와 추억이 담긴 요리를 보면서 게스트가 과거를 회상하는 흐름이에요."

강주희는 팔짱을 낀 채로 귀담아듣고 있고, 백은새는 여유 있게 미소를 머금고 이따금 고개를 끄덕인다.

"엄 피디, 다 좋은데 우리 너무 짜치기 하지 말자."

강주희 말은 대본대로만 움직이지 말라는 얘기였다.

엄 피디가 웃으며 고개를 끄덕인다.

"선배님이 그림 잘 만들어주시면 저희야 짜고 치는 고스톱 할 필요가 없죠."

"또 그렇게 얘기하니까 부담된다?"

"부담되라고 말씀드리는 건데요? 저희 시청률 대박 터뜨려야 한단 말이에요."

엄 피디가 응석받이처럼 우는소리를 낸다.

"무슨 걱정이니? 차빈이 팬들이 기본 3프로는 먹어줄 테고, 윤소림 팬이 또 그만큼 먹어줄 텐데. 그것도 모자라면 우리 백만 유튜버께서 에헴! 하고 기침 한 번 하면 10프로 금방이야."

강주희가 은별이의 뒷목을 간지럽힌다.

까르르 웃음소리에 나도 모르게 입꼬리가 올라간다.

"차빈 씨만 믿는 거 알죠?"

엄 피디가 두 손을 모으고 우차빈을 바라본다. 눈빛도 초롱초롱.

"아, 예."

우차빈이 어색한 미소를 보이다가 나와 눈이 마주쳤다.

흘겨봐도 얼굴선이 부드럽고 키도 커서 센터로 제격이다.

박 대표가 저 녀석을 처음 봤을 때 유레카를 외쳤다던데, 그럴 만하다. 내가 유유를 처음 봤을 때도 그런 기분이었으니까.

"근데 병재는 뭐 해?"

유병재는 주방을 살펴보고 있었다.

매의 눈으로 꼼꼼하게, 렌터카를 반납할 때의 긴장감 같은 게 느껴진달까.

구비된 식기류, 조리 도구, 음식 재료와 조미료들을 섬세하게 체크한다.

칼을 바라보는 눈에서는 섬광이 번쩍.

그 모습을 보면서 강주희가 혀를 내두른다.

"누가 보면 골목식당 촬영인 줄 알겠네."

아무튼 촬영은 일주일 동안 이어진다.

백은새는 오늘과 내일, 사흘째 날은 윤환과 김솔이 온다.

"은새야."

강주희가 그 이름을 부르자.

"응, 언니."

백은새가 밝은 얼굴로 돌아본다.

"와줘서 고마워."

"아니야, 언니가 오라면 와야지."

"우리 재밌게 하자."

"그래요, 이왕 하는 거 우리 재밌게 해요."

저 둘이 너무 살갑게 얘기하는 모습이 어째 불안불안하다.

엄 피디도 나와 같은 생각인지 두 사람을 호기심 어린 눈으로 바라보다가 재차 박수를 쳤다.

"자, 그럼 이제 촬영 들어가야 하는데, 소림 씨는 언제 오나?"

"승권이 전화 왔는데 거의 다 왔다고……."

얘기하려는데, 갑자기 누군가 외쳤다.

"윤소림 왔다!"

그 말과 동시에 남자 스태프들이 열일 제쳐두고 밖으로 뛰어나간다.

그런데 맨 앞에 튀어 나가는 사람은 박 대표 아닌가?

윤소림 보겠다고 제일 먼저 튀어 나가는데, 지앤유 엔터 팀장이 제 이마를 붙들고 한숨을 쉬며 속삭인다.

"아휴, 쪽팔려."

그나저나…

나는 아까부터 저기 테이블에 앉아 있는 남자가 신경 쓰인다.

창백해서, 그림자 하나 없는 남자가.

[행사장 가야 하는데, 행사장 가야 하는데.]

저 말만 계속 중얼거리고 있거든.

'쟤 뭐냐?'

저승이가 고개를 절레절레 흔든다.

불어 터진 짬뽕 면 같은 곱슬머리가 내 눈앞에서 출렁거린다.

[지박령은 아니고, 병사네. 기억도 거의 잃은 것 같고.]

'저 귀신은 저승길 못 가는 거야?'

[딱히 죄지은 것은 없어서 끌려갈 일은 없고, 미련만 해결하면 성불할 수 있을 것 같은데요? 왜요? 형광 구슬… 아니, 신께서 주신 그걸 쓰시게요?]

나는 볼을 긁적이고 대답했다.

'미쳤냐? 그 아까운 걸.'

귀신 한두 번 보나.

죽었다 살아온 후로 하루에도 수십 번 보는 게 귀신이다. 티를 안 내서 그렇지.

교통사고 다발 구역 지나갈 때면 좀비들 같은 귀신들이 도로 위를 어슬렁어슬렁, 한마디로 장르가 바뀐다.

[뭐 하던 놈인지 한번 볼까요?]

저승이가 내 몸에 슬쩍 들어온다.

나는 테이블을 돌아서 지나가는 척 팔을 휘젓다가 귀신의 어깨를 툭.

.

.

.

"일어나, 행사장 도착했어."

남자는 룸미러에 비친 뒷좌석을 보며 말했다.

"그만 자고 일어나, 눈곱도 떼고."

"5분만, 5분만 더."

남자는 허리를 틀어 아예 뒤를 돌아봤다. 그러고는 잠든 여배우의 무릎을 찰싹 때리며 말했다.

"백은새! 너 빨리 안 일어나?"

"아아."

그제야 여배우는 졸린 눈을 비비고 일어났다.

"눈곱도 떼고."

"눈곱 안 끼었거든? 왜, 화장도 다시 하라고 하지?"

"화장은 안 해도 되겠다."

남자는 피식 웃고 다시 말했다.

"지금도 예쁘니까."

*   *   *

"자, 오래 기다렸습니다. 다음에 모실 분은 데뷔한 지 석 달도 안 된 신인 가수입니다! 오늘 모란 시장을 찾은 아버님 어머님들의 마음을 녹일, 트로트계의 신성! 가수 백은새가 부릅니다! 좋아한다고 말할까 사랑한다고 말할까!"

사회자의 멘트가 탁 튀어 오르는 타이밍에 맞춰 반짝이 드레스를 입은 백은새가 무대에 올라왔다.

올해 나이 스물셋.

트로트계의 기라성 같은 선배들에 비하면 아장아장 걸음마 뗄 나이였지만, 특유의 밝은 성격으로 전국 팔도 행사장을 누비는 그녀의 등장에 장내에 환호성이 터졌다.

"나는 매일 당신이 궁금해요."

온종일 소식을 기다리느라 일이 손에 잡히질 않아요

좋아한다고 말할까 사랑한다고 말할까, 겁이 나요 당신이 놀랄까 봐

좋아한다고 말할까 사랑한다고 말할까, 걱정돼요 당신이 싫어할까 봐

시간이 흘러 당신 곁에 내가 없더라도

지금은 당신 보며 떨고 있는 내 모습이 너무 좋아요.

"좋아한다고 말할까 사랑한다고 말할까, 걱정돼요 당신이 싫어할까 봐."

어르신들의 박수 박자에 맞춰서 나비처럼 무대를 훨훨 나는 어리고 예쁜 가수는 모두의 사랑을 한 몸에 받을 수밖에 없었다.

"이야, 나비가 따로 없네."

스태프들도 저마다 감탄하며 무대에서 시선을 떼지 못하는 이때, 후덕한 남자가 사규범 매니저의 곁에 다가와 무대를 가리키며 물었다.

"저기요, 저 친구 매니저죠?"

"예, 백은새 매니저 사규범입니다."

"나, KIS 피디인데."

"아휴, 피디님!"

그 말이 떨어지게 무섭게 사규범 매니저는 넙죽 목례부터 했다.

이 바닥에서 인사는 일단 기본으로 깔고 가는 거니까.

"노래 부르는 친구 캐릭터가 밝네."

"예, 성격 밝습니다! 착하기도 하고요!"

"착한 건 관심 없고, 방송 출연 가능하죠?"

"아휴, 당연하죠!"

KIS 피디가 명함을 내밀며 미소 짓는다.

하얀 치아에서 퍼져 나가는 눈부신 빛 앞에서 사규범 매니저는 겨우 눈을 뜨고 명함을 살펴봤다.

'방… 기룡 피디?'

"난 솔직히 저 친구보다 그쪽 눈빛이 마음에 들어서 그래요."

방 피디는 말했다.

무대를 바라보는 사규범 매니저의 눈이 태양처럼 이글거렸다고.

백은새의 무대를 한순간도 놓치지 않으려고 눈 한 번 깜빡이지 않은 그의 모습이 방 피디의 마음에 쏙 든 모양이었다.

"조만간 KIS 한번 들러요."

"꼭 찾아뵙겠습니다!"

"그래요, 그때 봅시다. 스읍, 진짜 눈빛 마음에 든단 말이야."

피디가 떠나고, 잠시 뒤 백은새가 무대를 마쳤다.

그녀가 무대를 내려오면 서둘러 챙기는 것도 사규범 매니저의 몫이었다.

팬들을 가로막고, 땀을 닦으라고 수건을 주고, 부채질을 해주며 차에 태운다.

"수고했어! 진짜, 잘했다!"

"왜 그렇게 들떴어?"

사규범 매니저는 피디를 만났다는 얘기를 할까 하다가 그만 뒀다.

아직 확정된 건 아무것도 없으니까.

"아니야, 너 잘해서 그래."

칭찬에도 백은새는 입이 삐죽 나왔다. 또 뭐가 마음에 안 드는 걸까.

"오빠, 나 언제까지 남의 곡만 불러야 해?"

"그 곡 좋잖아. 반응도 좋고."

"그래서 신곡 언제 나오냐고!"

"곧 녹음할 거야. 좀만 기다리자. 자, 이제 서울 들어가야지."

"하, 또 말 돌린다."

이러다가는 백은새가 정말 삐질 것 같아서, 사규범 매니저는 괜스레 분주하게 움직였다.

"배고프지?"

"밥 먹을 시간 있어?"

"어떻게 하지? 시간이 간당간당한데. 김밥이라도 살까?"

"너무 먹어서 입에서 김 냄새 나겠다."

투덜거려도 막상 사 오면 잘 먹는 것을 알기에, 사규범 매니저는 서둘러 차에 시동을 걸었다.

"오빠, 나 무대 하고 있을 때 앉아서 좀 쉬고 있어."

"왜?"

"노래하는데 오빠밖에 안 보이더라. 힘들지 않아?"

"힘들긴. 좋기만 하구만."

내 가수가 무대에서 빛나는 모습을 보는데 힘이 들 리가 있나.

사규범 매니저는 기분 좋게 웃으며 에어컨을 조절했다.

"다른 가수 매니저들이 뭐라는지 알아? 오빠 눈이 블랙홀 같대. 내가 빨려 들어갈 것 같다고."

"야, 너만 한 애가 내 눈에 어떻게 들어가냐?"

"나만 한 애가 뭔데? 살쪘다는 거야?"

"아니, 아니. 그게 아니고."

"됐어, 나 김밥 안 먹어!"

"삐졌어? 라디오 틀어줄까?"

틱.

오오~ 달링!

약속할게 너에게~

내가 밤하늘 별이 돼도~ 네 곁을 맴돌게~

오오오~ 다아~ 링!

널 사랑해~ 우리 사랑은~ 영원할 거어야~

이 말을 속~ 삭여 줄게 오오오~

.

.

.

"이 새끼야. 곡 뽑는데 어디 한두 푼이야? 좀 잘나가는 작곡가한테 의뢰하면 곡비, 작사비, 거마비까지 돈 천 그냥 깨져, 인마."

"그래도, 언제까지 남의 곡만 부를 수는 없잖습니까."

"야, 괜히 어정쩡한 곡 부르면 오라는 데도 없어. 미친놈이 지금 행사 잘나가고 있는데 갑자기 뜬구름 잡는 소리를 하고 있어."

매니지먼트 사장은 신곡 얘기에 불같이 화를 냈다.

욕설을 섞어가면서 안 되는 이유를 쏟아내고는 삐딱하게 소파에 기대 눈을 흘긴다.

"투자? 그래, 네 말대로 투자 좋지. 근데 연예인이 영원한 거 봤어? 지금이야 사람들이 백은새 귀엽다 귀엽다 하고 카메라가 온통 자기한테만 오니까 들떠 있겠지만, 발 한번 삐끗하면 그것도 끝이야."

"은새 관리는 제가 잘하겠습니다. 지금 반응 좋은데, 이럴 때 곡 하나 터지면⋯⋯."

"그럼 걔가 여기 있겠냐? 딴 데 가지."

사장은 허리를 숙이고 이어 말했다.

"규범아, 연예인은 말이야, 통장 같은 거야. 이율 좋은 통장. 그러니까 적당히 잔고 차면 해약하고 새 통장 만들자고. 그게 내 방식이야."

"대표님."

"너 걔한테 맘 있냐?"

"무슨 소리세요, 그게⋯⋯."

"그런 거 아니면 닥치고 운전만 해, 이 새끼야! 너 때문에 통장 깨지면 내가 너 죽여 버릴 거니까."

서슬 퍼런 사장의 눈빛 앞에서 사규범 매니저는 고개를 떨구고 그 자리를 피했다.

기껏해야 주차장의 차 안으로 피신했을 뿐이지만.

차 안은 백은새의 흔적이 가득했다. 인형이 없으면 잠을 못 자서 뒷좌석에 커다란 곰 인형이 앉아 있었다.

곰 인형을 바라보며 그는 연신 한숨을 내쉬었다.

사장의 저런 모습, 예상 못 한 건 아니었다. 항상 돈이 우선인 사람이니까.

그래도 백은새한테는 다를 줄 알았는데.

매니저라면 응당 내 손으로 스타를 만들고 싶은 욕심이 있는 법이다. 그런데 사장은…….

"통장이라니. 그게 할 말이야?"

너무 어이가 없으니 화도 안 난다.

그러고 보니 사장이 소속 가수들하고 살가운 말 한마디 하는 모습을 본 적이 있던가.

애초에 가수와 살가운 매니지먼트 사장이 있기는 한 걸까.

사규범 매니저는 업계의 맨얼굴에 신물이 날 것 같았다.

대중이 바라보는 스타는 화려하고 별처럼 빛나는 세상에 머물고 있을 것 같지만, 이곳은 돈만 밝히는 인간들만 바글바글하다.

"아니야, 방송 한번 타면 사장님도 생각이 달라지겠지."

사규범 매니저는 마지막 희망을 가지고 핸드폰을 들었다.

그런데 아까부터 마치 이 상황을 누군가 훔쳐보는 것 같은 느낌이 들어서, 순간 그는 옆을 휙 돌아봤다.

"누구야!"

*　　　　　　*　　　　　　*

[그래서 방송 출연을 했고, 당연히 반응이 좋았습니다. 하지만 그때는 몰랐죠. 그게 실수였다는 걸.]

우리가 기억을 엿본 영향인지 사규범 매니저, 아니, 망자의 정신이 돌아왔다.

　아무튼 얘기의 결론은 그렇게 방송 출연을 하면서 백은새의 인기가 치솟게 됐고, 원하는 대로 새 곡도 받고 지원도 받게 됐다는 해피 엔딩, 은 아니었다.

　[사장님은 제가 은새에게 도움이 되지 않는다고 생각했어요. 그러더니 결국은…….]

　내가 그 전후 사정은 알 수 없겠으나 대충 어떻게 된 건지는 알 것 같았다.

　그 사장이란 사람 눈에는 백은새 매니저가 눈에 거슬렸을 것이다. 매니저가 노력하면 할수록, 그래서 백은새가 성공하면 할수록 자신의 영향력이 흔들린다고 여겼을지도 모른다.

　혹은 백은새가 매니저와 함께 회사를 떠날까 봐 전전긍긍했을지도 모를 일이고.

　한마디로 매니저가 일을 너무 잘해서 문제가 된 케이스다.

　물론 나는 너무, 너무 잘했던 케이스고.

　아무튼.

　사정이 그렇다는 것은 알겠으나, 나와는 상관없는 일이었다.

　백은새라고 달가워할 일도 아닐 것이다. 20년은 더 된 일일 테니까.

　[근데 이건 무슨 촬영이죠?]

　케케묵은 이야기를 털어놔서일까.

　망자는 한결 가벼워진 표정으로 나를 바라보며 물었다.

　"예능입니다. '내 집의 지배인'이라고. 메인 호스트인 강주희가 게스트를 초대해서 대접하는 관찰 예능이죠. 오늘 게스트가 백은새 씨고요."

[관찰 예능이요?]

"인위적인 설정을 최소화해서 스타의 일상을 자연스럽게 시청자들에게 보여주는 방식입니다. 그래서 카메라도 미리 설치해 놓고, 촬영팀도 최대한 눈에 안 띄는 동선에서 서 있는 겁니다."

[아, 그렇군요.]

망자가 눈을 빛내며 자리에서 일어나려 했다. 그러자.

[생의 미련을 가진들 바뀌는 것은 없다. 험난한 저승길, 기억이 돌아왔을 때 한시라도 빨리 사자의 인도를 받는 것이 망자에게 좋을 것이다.]

저승이의 표정이 사뭇 진지하다. 이럴 때는 모른 척해줘야 하는 법.

나는 짐짓 딴청을 하며 귀만 쫑긋 세웠다.

[하루만 더 은새를 보고, 그 뒤에 떠나겠습니다.]

[망자는 그 하루가 도대체 몇 번이나 반복됐는지, 알고 있나?]

저승이의 말투는 차갑고 건조했다. 망자의 모습에 신물이 난다는 듯한 표정이다.

나는 망자를 바라봤다. 젊다. 아마도 죽을 때의 모습일 것이다. 그보다 어린 나이였을 백은새는 주름과 흰머리를 감춰야 할 나이가 됐는데, 그는 그대로다.

이곳이 망자의 집이었고, 여기에 백은새가 촬영을 온 것은 우연이지만, 그 우연이 일어나기까지 20여 년의 시간이 흐른 것이다.

[하루만, 딱 하루만 더요.]

망자의 간절한 눈빛 앞에서 저승이가 입을 열려고 할 때, 그 눈동자에 백은새의 모습이 비쳤다.

촬영이 시작된 것이다.

"실례합니다."

백은새가 주위를 두리번거리며 펜션 내부를 눈에 담는다.

[은새가 연기를 하는 건가요?]

설정 하나, 산장 펜션에 초대된 연예인은 지배인이나 직원들과 전혀 모르는 사이다. 이곳에 발을 디딘 순간부터 연예인은 손님이고, 정성껏 대접을 받는다.

[아, 그렇군요. 그런데 집 분위기가 어째 많이 달라졌네요.]

설정 둘, 이곳은 사연 많은 지배인의 집이다.

설명하는 사이 백은새가 카운터에 다가갔다. 모니터 때문에 여직원의 고운 이마만 살짝 보였다.

"저기, 체크인하고 싶은데요."

백은새가 말을 걸자, 그제야 여직원의 똥 머리가 움직인다.

"어서 오세요, 손님!"

객실장 윤소림.

펜션의 어두운 분위기와 달리 밝은 표정이다.

방송 때 그녀의 등장에 붙을 자막이 눈앞에 그려지는 것 같다.

"손님, 숙박을 하시려면 이걸 작성하셔야 합니다."

객실장이 친절하게 내민 것은 종이 한 장.

빈 종이를 들여다보는 백은새에게 객실장이 친절하게 설명을 잇는다.

"저희 지배인의 집에 머무시려면 돈이 아닌 사연이 있으셔야 합니다. 그 사연을 적으시면 됩니다."

"사연이요?"

"사연의 내용에 따라서 숙박 여부와 서비스 등급이 결정됩니다."

백은새가 미간을 찌푸린다.

"자극적인 사연이라도 적어야 하는 건가요?"

"그건……."

객실장이 설명을 이으려고 할 때, 나무 바닥의 삐걱거림과 구두 굽의 또각 소리가 이어지더니 등장한 지배인.

강주희가 눈을 반짝이며 말했다.

"그건, 제가 판단합니다."

*   *   *

갑자기 등장한 지배인의 포스에 움찔한 손님은 잠시 고민하다가 펜을 들고 사연을 써 내려갔다.

이 알 수 없는 곳에 머물 수 있을 만하고, 지배인이 마음에 들어 할 만한 사연으로.

어느 정도 시간이 흘러 까만 글자로 채워진 종이가 지배인의 손에 건네졌다.

"흐음."

작은 콧소리를 흘리며 사연을 읽어 내려가는 지배인.

"사이가 소원해진 동료와 관계 회복을 하고 싶다고요?"

"예."

"흐음."

지배인의 눈이 가늘어진다.

"사연이 부족한가요?"

"손님의 사연은 조금 더 검토를 해야 할 것 같습니다. 숙박이 가능할지 여부는 이따 알려 드리죠. 객실장."

"예, 지배인님."

"손님 안내해 드려. 잠깐이라도 쉬실 수 있도록."

"예!"

객실장이 힘차게 대답하고 손님에게 다가온다.

저렇게 팔이 얇아서 짐이나 들 수 있을까 싶은데, 요란한 발소리와 함께 갑자기 등장한 벨보이.

"손님, 짐 옮겨 드리겠습니다."

백은새가 객실장과 벨보이의 안내를 받으며 객실로 향한다. 나무 바닥의 삐걱거림이 효과음처럼 들린다.

귀신이라도 튀어나올 것 같은 펜션의 분위기.

어딘지 불안한 소리와 불안한 느낌에 사로잡힌 그녀의 등이 멀어진다.

＊   ＊   ＊

객실로 향하는 복도.

어딘가에서 다다다, 들리는 발소리에 백은새는 눈썹을 치켜떴다.

'이상하다. 은별이와 릴리시크는 아까 밖에 있었는데 벌써 들어온 건가.'

뭐, 상관 있으려나.

"오래된 곳인가 봐요? 손님들 발소리가 다 들리네."

"손님들이요?"

윤소림이 미소 짓고 돌아본다. 그러더니 의아하다는 듯 다시 말했다.

"오늘 여기에 묵는 분은, 손님밖에 없으신데요."

그 모습에 백은새는 하마터면 웃음이 새어 나올 뻔했다.

'얘 좀 보게. 아주 제대로 몰입했네.'

진짜 객실장처럼.

"그래요? 발소리가 들리길래."

"아, 저희 셰프님이신가 봐요. 셰프님이 풍채가 좋으시거든요."

능청스러운 윤소림의 연기에 맞춰 백은새는 호응하듯 고개를 끄덕였다.

예능 한두 번 해보는 것도 아니고 이 정도는 식은 죽 먹기였다.

'그나저나 생각보다 괜찮네.'

펜션에 올 때까지만 해도 걱정을 좀 했었다.

오랜만의 예능 나들이기도 하고, 사전 미팅에서 얘기만 들었을 때는 좀처럼 그림이 그려지질 않았으니까.

하지만 실제로 펜션도 보고 윤소림과 비비7 우차빈까지 보니 느낌이 생겼다. 프로그램이 잘될 것 같은 느낌.

그래도 찜찜함은 남아 있지만.

'지난번에는 내가 미쳤지.'

SNS 갑질 논란 건도 그렇고, 젊을 적에 강주회에게 못 할 짓을 많이 했었다.

특히 지난번 빚투 건은······.

질투에 눈이 멀었기로서니 가족을 건드리는 짓을 했다.

강주회가 알았다면 그냥 넘어가지 않았을 터.

"필요하신 것 있으시면 언제든 말씀해 주세요. 식사는 30분 뒤부터 가능하십니다. 혹시 힘쓰실 일 있으시면······."

"언제든 절 찾아주세요! 저녁에는 장작불에 고기도 구워드리니까, 말씀만 하시고요!"

윤소림과 우차빈이 서로의 할 말을 하고 물러난다.

'확실히 윤소림이 배우긴 배우네.'

아이돌인 우차빈은 연기하는 티가 나는데, 윤소림은 진짜 일하는 사람 태가 난다.

'그럼, 나도 연기 좀 해볼까?'

숙박하러 온 손님이라면 방에 들어서서 제일 먼저 뭐부터 할까.

당연히 방부터 둘러볼 것이다.

방은 넓은지, 침대는 폭신한지, 화장실은 깨끗한지.

객실 인테리어는 오래된 호텔 느낌이었다. 가구도 앤티크한 느낌이고, 벽지도 올드하다.

하지만 침대는 폭신하다.

모서리에 걸터앉은 백은새는 엉덩이에 느껴지는 폭신함에 잠깐 벌러덩 드러누웠다.

이 모습, 방에 설치된 카메라가 그대로 잡을 테고, 엄 피디가 밖에서 모니터링하고 있을 것이다.

잠깐 침대의 부드러움을 느끼고 일어선 백은새는 문득 옆을 돌아보다가 침대에 놓인 인형을 발견하고 멈칫했다.

"곰 인형이네?"

어떻게 알았을까. 인형이 없으면 잠을 못 자는 것을.

곰 인형의 까만 눈동자가 왠지 든든하다.

그 옆에는 미니 라디오도 놓여 있었다. 옛 느낌과 잘 어울리는 소품이었다.

손을 뻗어 전원 버튼을 눌렀는데.

오오~ 달링!
약속할게 너에게~
내가 밤하늘 별이 돼도~ 네 곁을 맴돌게~
오오오~ 다아~ 링!
널 사랑해~ 우리 사랑은~ 영원할 거어야~
이 말을 속~ 삭여 줄게 오오오~

"이 노래… 진짜 오랜만에 듣네."

덜컹거리고 낡은 차, 지지직거리는 잡음과 함께 라디오에서 흘러나오던 노래였다.

"오오오~ 달링~ 오오오~ 오~"

그래서 백은새는 저도 모르게 익숙한 멜로디를 흥얼거렸다.

그런데 노래가 끝나자 라디오는 마치 제 임무를 마친 것처럼 아무 소리도 흘러나오지 않았다. 라디오 MC의 멘트도 나오지 않았다.

방송 사고인 건가. 아니면 고장이 난 걸까.

라디오를 툭툭 쳐봐도 소리는 더 이상 나오지 않았다.

그런데 문득 백은새는 등 뒤에서 스산한 기운을 느꼈다. 마치 누군가 지켜보고 있는 것 같은.

그래서 휙, 고개를 돌렸지만 아무도 없다.

"뭐야. 카메라였나."

아차.

잠깐 말실수를 해버렸다. 프로답지 못하게.

'뭐 어때, 알아서 편집하겠지.'

아쉬움을 뒤로하고 라디오를 다시 내려놓았다. 그런데.

오오~ 달링!

약속할게 너에게~

내가 밤하늘 별이 돼도~ 네 곁을 맴돌게~

오오오~ 다아~ 링!

등골이 오싹해진다.

*   *   *

"은새 씨 잘하고 있는데요?"

모니터를 보며 흡족한 표정을 짓고 있던 엄 피디가 고개를 살짝 젖혀 서 있는 나를 올려다본다.

"역시 연기자는 뭐가 달라도 달라. 소품 하나 가지고도 으스스한 느낌 제대로 만드네."

공포 체험과 귀신.

두가지의 콘셉트가 존재하는 이곳 펜션에서 백은새는 아무 소리도 들리지 않는 라디오를 손에 들고 노랫말을 흥얼거리더니 다시 내려놓고는 경직된 얼굴을 하고 있었다.

엄 피디가 신이 난 듯 대본을 제 다리에 두들기며 자리에서 일어났다.

"셰프님은 잘하고 계시나 모르겠네."

엄 피디와 나는 점검을 위해 주방으로 들어갔다.

주방 안에서는 우리 퓨처엔터의 프로 먹방러이자 오늘의 셰프 유병재가 하얀 주방 모자를 쓰고 분주히 움직이고 있었다.

이쪽을 힐끗 보자 엄 피디가 손을 휙휙 젓는다. 신경 쓰지 말라는 얘기였다.

그러자 유 셰프가 맘 편히 목소리를 높인다.

"객실장! 객실장!"

잠시 뒤 요란한 구두 굽 소리와 함께 객실장이 주방 안으로 들어왔다.

"예, 셰프님!"

"돌김 없나? 돌김?"

"돌김이요?"

객실장이 되물었다. 예정대로라면 오늘 점심 요리는 훈제 오리 냉채와 빵, 그리고 수프와 커피였기 때문이다.

더구나 요리는 모두 준비가 끝난 것 같다. 맛있는 냄새가 아까부터 계속 진동하고 있다.

"어, 돌김이 필요해."

그럼에도 불구하고 유 셰프는 단호했다.

돌김이 없으면 어떠한 요리도 없다는 듯 눈을 희번덕거린다.

"알겠습니다. 바로 준비하겠습니다."

객실장이 비장미 가득한 표정으로 대답하고 바로 뒤에 서 있는 엄 피디를 돌아본다.

그러자 엄 피디는 어깨를 으쓱하더니 나를 돌아보며 물었다.

"냉채에 돌김이 들어가요?"

"제가 밥차에 가볼게요. 거기에는 있을지도 몰라요."

다행히 밥차에는 돌김이 있었고, 나는 윤소림에게 돌김을 넘겼다. 그런데 윤소림이 바로 가져가려고 하기에.

"소림아, 숨 헐떡여야지. 멀리 가서 사 온 거잖아."

"아."

그러더니 숨을 크게 들이켰다 내쉬기를 반복하고 곧장 주방에 뛰어들었다.

"셰프님! 돌김 구해 왔습니다!"

"오케이, 그거 거기 두고 수납장에서 식기 좀 꺼내줘!"

"예!"

윤소림이 살짝 높은 위치에 있는 주방 수납장을 향해 손을 뻗었다.

높은 구두 굽이 위태로워 보인다.

까치발을 든 그녀의 모습이 불안해서 걱정하며 바라보는 이때.

벨보이 우차빈이 등장해 주방 수납장 문을 대신 열었다.

"누나, 어떤 거 꺼내야 해요?"

턱을 살짝 숙이고 물었고, 고개를 살짝 든 윤소림과 눈이 마주친다.

"음, 냉채 담을 접시하고……."

우차빈의 손길에 차례로 꺼내지는 접시들. 그것을 하나하나 받는 객실장.

둘의 호흡이 척척이다.

"그림 좋은데요?"

엄 피디 얼굴에 미소가 떠나질 않네.

저게 뭐가 좋아. 별로구만.

아무튼 요리는 근사한 접시에 차례로 세팅이 됐는데, 유 셰프는 아까 구해 온 돌김을 정성스럽게 굽기 시작했다.

"셰프님, 뭐 하시는 거예요?"

객실장이 타이밍 좋게 질문을 했다.

예능은 적절한 때에 오디오를 채워줘야 하는데, 그래야 시청자들이 출연자가 뭘 하고 있는지를 알 수 있기 때문이다.

"김밥."

"김밥이요?"

"응."

"김을 구우면 부서지지 않아요? 그리고 돌김은 잘 터지던데."

"살짝만 구워야지. 그리고 김밥의 옆구리가 터지는 건 말이야, 말을 해서 그래."

"말이요?"

"옆구리 터지는 소리를 해서."

객실장과 우차빈의 입이 살짝 벌어졌다.

유 셰프는 아랑곳 않고 우악스러운 손길로 김밥을 만다.

동그랗게 말린 통통한 김밥이 한 줄 한 줄 쌓이는데, 누군가 내 손을 스윽 잡았다. 은별이었다. 넋이 나가서 김밥을 바라본다.

은별이뿐인가. 엄 피디의 목울대가 출렁거린다.

그리고 이 냄새.

"셰프님, 무슨 국물이에요?"

벨보이가 호기심을 견디지 못하고 물었다.

"김밥하고 아주 잘 어울리는 국이지. 종이컵 있니?"

"종이컵이요?"

"응, 이 국물은 종이컵에 담아야 제맛이거든."

종이컵에 담기는 의문의 국물.

"김밥은 눅눅해지기 때문에 바로바로 먹어야 해. 객실장, 손님 오시라고 해."

유 셰프의 지시에 객실장이 한달음에 달려갔다.

잠시 뒤 백은새가 내려왔다.

그런데 식탁에 한 상 차려진 음식을 바라보던 그녀의 시선이 김밥에서 멈췄다.

"이건……."

"옛날 김밥입니다."

"돌김이네요."

"걱정하지 마시고 드십시오. 돌처럼 단단하진 않으니까."

지켜보는 객실장과 우차빈의 입이 또다시 벌어지는 가운데 백은새가 젓가락을 손에 쥐었다.

그러고는 조심스럽게 김밥 하나를 집어서 입을 벌리고 쏘옥 넣은 뒤 눈을 감는다.

그런데 다음 순간, 백은새의 눈이 번뜩 뜨였다.

"이, 이 맛은… 입에 넣자마자 김은 설탕처럼 사르르 녹아 사라지고, 밥알은 마치 폭죽처럼 입안 가득 터져 김밥 속재료와 완벽하게 섞이고……."

백은새는 또다시 김밥 하나를 입에 넣었다.

"이 참기름 냄새… 진하지도 너무 옅지도 않은 고소한 냄새가 맛의 풍미를 더하면서 완벽한 조화를 이루네요. 그리고……."

말을 멈춘 백은새는 종이컵을 향해 손을 뻗었다.

천천히 향을 음미하고 한 모금을 마시더니.

"하아."

깊은 숨이 흘러나온다

백은새는 젓가락을 내려놓고 유 셰프를 보며 속삭였다.

"역시, 김밥에는 오뎅 국물이죠."

유 셰프가 고개를 끄덕인다.

손님은 흡족한 식사를 마치고 나서 자리에서 일어났다.

"맛있는 식사였어요. 옛날 김밥, 정말 옛날에 먹었던 맛이었어요. 하아, 너무 많이 먹었네요."

"입에서 김 냄새가 날 정도로 먹어도 물리지 않는 것이 김밥이니까요."

"그러네요. 소화도 시킬 겸 좀 걸어야겠어요."

이때, 불쑥 목소리가 끼어들었다.

지배인이었다.

"손님, 이 근처에 메밀밭이 있답니다. 지금 가면 꽃핀 것도 볼 수 있고. 밤에 가면 가로등도 켜져 있어서 정말 예쁠 겁니다."

"그런가요? 기대되네요."

"손님의 사연을 검토했습니다."

지배인은 의미심장한 미소를 곁들이며 손님에게 다가갔다.

"그래서요?"

"숙박을, 허가합니다."

두둥!

아마도 이런 효과음이 나오지 않을까 하는 장면이다.

손님이 정식으로 체크인을 하러 주방을 빠져나갔다. 그러자, 주방 안에서 숨죽이고 있던 엄 피디와 스태프들, 출연진은 동시에 한곳으로 달려갔다.

김밥이 있는 곳으로.

하지만 나는 가만히 서서 유병재를 유심히 바라봤다. 녀석의 몸에서 빠져나온 망자가 백은새를 뒤쫓아 간다.

"오? 김밥이잖아?"

정신이 돌아온 유병재의 눈이 반짝인다.

*　　　　*　　　　*

해가 지고, 우차빈이 모닥불을 준비하기 시작했다. 불 피우는 모습을 카메라 몇 대가 붙어서 촬영한다.

그런데 불이 잘 붙지 않아서 비비7 회사 대표가 소매를 걷어

올렸다.

"아휴, 왜 이렇게 불이 안 붙어?"

"대표님 특전사 출신 맞아요? 산에서 야영하는 게 일이었다더니."

"야, 요즘은 인마, 특전사도 토치 들고 다녀!"

"에이, 거짓말!"

저 회사도 소속 가수와 회사 대표가 궁합이 잘 맞는 모양이다.

그런 생각을 하고 있을 때, 카메라 옆에서 뒷짐 지고 있던 객실장이 게걸음으로 내 옆에 슬며시 다가왔다.

"아까 주방에서요."

"주방?"

"아까 접시 꺼낼 때요."

무슨 소리야.

"너무 붙었죠?"

"뭐가?"

"차빈 씨하고요."

"그럼 잘 나왔으면 됐지 뭐."

"아."

"뭐야, 그 '아'의 의미는."

"아니, 뭐."

게걸음으로 다시 물러나려고 하길래.

"한발 빨랐어."

"……"

"우차빈이 한발 늦었으면 내가 열어줬을 거야."

괜히 다치기라도 했으면 큰일이니까.

스타는 몸이 곧 상품이다.

수많은 광고주의 기대를 받고 있고, 겹겹이 쌓인 계약서의 무게를 등에 짊어지고 있다.

매니저는 그런 스타를 항상 지켜야 한다.

"그랬구나. 아, 뭐 마실 것 좀 드려야겠다."

배시시 웃으며 물러나더니, 게걸음이 껑충껑충 토끼 걸음으로 바뀌었다.

윤소림이 음료수 컵이 놓인 쟁반을 가져와서 박 대표에게 건넸다.

"더우시죠? 이것 좀 마시세요."

"아휴, 뭘 이런 걸, 하하."

박 대표가 불에 그을린 코를 긁적이며 컵을 건네받았다.

그러고는 단숨에 꿀꺽꿀꺽 마시더니, 거친 감탄사를 터뜨렸다.

"크아, 목이 뻥 뚫리네!"

껄껄 웃으며 컵을 쟁반에 놓고 가슴을 쭉 편다.

"목도 축였겠다, 불 한번 다시 붙여볼까."

하지만 이미 내가 장작 위에 기름을 뿌리고 있었다.

차에서 가져온 라이터용 기름이 이럴 때는 직방이거든.

화르르, 피어오르는 불길을 박 대표가 망연자실하게 쳐다본다.

"담배 피우는 모습도 못 봤는데, 뭐 그런 걸 차에 가지고 다니신대."

"저희 대표님 차에는 없는 거 빼고 다 있습니다."

유병재, 아니, 유 셰프가 살짝 거든다.

박 대표가 턱을 긁적이며 유 셰프를 노려본다.

"없는 거 빼고 다 있다… 보통 개그감이 아니신데?"

"저희 대표님에 비하면 아직 멀었습니다."

"멀기는. 아까도 실컷 썰더만."

허리를 펴면서 한마디 툭 던졌더니, 박 대표가 눈을 가늘게 뜨면서 내 말을 곱씹는다.

"설마… 멀리, 혹은 떨어져 있다는 영어 단어 far? 그 파를 썰었다?"

뭘 그렇게까지 놀라기는.

"최 대표님은… 대체 부족한 게 뭡니까? 윤소림, 릴리시크, 은별이, 강주희까지 데리고 있으신 데다 그런 유머 감각까지."

끊임없이 노력할 뿐이다.

"저야말로 지앤유 엔터를 보면서 많이 배우고 있습니다. 우차빈 군을 매일 볼 수 있으니 얼마나 좋으시겠어요?"

"아이고, 소림 씨만 하겠습니까? 하하!"

주거니 받거니 하는데, 엄 피디가 고개를 절레절레 흔들며 보다가 묻는다.

"대표님, 비비7하고 소림 씨하고 바꿀 수 있으면 어떻게 하실 거예요?"

"그건… 비비7이죠. 젠장."

박 대표의 모습은 마치 거액의 돈에 굴복한 사람 같았다.

그러더니 갑자기 고개를 치켜든다.

"아니야, 비비7은 또 만들면 되지만 윤소림은 오직 하나!"

"바꿀 생각 없습니다."

"…나도 그냥 해본 소립니다! 안 그러냐, 차빈아?"

도움을 요청했지만, 우차빈은 손가락을 꼽으며 중얼거린다.

"계약기간이 얼마나 남았더라."

웃음소리가 펜션 앞마당에 가득 찼을 때쯤 불이 더 커지고 강주희와 백은새가 내려왔다.

문득, 그런 생각이 든다.

백은새가 박 대표처럼 좋은 대표를 만났으면 지금과 다른 모습이 됐을까?

.

.

.

"사이가 소원해진 동료와 관계 회복을 하고 싶다는 사연을 적으셨는데… 처음에는 두 분 사이도 좋았을 텐데요. 그렇죠?"

촬영 중 상황임을 알지만, 강주희는 흐트러짐 없는 지배인의 모습이었다.

'처음에……'

백은새가 강주희를 처음 만났던 때는 〈유채꽃〉 촬영 현장이었다.

가수 활동을 하다가 서른둘이라는 늦은 나이에 연기에 뛰어들었다.

당연히 연기가 좋아서 시작한 게 아니라 먹고살기 위해서였다.

방송활동을 하느라 노래에 소홀했고, 소속사와 분쟁을 겪는

등의 고초가 있었다.

그래서 연기는 도피처였다.

그곳에서 강주희를 만난 것이다.

그녀 자신처럼 이른 나이에 데뷔했고, 꾸준히 연기 활동을 하면서 방송도 하고 노래도 부르던.

어찌 보면 비슷한 케이스였지만 촬영장에서 본 강주희는 자신과 사뭇 달랐다.

그래서 질문에 대한 답은, 아니, 처음부터 둘 사이는 좋지 않았다.

하지만 촬영이니까. 이 방송을 하는 이유는 좋은 이미지를 되살려 내기 위해서니까.

그러니까 활짝 웃고, 밝은 톤으로 대답하는 거야.

그런데… 당황스럽게도 눈물이 주르륵 흘러내린다.

"미안해, 언니."

.

.

.

「6시간 전」

"내가 왜 그래야 하죠?"

망자의 말인즉, 은새를 가까이에서 챙겨주고 싶다는 것이었다.

[그렇게 해주면 은새의 진심을 꺼내 드리겠습니다.]

"진심?"

[은새는 고집이 센 아이예요. 그래서 미안하다는 말을 잘 못합니다.]

"그래서, 백은새 몸에 들어가서 미안하다는 말을 해주겠다는 겁니까?"

[그건 아마, 시작이 될 겁니다. 은새가 자신에게 솔직해지는 시작이요.]

"하지만 그게 나한테 무슨 이득이 있습니까? 주희 누님한테는요?"

[시청률에 도움이 될 겁니다.]

들어보니 망자의 바람은 백은새를 위해서 침대에 곰 인형을 놓아주고, 좋아하는 노래를 들려주고, 옛 추억이 떠오르는 음식을 해주는 것이라고.

그래서 나는 곰 인형이 차에 있길래 가져다 놓았고, MP3 기능이 있는 라디오에 노래 한 곡이 담긴 메모리칩을 꽂아 넣었고, 유병재의 몸에 빙의하는 것을 못 본 척해줬다.

오직 시청률을 위해서.

.

.

.

"대박⋯⋯."

엄 피디가 입을 다물질 못한다.

백은새가 미안하다는 말을 기점으로 모든 것을 털어놓고 있었기 때문이다.

SNS 갑질 논란을 일으켰던 일을 사과하고, 기자에게 빚투에 대해서 슬쩍 흘린 것도 사과했다. 빚투 건은 자신도 정말 그렇게 까지 강주희 모친이 돈을 빌리고 다녔으리라고는 예측하지 못한 모양이었다. 그냥 소문만 들리던 차에 기자에게 제보했는데, 그 금액이 무려 10억이었으니까.

"언니가, 언니가… 너무 부러웠어. 흐흑……."

"괜찮아, 다 괜찮아."

강주희는 그런 백은새를 꼭 껴안아주고 등을 토닥여 줬다.

망자가 그 모습을 물끄러미 바라보며 눈물을 훔친다.

예고편에는 백은새가 눈물을 펑펑 쏟는 장면이 나올 테고, 강주희가 위로하는 저 장면이 나오겠지?

그럼 시청자들은 궁금해할 거다. 대체 왜 저 둘이 저러고 있는 건지.

이건 가늠이 안 된다. 어떤 시청률이 나올지.

흠, TVX 시청률이 너무 잘 나오면 방 국장이 또 삐지는데. 에라, 모르겠다.

"피디님, 이거 잘 살려주세요."

"제 별명이 토끼예요. 당근을 하도 좋아해서."

이 여자, 개그감이 늘었다.

아무튼 분량 제대로 확보한 제작진은 마지막으로 귀신들 뛰어다니는 장면을 촬영하고 금일 촬영을 마무리했다.

*   *   *

타닥, 타닥…….

꺼져가는 장작에서 불씨가 피어오른다.

백은새는 아까부터 혼자만의 시간을 갖고 있었다.

밤이 더할 나위 없이 완벽해지는 모습을 지켜보면서.

나는 엄 피디에게 양해를 구해서 마당의 카메라를 모두 끄고 장작 불씨를 사이에 둔 채 백은새와 마주 앉았다.

나뭇가지로 불씨를 툭툭 건들며 얘기를 꺼냈다.

"사실, 주희 누나도 다 알고 있었어요. 누님이 빛투 제보한 거. 내가 얘기해 줬으니까."

백은새가 고개를 천천히 끄덕인다.

"그럴 거라고 생각했어. 네가 모르는 게 어딨니."

"그럼, 제가 어떻게 하려고 했을지도 예상하셨겠네요."

이번에는 백은새가 나직이 한숨만 쉬었다.

"…언니가 말렸니?"

"천방지축 강주희도 다 옛날 말이에요. 그 시절 함께한 배우, 가수, MC… 이젠 얼마 없어요. 새로운 얼굴들이, 새로운 세대가 그 자리를 이어받았지."

동강 자른 나뭇가지를 불씨에 던지고 손을 털며 정리했다.

"얼마 안 남은 사람들끼리 잘 지내봐요. 나는 지켜만 볼 테니까."

"고남아."

"……."

"내가 주희 언니한테 제일 부러웠던 게 뭔지 아니?"

백은새가 고개를 들고 나를 바라본다.

"너였어. 너처럼 좋은 매니저, 좋은 대표. 아티스트를 딸처럼 동생처럼 챙겨주는 그런 대표가 난 없었으니까."

"없었던 게 아니고, 못 봤던 거 아닐까요."

백은새가 피식 웃는다.

"아니야, 진짜 없었어. 변명처럼 들리겠지만, 다 날 벗겨먹으려고 작정한 인간들만 내 주위에 바글바글했거든."

글쎄, 최소한 한 사람은 다르지 않았을까.

정정해 줄 의무는 없었지만, 그래도 오늘 하루 노력한 망자를 위해서.

나는 이마를 긁적이면서 말했다.

"전에 어디서 들은 것 같은데, 은새 누님 첫 매니저가 그렇게 챙겨줬다는 얘기를."

그 말에 백은새가 갑자기 이마를 찌푸린다.

"무슨 개소리야."

"예?"

"내가 그 인간 얘기만 들으면 치가 떨리는데."

뭐야.

"첫 매니저가, 사규범 매니저 아니었어요?"

고개를 갸웃하며 물었더니.

백은새가 아랫입술을 잘근 깨문다.

"사규범 그 개새끼! 그 새끼 때문에 내 전 재산 날린 거 생각하면!"

띠용!

저승이의 눈이 딱 그 모양새다.

우리는 동시에 망자를 바라봤고, 망자는 어색한 웃음을 지으며 뒷머리를 긁적이고 있었다.

[그게, 오해가 좀 있습니다. 투자를 좀 권했는데 그게 잘 안 돼
서…….]

연예인들은 일상의 대부분을 매니저가 알아서 해결해 주기
때문에 사회생활에 어두운 편이다. 그래서 매니저한테 곧잘 사
기도 잘 당한다. 땅을 알아봐 준다면서 자신의 도박 빚에 쓰는
매니저나, 세금 낸다면서 주식을 하는 매니저까지 별별 놈이 다
있다.

그러니까 지금 돌아가는 상황이 그렇다는 건데… 이 양반, 아
주 쓰레기네.

*　　　　　*　　　　　*

'내가 사규범 믿지 말라고 했지? 그 새끼 귀가 얇아도 보통 얇
은 게 아니라고 했잖아!'

'내 돈… 내 돈! 대표님, 오빠 지금 어디 있어요?'

'나도 물렸어! 그 개놈의 새끼 때문에. 우리 다 망한 거야!'

오래전 어느 날의 기억.

세상이 무너져 내린 것 같았던 순간에 가장 믿고 의지했던 매
니저가 알고 보니 그 세상을 통째로 들고 튄 주역이었다는 사실
을 듣게 된 날의 기억.

그런데, 지금 꿈을 꾸고 있는 걸까.

분명 좀 전까지 최고남과 얘기하고 있었는데, 아니지, 최고남
이 자리를 비켜주고 불명을 때리고 있었지.

"그랬는데, 오빠가 왜 여기에 있는 거야? 나 지금 꿈꾸는 거야?"

"안녕."

"안녕이라는 말이 나오냐!"

백은새는 단박에 일어나서 사규범 매니저의 종아리를 걷어차고 주먹으로 가슴을 두드렸다.

"은새야, 아파."

"아프라고 때리지, 간지러우라고 때리냐? 내가 오빠 때문에 개고생한 거 생각하면! 내가 오빠 때문에 인생 꼬인 거 생각하면!"

"미안해, 정말 미안해."

한참을 얻어맞은 사규범 매니저는 흐느끼는 백은새의 등을 조심스럽게 두드려 줬다.

불씨는 모두 사라졌고, 둘은 풀벌레 소리 쏟아지는 밤길을 걸었다.

"네 돈은 어떻게든 해결해 주고 싶어서, 사기꾼 놈 잡으려고 전국 팔도 다 쑤셨어. 그러다가 사고를 당했는데, 깨어보니 몇 년이 훌쩍 지나 있더라."

"그걸 믿으라고?"

"나도 안 믿겨."

"그럼 몇 년 뒤에 깨어났으면 나한테 왔어야지!"

"어떻게 가냐. 십 원 한 푼 없는데."

"으이구, 이 화상아!"

또 한번 걷어차이고.

"농담이고. 기억을 잃어버렸어."

"푸흡!"

순간 백은새가 웃음을 터뜨렸다.

"드라마 클리셰니? 왜에, 알고 보니 재벌 집 아들이라고 그러지!"

"진짜야. 기억을 잃어버렸어. 죽고 나니까 떠오르더라고."

"됐어, 다 지난 거. 괜히 나타나서 사람 속만 뒤집고 있어."

"그래도 난 네 얼굴 봐서 좋은데."

"진짜… 죽은 거야?"

백은새는 물었다.

그 시절 함께했던 젊은 매니저에게.

"죽긴 했는데, 괜찮아. 인생 한 번 사는 건데 뭐. 사람 다 죽어. 너도 죽을 거야."

"이런 개새끼가!"

"역시, 욕은 네가 맛깔나게 해."

"에휴."

한숨을 푹 내쉰 백은새는 문득 고개를 들다가 깨달았다.

가로등 불이 환한 메밀꽃밭 길이 두 사람을 반기고 있었다.

"와, 예쁘다."

백은새가 메밀꽃밭 길을 껑충껑충 뛴다. 그 모습이 사규범 매니저의 눈에는 그때와 똑같았다.

젊고, 에너지 넘치던 그 시절 트로트계의 신성.

"은새야."

"왜?"

"내 말 잘 들어."

"뭘?"

사규범 매니저는 크게 숨을 고르고 눈을 부릅떴다.

"지금부터, 내가, 숫자 여섯 개를 알려줄 거야. 절대, 절대 잊으면 안 돼. 여섯 개야."

"여섯 개?"

우뚝 서서 바라보는 백은새.

검은 눈동자에 별이 쏟아진다.

*   *   *

[공식] TVX 측 "강주희, '내 집의 지배인' 촬영 종료…방송일 미정"

[단독] 지앤유 엔터테인먼트 측 "비비7 우차빈" 성공적으로 촬영 마쳤다. 윤소림 배우와 케미, 기대해 달라.

[공식] 쪽 미디어 측 유재하 감독 * 강주희 신작 〈K라는 여자〉 드디어 언론시사회!

[종합] 〈K라는 여자〉는 어떤 영화?

[투데이IS] 퓨처엔터테인먼트, 배우 강주희에 정말로 올인 했다! 이번 영화에 무려 15억 투자한 사실 밝혀져! 강주희 전격 지원!

[기자의 수다] 강주희 대세? 퓨처엔터의 행보가 무섭다고? 15억? 흥, 아직 윤소림은 시작도 안 했거든?!

포털사이트 연예면이 온통 강주희, 강주희.

기사에 붙은 강주희는 미소를 짓고 있는데, 염춘재는 도무지 찌푸린 인상을 펼 수가 없었다.

"젠장!"

이건 불공평하다.

그 생각이, 염춘재의 머릿속에 염증처럼 퍼져 나간다.

도대체 얼마나 더 해 먹으려고? 20대, 30대를 스타로 살았으면 40대는 어디 구석에서 조용히 살아야 하는 법이다.

뒤에서 올라오는 후배들한테 길도 터주고 말이야!

그러니까 이 여자는 악이다. 그렇기에 자신은 악을 차단하는 것이다.

알 수 없는 힘을 가진 여자가 하루아침에 모든 것을 잃고 복수를 한다고?

그래서 곧 개봉할 〈K라는 여자〉의 영화 소개처럼, 염춘재는 강주희에게 선물을 주기로 했다.

"마 기자, 지금 어디야?"

―지금 가고 있는데, 차가 막혀서요.

"마 기자 너무 성의 없는 거 아니야? 미리 와서 기다려야지! 이거 특종이야, 특종! 원하는 기자 많다?"

―아니, 근데 뭐 팩트도 없고, 뭐라도 건덕지를 보여줘야지 제가 버선발로 달려가죠. 그냥 무턱대고 오라 가라 하면…….

"강주희 비디오 내가 봤다잖아!"

―언제는 가지고 있다면서요?

"중국에 놓고 왔다니까! 일단 기사만 내주면 내가 당장 비행기 표 끊고… 야, 마 기자! 마 기자!"

툭 끊어진 전화.

가뜩이나 구겨졌던 염춘재의 이마는 굳어버린 된장 독처럼 쩍

갈라졌다.

"이 새끼가… 곧 기사 내줄 것처럼 하더니, 갑자기 왜 이 지랄이야?"

상관없다. 기자가 이놈 하나만 있는 것도 아니고.

"내가 비디오 봤다니까……."

그래서 이를 악물고 읊조리며 전화번호부를 뒤적일 때였다.

"뭘 봤는데?"

열심히 핸드폰 화면을 두드리던 염춘재는 느릿하게 고개를 들었다. 그러고는 너무 놀라서 찌푸린 이마가 툭 풀어지고 눈이 풀렸다.

"가, 강주희?"

강주희는 의자를 꺼내 마주 앉았다.

꼰 다리를 흔들면서 염춘재를 노려본다.

"오랜만이네요. 한 10년 만인가? 아, 그때도 서로 얼굴 본 건 아니지만. 내 매니저랑 봤죠?"

"하, 대단한 분이 여기까지 어인 행차신지."

"내 비디오 봤다면서요?"

"그걸… 어디서."

"내 오랜 친구가 얘기해 줘서 알았죠."

오랜 친구라니.

마 기자? 설마.

누구일지를 떠올리는데, 강주희의 눈이 생글생글 웃는다.

"무슨 영화예요? 내가 하도 영화를 많이 찍어서."

"왜? 알면 뭐 하시게?"

"요즘 VTR 플레이어 구하기 어렵잖아요. 내 비디오를 가지고 있는 팬이 비디오를 못 봐서 기자를 찾는다길래, 내가 DVD로 바꿔주려고요."

카페의 에어컨이 센 것일까. 살갗에 찬기가 달라붙는다.

염춘재는 주먹 쥔 손을 꼼지락거리며 강주희를 노려봤다. 저 여유가 눈꼴시게 보기 싫었다.

"당신이 내 앞길만 막지 않았으면, 나 여기 있지 않아! 칸에 가서 레드카펫 밟을 사람이라고! 내가 말이야!"

"내가 앞길을 막아요?"

"최서준! 최서준 그놈 때문에 당신이 업계에 날 험담하고 다닌 거 모를 것 같아? 그래서 내가!"

"아, 그러고 보니 기억나네. 물어본 적이 있어요. 염춘재라는 사람이 누구냐."

"이제 기억나? 하, 그래. 원래 때린 놈은 기억을 못 하는 법이지. 맞은 놈은 한시도 잊지 못하는 법이고!"

"근데 어쩌죠? 난 때린 적이 없는데. 당신에 대해서 아는 사람이 별로 없더라고. 그래서 신경 꺼버렸죠. 그게 다."

아무렇지도 않게 거짓말을 하더니, 강주희가 어깨를 으쓱하고 자리에서 일어났다.

"어떤 사람인지 궁금해서 와봤는데. 칸? 하, 혹시 뒤에 쵸 빠트린거 아니예요?"

"칸… 쵸?"

사람 인생을 짓밟아놓은 것도 모자라서 꿈을 고작 과자에 비유해?

염춘재의 목덜미가 새빨갛게 달아올랐다.

"염춘재 씨, 실망이다."

순간, 머릿속에서 뭔가가 끊기는 느낌이 들면서 염춘재는 멀어지는 강주희를 멍하니 바라봤다.

하지만 멍해졌던 얼굴은 곧 다시 일그러졌고, 관자놀이에 핏줄이 솟아올랐다.

"강주희!"

의자를 박차고 일어난 그는 강주희를 향해 달려갔다.

돌아선 그녀는 눈빛 한 점 흔들리지 않았다. 그녀의 옆에는 '그놈'이 있었고, 덩치가 산만 한 놈도 있었다.

그래서 그의 발길이 힘을 잃어갈 때였다.

강주희의 입술이 무언가를 중얼거린다.

"양발을 어깨너비로 벌리고……."

뭐라는 거지.

"그다음에는 왼발을 앞으로 내밀고……."

자, 잠깐.

"그런 다음 허리를!"

팍 틀면서 눈앞에서 주먹이 뻗어 나왔고, 귓가에 바람이 스쳐갔다.

굳어버린 그 상태로 염춘재는 눈동자를 데구르르 굴렸다. 강주희의 곧게 뻗은 팔이 보인다.

엄청난 바람 소리였다.

털썩.

다리에 힘이 풀릴 만큼.

"대박! 강주희 개쩐다!"

"으아, 저 아저씨 오줌 쌌어!"

웅성거리는 소리와 핸드폰을 들고 있는 사람들의 모습.

염춘재는 생각했다. 제발, 꿈이기를.

＊　　　　＊　　　　＊

[강주희 협박범의 최후! 조회수 1,231,449회 좋아요 3천…]

박준영 (오늘)

제가 프로선수 출신인데요, 저 폼 하루 이틀 만에 나오는 거 아닙니다. 특히 종이 한 장 차이로 얼굴 비껴간 거, 오줌쟁이 입장에서는 바람 소리 소름 끼쳤을 겁니다.

좋아요 57

삼송이 (1일전)

있지도 않은 비디오 있다고 강주희 협박한 사람이라고 합니다. 퓨처엔터에서 형사, 민사, 지구 끝까지 쫓아가서 책임 묻겠다고 하네요. 다들 알죠? 퓨처엔터 이런 일 확실히 하는 거.

좋아요 234

강채민 (1일전)

언니 잘 참으셨어요! 괜히 저런 놈 때려서 엮이면 최악이잖아요?

영화 꼭 보러 갈게요. 벌써부터 기대돼요!!!
좋아요 98

고스트 (오늘)
영화 예고편보다 더 흥미진진하다. 무술 훈련 엄청 빡세게 했다
더니 리얼인 듯.
좋아요 31

.

.

.

「〈K라는 여자〉 언론시사회」

쏙 미디어 박철 대표는 두근거리는 심장을 부여잡은 채로 영
화관에 들어오는 기자들을 바라봤다.

그들은 강주희 팬들이 보낸 쌀 화환부터 영화 관계자들과 강
주희의 선후배 배우들이 보내온 화환 앞에서 탄성을 내질렀다.

"쌀이 2톤이나 돼? 무슨 쌀집 오픈한 것도 아니고."

쌀 화환은 시사회가 끝나면 결식아동과 어려운 이웃에게 기
부될 예정.

"강주희 팬들 아직 살아 있네."

"살아 있다 뿐이야? 강주희 팬들이 요즘 제2의 인생을 사는
것 같다잖아. 강주희 덕분에."

"영상 봤지? 와, 자세 죽이던데."

"앞으로 강주희 기사 신경 써서 써야 하는 거 아니야? 잘못하

면 맞겠더라."

"근데 진짜 놀랍다. 500살 마녀에서도 강주희 역할 크게 특색 없었잖아?"

"딱 1년이네. 강주희가 다시 전성기 찾은 시간이."

"그 말인즉, 퓨처엔터에 계약하고 딱 1년 지났다는 거네."

"진짜 퓨처엔터 대단해. 내리막길인 강주희한테 15억을 투자할 배짱이 어디서 나온 거야?"

"그러니까 퓨처엔터, 아니, 최고남 대표지."

"잠깐, 그러고 보니까 오늘은 왜 안보이냐?"

"누구?"

"최고남 악어새 있잖아."

악어새라 함은.

정신없이 대화를 이어가던 기자들이 영화관 입구를 바로 볼 때, 마침 악어새가 명찰을 휘날리며 들어오고 있었다.

"일찍일찍 다녀라, 황 기자야!"

"아후, 차가 막혀서! 하아, 하아."

허리도 못 펴고 숨을 쏟아내는 세러데이 서울 황 기자.

하지만 기자들은 그녀를 가만둘 수 없었다.

"야야, 〈내 집의 지배인〉 뭐 얘기 들은 거 없어? TVX 애들 입 꽉 다물었던데?"

"빨리 말해봐. 뭐 들은 거 있을 거 아니야?"

"그거, 하아……."

"아, 말 좀 해라!"

재촉하자, 그제야 허리를 편 황 기자가 입을 탁 열었다.

"대박 예감."

"왜?"

"백은새가 눈물을 펑펑 쏟던데?"

"왜에?"

황 기자는 눈을 깜빡이고 말했다.

"몰라."

"왜 몰라? 최 대표가 그건 얘기 안 해줘?"

"아니, 오는 길에 이걸로 봤는데?"

황 기자가 내민 것은 핸드폰이었다.

포털사이트에 방금 막 올라온 TVX 예능 〈내 집의 지배인〉 예고편 클립 영상이었다.

재생 버튼을 누르자 광고가…….

"아, 광고 짜증!"

기자들이 15초 동안 인상을 찌푸린 끝에 클립 영상이 재생됐다.

백은새가 끌어안은 무릎에 얼굴을 포개고 숨을 끅끅거리며 우는 모습에 이어 강주희가 그런 그녀를 따뜻하게 안아주며 괜찮다고 속삭이고 있었다.

잔잔한 옛날 노래와, 모닥불의 탁탁 튀기는 불씨가 피어오르며 영상이 끝났다.

"뭐야. 무슨 일이 있었던 거야? 여기서 끊으면 어떻게 해!"

기자들이 난리 난 이때, 누군가 외쳤다.

"왔다!"

모여 있던 기자들이 일제히 카메라를 치켜들고, 마침내 그가 등장했다.

　말쑥한 정장에, 깔끔한 헤어스타일, 여유 있는 몸집과 미소.
최고남이었다.

　[비하인드 Scene1]

　「지앤유 엔터테인먼트」

　"이야, 강주희 기사 또 올라오네."
　"언론시사회가 실검에 올라온 건 진짜 오랜만이네요."
　박현우 대표와 강희라 팀장은 멈추지 않는 강주희의 열기를
보며 혀를 내둘렀다.
　심지어 영화도 잘 빠졌는지 기자들 평이 장난이 아니다.
　"와아, 박형식 평론가가 별점 7점 줬네? 이 인간 평점 고자로
유명한데."
　"야, 8점짜리도 있어. 뭐라고 쓴 거야, 한국도 이제는 히어로물
의 원산지?"
　"이건 뭐, 강주희 열기 식으려면 올겨울 찬바람 불 때나 가능
하겠네요."
　강희라 팀장의 부러움 섞인 속삭임에, 박 대표는 주먹을 불끈
쥐었다.
　"그래, 결심했어!"
　"뭘요?"
　"최 대표와 친구 먹을 거야!"

강 팀장이 한숨을 내쉬며 속삭인다.

"제발, 쪽팔린 짓 좀 하지 마세요."

"친구 먹는 게 뭐가 쪽팔려? 비비7을 위해서라면 형이라고도 할 수 있어!"

진짜 할 기세로 벌떡 일어선 박 대표.

그런데, 일어선 그가 고개를 갸웃한다.

"근데 말이야, 우리 촬영 때 박천기 실장 말이야."

새로 들어온 경력직 실장은 첫 스케줄 현장에서, 특히 촬영 첫날 펜션을 보고 아주 불안한 얼굴을 하고 있었다.

얼굴도 하얗게 질려서는.

"왜 그랬던 거래?"

"아, 그거요?"

"무슨 얘기 들었어?"

다시 자리에 앉으며 묻자, 강 팀장이 뚱한 얼굴을 하고 말했다.

"모기가 많아서 그랬대요."

[비하인드 Scene2]

"하아."

"왜 그리 한숨인 겁니까."

사규범 매니저는 땅이 꺼져라 한숨을 내쉬고 옆을 돌아봤다.

긴 머리의 저승사자가 보인다. 저승길이 너무 어두워서 얼굴이 잘 보이진 않았지만 곁에서 그를 인도해 주고 있음은 확실했다.

더구나 얼마나 친절한지 존댓말도 꼬박꼬박.

최고남 곁에 붙어 있던 그 까칠한 저승사자와 비교도 할 수 없을 만큼 착하고 친절하다.

"그래도 그 사자님 덕분에 제 인도를 받으시는 겁니다."

사자는 속을 들여다보듯 얘기하고 나직이 웃었다.

"그게 아니고, 답답해서 그랬습니다."

"그렇다면, 그 일 때문이군요."

"어떻게, 어떻게!"

사규범 매니저는 저승길을 힘주어 밟았다. 속이 말이 아니었다.

"어떻게, 번호를 두 개나 까먹을 수가 있냐고요."

그렇게 신신당부를 했건만. 절대 잊지 말라고! 조상님도 안 해주는 것을 해줬건만!

"꿈이란 그런 것입니다. 만개한 메밀꽃밭 길처럼 아름답지만, 한바탕 봄처럼 헛되기도 하지요."

"바보도 아니고."

"바보라니요. 말씀을 삼가세요."

왠지 사자는 조금 화가 난 것 같았다.

"아니, 제 말은, 내가 그거 알아내려고 얼마나 노력했는데."

"예, 시(時)와 공(空)을 뛰어넘는 것은 흔한 일이 아니죠. 하지만 그 일로 이승에 영향을 주었다면, 신께서 큰 벌을 내리셨을 겁니다."

"에이, 최고남 그 양반은 엄청 봐주시던데요?"

투덜거렸더니, 사자가 피식 웃고 나긋나긋하게 속삭인다.

"그 망자는, 많은 업을 지었지만, 또 그만큼의 덕을 쌓기도 했으니까요. 하지만 그 끝은 괴로울 겁니다. 어쩌면 지금도 고통받고 있을지도 모르지요."

"퍽이나. 연애질만 하더만."

"연애요?"

연애라는 단어에 사자의 반응이 심상치가 않다.

"사자님도 그런 거에 관심이 있습니까?"

"전생부에 망자의 사랑 이야기를 남기는 것이 제 취미랍니다."

"아, 그런 게 있구나."

"특히나, 전생부에 그러한 기록을 남겨두면 다음 생에 못 이룬 사랑을 이룰 확률이 높아지죠."

그 말에 사규범 매니저는 정신이 번쩍 들었다.

"저기 그럼… 저하고 은새……."

기록 좀 남겨달려고 하려는데.

사자가 멈칫했다.

"이런. 신께서 벌을 내리실 것 같습니다."

"벌이요?"

"망자가 알려준 로또 번호를 누가 사용했군요."

"예?"

"이번 회차에서는 10명이 당첨되어야 하는데 4명이 더 당첨됐습니다. 그 4명은 사실 한 명이고… 아, 살아 있는 자가 아니군요."

이제야 대충 누군지 짐작을 한 사규범 매니저는 결국 한숨을 내쉬었다.

"젠장, 남 좋은 일만 실컷 했네."

"배가 아프십니까?"

사자가 위로하듯 물었다.

"그런 것도 같고 아닌 것도 같고."

"후후. 자, 거의 다 왔습니다. 이 강만 넘으면 됩니다."

"그렇군요."

"아직도 미련이 남으십니까."

"이제 괜찮습니다. 마지막에 드디어 봤으니까."

"20년을 기다린 사랑이라면 다음 생에 충분히 이어지실 겁니다."

"그 얘기가 아닙니다."

"그럼?"

"진짜 매니저를 봤어요. 내 배우의 이야기에 귀 기울여 주고, 제 일처럼 온 신경을 쏟는 그런 매니저를요. 그래서 깨달았어요."

"무엇을 깨달았습니까?"

"내 방법은 틀리지 않았다는 것을요."

매니저는 그런 것이란 걸.

20년의 세월을 기다려서 눈으로 직접 확인했다.

"마지막으로 궁금하군요. 생이 즐거우셨습니까?"

사자가 돌아서 물었다. 그제야 사자의 얼굴이 사규범 매니저의 눈동자에 제대로 비쳤다.

사규범 매니저는 입술을 바르르 떨며 그녀를 바라봤다.

시(時)와 공(空)을 뛰어넘는 것은… 흔한 일이 아니라더니.

어쩐지, 사자치고는 너무 착하더라니.
가슴이 벅차는 탓에 이 말을 꺼내는 데 조금 시간이 걸렸다.
"당연히 즐거웠지."
너와 함께한, 생의 모든 순간이.

제5장
—
아픈 손가락

매일 회사에 도착하는 택배와 등기.

아침이면 어김없이 처음 보는 시나리오가 내 책상에 올라와 있다.

영화와 드라마, 그리고 장르가 뒤섞여 있다. SF도 있고, 멜로도 있고, 역사물도 있다.

재미없는 시나리오는 몇 장 넘기고 그만이지만 재밌는 시나리오는 시간 가는 줄 모르고 빠져든다.

그때마다 나는 시나리오 속에 떨어지고, 계절이 바뀌고 세계가 바뀐다.

물론 그 세계의 주인공은 윤소림이다.

그래서 나는 여전사 윤소림을 만날 때도 있고, 비련의 왕비, 혹은 외과의사 윤소림을 마주하기도 한다.

그리고 지금은 스캔들에 휩싸인 여배우다.

"이거 누가 쓴 거야?"

나는 투덜거릴 수밖에 없었다.

윤소림이 두근두근 스캔들로 연예계를 떠났던… 그 옛 생각 때문에 트라우마가 도질 것 같았으니까.

그렇지만 이런 자극적인 게 또 재미는 있단 말이지.

그래서 분개하면서도 눈을 떼지 못하는 중인데.

.

.

.

"아직도 저러고 있는 거야?"

강주희를 중심으로 퓨처엔터 직원들은 대표실 앞을 기웃거리면서 최고남의 동태를 살폈다.

그가 저렇게 사무실에 틀어박혀서 시나리오 삼매경에 빠진 것이 벌써 수일째.

"릴리시크도 곧 데뷔 앞두고 있고, 윤환도 촬영 들어가는데 책상에만 앉아 있으면 어떻게 해?"

"대표님이시잖아요. 눈으로 시나리오를 보시면서도 머릿속은 하나하나 다 체크하고 있으실걸요?"

김나영 팀장이 웃으며 말하는 이때, 쾅! 하는 소리가 들렸다.

최고남이 주먹을 불끈 쥐고 책상을 내려치고 있었다.

이번에는 열이 받는 시나리오를 본 모양이다.

"저래도?"

김나영 팀장이 어색하게 웃는다.

크게 한숨을 쉰 강주희가 옆을 돌아봤다. 간식거리를 입에 물고 있는 곰 한 마리가 보인다.

"병재 네 생각은 어때?"

"지금 우리 회사가 집중하고 있는 스케줄이 선배님, 릴리시크 컴백, 윤환의 드라마 스케줄이잖습니까?"

"그렇지."

강주희가 맞장구쳤다.

유병재는 심각한 표정으로 턱을 긁적이며 다시 물었다.

"그중에서 가장 시급한 건 릴리시크 전담팀 구성이잖습니까?"

이번에도 강주희는 맞장구를 쳤다.

릴리시크는 이번 활동기에 팬덤을 확실히 다질 계획이어서 전담팀을 준비하고 있으니까.

팬덤과 SNS를 관리할 마케팅팀과 은별 나라 스튜디오처럼 영상 촬영팀, 그리고 릴리시크와 협업해 일할 전문가들까지.

한마디로 퓨처엔터의 몸집이 또 한 번 커질 시기였다.

이렇게 직원들이 늘어나고, 연습생을 새로 뽑고, 건물도 사고, 언젠가는 주식 시장에 상장도 하게 될 것이다.

"그래서?"

"제가 직접 나서보겠습니다."

다부진 각오를 들은 강주희는 고개를 절레절레 흔들었다.

"안 돼. 넌 내 매니저잖아."

"그 자리를 김승권에게 물려줄까 합니다만."

"꿈도 꾸지 마."

"에잇, 거의 넘어갔는데."

유병재는 콧잔등을 잔뜩 찌푸리고 아쉬워했다.

"환아, 네 생각은 어떠냐? 저거 좀 너무하단 생각 안 드냐? 촬영 중인 배우를 챙겨야지, 윤소림만 챙기고 있잖아? 나라면 섭섭하겠다."

강주희가 이번에는 윤환을 재촉했다.

유병재가 과자를 입에 물며 중얼거린다.

"선배님, 그런 걸 두고 이간질이라고 합니다."

"차 팀장도 그렇게 생각해?"

"아니죠. 이간질이 아니라 진실의 게임이지."

음흉한 미소를 짓는 노랑머리.

반면 윤환은 최고남을 부드럽게 바라보며 속삭였다.

"저라도 대표님처럼 할 것 같아요."

"뭘?"

"저와 달리 소림 씨는 대표님을 믿고 따라온 배우잖아요. 조금 더 아픈 손가락인 거죠."

윤환은 우수에 찬 눈으로 최고남을 바라봤다.

퓨처엔터에 들어온 뒤로 최고남만 보면 저런 눈빛이라서, 다들 익숙해져 버렸다.

그래서 너 나 할 것 없이 고개를 절레절레 흔드는 이때, 최고남이 의자를 밀어내고 자리에서 일어났다.

터벅터벅 나오더니 정수기에서 물 한잔을 마신다.

핼쑥하게 마른 볼이 수분기를 머금으면서 원상태로 돌아가고, 활자를 읽느라 초점이 풀렸던 눈동자가 점점 또렷해지더니, 모여 있는 사람들에게로 향했다.

윤환이 주위를 둘러봤을 때는 다들 뿔뿔이 흩어지고 홀로 최고남을 마주하고 있었다.

"환아."

"예, 대표님!"

"나가자."

어디를 가자는 걸까.

윤환은 일단 최고남을 뒤따르며 물었다.

"근데 어디를."

"너 공부하러 가는 거야."

"아."

배우는 대본에만 의지해서 캐릭터를 준비하지 않는다.

예를 들어 극 중에서 맡은 역할이 매니저라면 실제 매니저들의 생활과 그 직업 세계에서 벌어지는 일을 배우면 캐릭터 구축에 도움이 된다.

그래서 윤환 역시 유병재와 최고남에게 이런저런 피드백을 받고 있었다.

"어떤 항목인가요?"

의욕적으로 묻는 윤환.

최고남은 차에 시동을 걸며 말했다.

"스카우트."

*   *   *

"이건 서비스!"

생글생글 웃으며 케이크 하나를 내려놓는 카페 주인.

그녀의 눈에는 요 앞길 건너 있는 퓨처엔터테인먼트의 연습생이 비치고 있었지만, 그 실체는 시커먼 저승사자였으니.

"우와!"

저승사자는 스윽 잘린 케이크 단면에 감탄사를 터트리고 한 조각 크게 베어 물었다.

입안 가득 퍼지는 부드러움과 단맛에 아찔한 현기증이 밀려온다.

'역시, 이승은 잘생긴 게 최고구나!'

이것은 결코 저승사자의 착각이 아니었으니.

김승권이나 유병재의 몸에 빙의할 때와 최고남이나 권하준의 몸에 빙의했을 때의 차이는 엄청나게 무시무시하다.

오늘만 해도 이 모습으로 중국집에 갔더니 무려 동파육을 서비스로 주질 않나, 편의점에 갔더니 폐기상품이라고 멀쩡한 도시락을 한아름 안겨주질 않나, 카페에서는 무려 케이크를 주네?

"저기, 퓨처엔터 연습생이죠?"

"예."

"그쪽 대표님 말이에요."

대표라 함은 최고남을 뜻하는 건가?

저승사자는 눈썹을 꿈틀거리며 물었다.

"저희 대표님은 왜요?"

"여자친구 있어요?"

카페 주인의 눈빛이 요상하구나.

체온도 살짝 오른 것 같고, 얼굴에 혈색이 감돈다.

하여 사자는 직감할 수 있었다. 로맨스!

처음에는 인간들의 감정을 이해하지 못했으나 숱한 드라마를 섭렵하면서 깨달은 것이다.

하지만 드라마에서는 여주인공이 아니면 절대 로맨스가 이뤄지지 않는 법.

"예, 있어요."

"누군데요?"

사자는 당황했다.

드라마라면 여기서 카페 주인이 실망하고 물러가야 했는데, 오히려 질문이 던져졌다.

"설마, 그 말 많은 여자예요? 노랑머리?"

대답을 머뭇거리자, 카페 주인이 입꼬리 끝을 올리며 속삭였다.

"그럼 뭐, 해볼 만하네."

멀어지는 카페 주인을 보면서 사자는 중얼거렸다.

"특이한 여자군."

아무튼, 사자는 다시 명부를 펼쳤다.

이맘때는 명계에 보낼 망자 보고서를 작성할 시기라 사자에게 중요한 시기였다.

워낙 까다로워서 증빙서류하고 명부 사본까지 첨부해야 한다.

가끔은 실적을 위해서 아직 처리하지 않았지만, 곧 처리할 일을 가짜로 작성해서 넘기기도 한다.

그래서 사자 역시 고민 끝에 최고남의 업보 몇 사람을……

"곧 처리할 건데 뭐."

그래, 일단 지르고 보는 거다.

「첫 번째 업보 대상자 (업보 요약 및 명부 사본 첨부)」

『김홍식 : 기미(己未)년 을해(乙亥)월 기유(己酉)일 출생』
『운명 : S』
『현생 : B』
『업보 : 120』
『현생부(現生簿) 요약 : …SBC에 입사하여 한때 스타 피디로 이름을 날렸지만 스캔들로 슬럼프를 겪게 되고… 이제는 긴 공백기를 극복하고 다시 재기에 도전하고 있다.』

온갖 찌개 냄새가 뒤섞인 식당 안.
"대표님, 찌개 다 끓었습니다!"
"어, 먹자."
여직원이 수저를 냉큼 든다.
김홍식은 물 한 모금을 마시려다가 문득 생각이 나서 물었다.
"그 사람 찾았냐?"
"못 찾겠어요. 태평 기획에서도 안 알려주고, S전자 홍보팀에는 연락할 길이 없고……."
김치찌개를 입에 문 여직원의 얼굴이 뾰로통해졌다.
"꼭 그 등이어야 해요?"
"광고주가 그 등짝이어야만 한다잖아."
수저를 든 김홍식은 힘없이 김치찌개를 헤집었다.

오랜만에 바이럴광고 제작이 들어왔는데, 의뢰한 광고주가 꼭 그 등짝을 원하고 있었다.

S전자 핸드폰 광고에서 윤소림이 달려가 껴안은 그 등판 말이다.

"우리 꼭 그 광고 찍어야 하는데."

여직원이 눈치를 보며 중얼거린다.

눈앞의 김홍식 대표는 한때 잘나가는 스타 피디였을지 모르지만, 지금은 월세도 못 내서 쫓겨날 처지였으니까.

"밥이나 먹자."

김홍식은 한숨 쉬며 TV로 고개를 돌렸다. 연예 정보 프로그램이 방송되고 있었다.

['K라는 여자', 관객 수 340만 돌파! 개봉 2주 연속 주말 박스 오피스 1위!]

—영화가 파죽지세로 관객몰이를 하면서 강주희의 인기는 식을 줄 모르고 커져만 가고 있는데요, 공중파와 케이블을 넘나들면서 얼굴을 비치고 각종 행사를 소화하느라 눈코 뜰 새 없이 바쁜 나날을 보내고 있다는 소식입니다!

—릴리시크가 신곡 준비와 함께 공식 팬클럽 창단을 앞두고 있다는 소식입니다! 각종 광고촬영까지 이어지면서 퓨처엔터 대표이자, 브래드톰이라는 애칭으로 불리기도 하는 최고남 대표가 전에 없이 바쁘다는 소식도 가져왔습니다!

—저는 배우 김유리 씨와 윤환 씨의 〈내 매니저〉 촬영장에 다녀

왔습니다! 그 어느 때보다도 뜨거운 열기를 카메라에 담아 오느라 제가 아주 진땀을…….

방송을 넋 놓고 바라보고 있지만, 김홍식의 눈은 옛일을 좇고 있었다.

'고남아, 나 한 번만 도와줘라. 네가 기자 만나서 아니라고 해 줘라. 다 찌라시라고. 내가 무슨 성 상납을 받냐? N탑 부문장이 얘기하면 기자들도…….'

'개인적으로는 도와드릴 수 있지만, N탑 부문장으로서는 어렵 습니다.'

'야! 네가 나한테 어떻게 이래?'

'죄송해요, 형님.'

'야, 최 부문! 고남아!'

스타 피디가 성 상납을 받는다는 찌라시.

설상가상 건강검진에서 암까지 발견되면서 긴 수렁에 빠졌었 던 그때.

그때, 최고남이 나서서 도와줬다면 어땠을까. 그랬다면 청승맞 게 김치찌개 앞에 두고 한숨 쉴 일도 없었을 텐데.

다 지난 일이지만 김홍식의 가슴 한편에는 아직도 최고남에 게 원망이 남아 있었다.

"어떻게 된 게 나쁜 새끼들은 왜 매번 일이 잘 풀릴까."

"예? 그게 무슨 소리세요."

"아니야, 혼잣말."

재차 한숨 쉬며 수저를 들 때였다. 전화벨이 울린다.

김홍식은 세상만사 귀찮은 표정으로 핸드폰을 손에 쥐었다.

"예, 김홍식 프로덕션입니다."

—대표님이신가요?

"예, 맞는데요."

—영상 제작을 의뢰하려고 하는데요, 가능한가요?

큰 건이다!

본능적으로 감이 오자 김홍식은 수저를 냉큼 내려놓았다.

"가능하죠! 저희 프로덕션은 어떤 영상이든 가능합니다! 드라마, 뮤직비디오, 광고! 물론 퀄리티는 기본이고요!"

중요한 것은 제작비.

제작비만 빵빵하면 할리우드 블록버스터 뺨따귀 때리는 영화도 제작할 수 있다 이 말인데.

—저희는 밀착 다큐를 제작하고 싶어서요.

"다큐요? 다큐멘터리 좋죠! 촬영팀 A급, 아니, S급으로 준비할 수 있습니다! 그런데… 어디시죠?"

그리고 이어진 수화기 너머 속 목소리에 김홍식은 머리를 한 대 얻어맞은 것처럼 멍하니 있다가 되물었다.

"최고남?"

                    *   *   *

골목을 한참 헤맨 끝에 김홍식 프로덕션을 찾아냈다. 가을인데도 파리가 날아다닐 것 같은 위치다. 혹시 손님을 피하는 게 콘셉트인가.

"대표님, 여긴 어딘가요?"

옆을 돌아봤더니 배우 윤환이 열정 넘치는 매니저 모드로 변해서 안경까지 쓰고 있다.

동그란 안경알 속 검은 눈동자가 열기를 뿜고 있다.

드라마에서는 안경 쓴 얼굴과 민얼굴로 번갈아 등장하는데, 평소에는 크게 눈에 띄지 않는 매니저지만 안경 벗으면 연예인들도 반하는 얼굴이라는 콘셉트다.

"김홍식 피디는 말이야."

나는 떠오르는 기억을 속삭이기 시작했다.

"오래전에 피디 성 상납 스캔들이 있었어."

"예?"

섹스와 스캔들이라는 대중이 가장 좋아하는 키워드가 두 개나 붙어 있었기 때문에 기자들이 미쳐 날뛰던 사건이다.

팩트 체크 없이 기사가 쏟아지자 김홍식 피디의 프로그램에 들어간 연예인들은 같이 엮일까 봐 몸을 사렸고, 그런 상황에서 나도 연락을 끊어야 했다.

"그래서 연락을 피할 수밖에 없었어. N탑이 엮일 수도 있었으니까."

"그걸, 김홍식 피디님은 배신이라 여기고 있는 거네요."

윤환이 제 일처럼 안타까워한다.

하지만 윤환이 여기에 온 것은 동정표를 받자고 온 것이 아니다.

실제 현장에서 눈으로 보고 배운다면 연기에도 큰 도움이 되기 때문이다.

"그러면 대표님을 분명 싫어할 텐데, 스카우트가 가능할까요?"

"환이 너라면 어떻게 할 거야? 사과를 할 거야? 아니면 설득을 할 거야?"

"김홍식 피디님이 어떤 사람이냐에 따라서 대응할 것 같습니다."

나는 피식 웃으며 차에서 내렸다. 윤환이 서둘러 뒤따라오며 물었다.

"틀렸어요?"

"아니, 그것도 정답이 될 수 있어."

"그러면, 대표님 답은요?"

"나?"

그야 뻔하지.

"스카우트하는데 왜 사과를 하고 설득을 해?"

돈은 내가 주는데 말이다.

*   *   *

「김홍식 프로덕션」

"밀착 다큐면 릴리시크를 팔로우하면서 촬영하라는 얘기야?"

김홍식 피디는 분노하고 있었고, 화를 참지 못하고 있었다. 시작부터 거칠고 퉁명한 목소리로 말을 쏟아냈다. 그때마다 팔 근육이 꿈틀거린다. 손님이 없어서 운동만 한 모양이다.

"촬영 기간은?"

"한 달 안에 완성돼야 합니다. 릴리시크 컴백이 다음 달이거든
요."

"한 달이면, 너무 빠듯하지. 그 안에 촬영하려면 최소 두 팀은
붙어야 할 것 같은데? 거기다 스토리라인 만들려면 과거 영상도
준비돼 있어야 하고."

"그 점은 걱정할 것 없습니다. 프로필 영상, 연습 영상, 녹음하
는 영상, SNS에 올린 수많은 영상 등등. 릴리시크는 탄생 이전부
터 디지털 미디어에 기록되고 있으니까요."

김홍식 피디의 표정은 변함없이 못마땅해하고 있었다.

구부러진 눈썹이 펴질 생각을 하질 않는다.

최고남이라고 다를까. 눈 한번 깜빡이지 않고 김홍식 피디를
마주 보고 있었다.

"그쪽 대표님도 보통이 아니네요. 기 싸움에서 밀리질 않네."

프로덕션 여직원이 윤환에게 커피 한잔을 건네며 작게 속삭인
다. 윤환은 고개를 끄덕였다.

"보통이 아니시죠."

"사실, 오시기 전에 피디님이 엄청 욕했어요."

여직원은 윤환의 얼굴을 뜯어보면서 홀린 듯이 두 사람이 프
로덕션에 찾아오기 전 상황을 털어놓았다.

최고남의 전화를 받고 분노의 양치질을 하던 김홍식 피디의
모습을.

"근데, 실물이 더 멋있으시다."

"아, 감사합니다."

"실은요, 저도 여기 그만둘 거예요. 더러워서 못 해 먹겠거든요."

"아, 그래요?"

"피디님이 성질이 더러워요. 그래서 다 나가고 저만 남았다니까요? 월세도 밀렸고 곧 폐업할 거예요."

여직원의 TMI가 이어지는 가운데, 김홍식 피디가 입을 열었다.

"왜 우리한테 의뢰하는 거야? 스튜디오까지 있다면서?"

"앞으로도 촬영은 은별나라 스튜디오에서 계속할 계획입니다."

"그럼 대체 나보고 뭘 하라는 거야?"

"피디님은 말 그대로 피디 역할을 해주시면 됩니다."

"우리 회사, 영상미디어 제작 회사야! 근데 무슨 피디 역할을 하라는 건데?"

김홍식 피디가 성질을 버럭 낸다.

이러다가 서로 멱살이라도 잡을 것 같았다.

"아, 파투예요, 파투."

"아니, 아직이에요."

윤환은 여직원의 우려를 떨쳐내고 계속 지켜봤다.

"저희가 필요한 건 김홍식 프로덕션이 아니라, 스타 피디니까요."

"우리보고 너희 스튜디오 하청이라도 하라는 거야?"

"하청이 아니라, 스카우트 제안입니다. 은별나라 스튜디오는 스타 피디의 기획력, 노하우, 인맥을 원하고요."

"꺼져!"

고함소리에 여직원이 한숨을 길게 내쉬었다.

누가 봐도 김홍식 피디가 퓨처엔터의 제안을 수락할 일은 절대 없을 것 같았으니까.

하지만 최고남는 여전히 일어나질 않았다.

엉덩이에 천근만근 추라도 매달았는지 처음 자세 그대로다.

그저 고개만 살짝 들어 사무실을 찬찬히 둘러본다.

"성 상납 스캔들 피디라는 딱지는 쉽게 떼어지지 않을 겁니다."

"아니라고 다 밝혀졌는데 무슨 개소리야!"

"사람들은 결과를 궁금해하지 않아요. 스캔들로 떠들썩했던 그 자극적인 순간만 기억하지."

"이이……."

"업계 좁아요. 근데 일할 사람은 넘쳐나고. 굳이 트러블 있는 회사와 일하고 싶은 사람 없을 겁니다."

"……."

"월세도 밀려 있으시고. 들어오는 일도 딱히 없으신 것 같고."

계속해서 김홍식 피디를 자극하는 최고남의 모습에 윤환은 심장이 터질 것 같았다.

"드라마 만들 거 아닙니다. 그 정도 크기면 투자받아서 만드는 게 효율적이니까. 은별나라 스튜디오의 목적은 언제든 원하는 영상을 빠르게, 그리고 질 좋게 제작하는 겁니다. 그래서 피디님이 필요한 거고요. 실력 아니까."

김홍식 피디가 어금니를 씰룩거린다.

여직원은 긴장했고, 윤환은 여차하면 일어나서 소요 사태를 막을 생각이었다.

"제작비는 전폭 지원하겠습니다. 원하는 거 다 찍으세요."

최고남의 선언에 여직원이 고개를 가로젓는다.

"무리예요."

"왜요?"

"피디님은 돈에 흔들리는 분이 아니거든요."

여직원의 확신에 윤환은 조금 걱정이 되기 시작했다. 최고남이 무리하고 있는 건 아닐까 싶어서.

"연봉은 업계 최고 대우."

"……."

"거기에 인센티브까지."

여전히 입술을 꾹 다물고 콧잔등을 찌푸리고 있는 김홍식 피디.

여직원은 다시 말했다.

"자존심으로 살아오신 분이에요. 월세가 밀렸어도 건물주한테 큰소리 떵떵 치는 분이라니까요? 그쪽 대표님, 오늘 헛걸음하신 거예요."

하지만 최고남의 눈빛은 아직 포기 하지 않고 있다.

"원하면 1년 치 연봉은 선지급해 드릴 수 있습니다."

"훗. 네가 돈이 그렇게 많아? 1년 치 연봉 선지급? 그깟 거 얼마나 된다고."

김홍식 피디는 코웃음을 쳤다. 비아냥이겠지만 그래도 오늘 처음으로 나온 웃음이었다.

그러자 최고남이 메모장에 뭔가를 적는다.

"그쪽 대표님 뭐 적는 거예요?"

"숫자 같은데요?"

"아, 동그라미네. 근데 동그라미를 몇 개나 그리는 거야."

멈추지 않는 최고남의 손.

그 손이 멈췄을 때, 최고남은 종이를 툭 내려놓고 일어났다.

"여기요. 그깟 것치고는, 나쁘지 않을 것 같은데."

"……."

"받으실 거예요, 말 거예요?"

김홍식 대표는 침묵했다.

끓어오르는 화를 달래고 있는 것처럼 보인다. 모욕과 수모 앞에서 이성을 붙잡고 있다는 것이 존경스러울 정도다.

아쉽지만, 윤환은 이번에는 정말 최고남도 어쩔 수 없겠거니 생각했다.

"후……."

그렇게 오랜 침묵 끝에 김홍식 대표가 힘겹게 입을 열었다.

"세금은… 몇 프로 떼더라?"

순간 윤환과 여직원은 귀를 의심했고, 최고남은 미소를 씨익 짓고 있었다.

돈.

자존심으로 똘똘 뭉친 남자가 거부하기에는 너무 큰 돈이었다.

*　　　　　*　　　　　*

「두 번째 업보 대상자 (업보 요약 및 명부 사본 첨부)」

『곽서라 : 경신(庚申)년 병술(丙戌)월 을해(乙亥)일 출생』

『운명 : S』

『현생 : S』

『업보 : 160』

『현생부(現生簿) 요약 : …방송계와 패션계를 넘나들며 활약하고 있으나 전생의 업이 아직 남아 있어서 곧 시련을 겪을 예정이다.』

'서라 씨, 미안한데 우리 이번에는 같이 못 할 것 같아.'

'왜요? 여섯소년들 멤버 다친 것 때문에 그래요?'

'N탑에서 더럽게 뭐라고 하더라고. 특히 최고남 부문장이라고 있는데, 걔가 아주 난리를 쳐.'

'아니, 그건 제 잘못이 아니었잖아요? 분명 바닥에 매트리스 깔린 줄 알고 진행한 건데.'

'그럼 내 잘못이라는 거야? 진행자가 그걸 파악하고 있었어야지. 진행자는 전체를 보는 사람인데. 본업이 디자이너라도 큐카드 들었으면 MC야, 이 사람아!'

'피디님 잘못이라는 게 아니라요… 죄송합니다. 제가 잘할게요.'

'N탑에서 서라 씨랑 계속하면 여섯소년들 우리 프로 하차하겠대. 미안해.'

'피디님!'

이후로 N탑에 찍혔다는 소문이 나면서 곽서라는 패션계에서도 왕따가 되고 말았다.

방송계와 패션계를 넘나들면서 몸이 열 개라도 모자랐던 그 녀였기에 더할 나위 없이 충격이었던 그 시절.

악착같이 노력해서 다시 재기하기까지, 곽서라에게는 그런 한이 있었다.

"등짝 찾았어?"

"아니요. 혹시 몰라서 SNS 마케팅 회사에도 의뢰했는데, 아직 별다른 소식이 없네요."

패션쇼는 이제 흔해져 버렸다. 그냥 형식적인 절차일 뿐이다.

그렇지만 여기에 이슈가 달라붙는다면 특별해진다.

윤소림 광고효과로 S전자 핸드폰 신모델이 100만 대가 넘게 팔리고 있다고 한다.

그러다 보니 인플루언서들이 광고의 한 장면을 따라 하고 있고, 네티즌들 사이에서는 등짝의 주인공을 찾는 게 유행처럼 번지고 있었다.

"그러니까 찾아야 해. 이번 피날레 무대는 꼭 그 등짝이어야 해."

그래야 곽서라 디자이너 패션쇼가 화제에 오를 테니까.

"선생님, 전화 왔는데요."

"누군데?"

"기자입니다."

기자.

불길한 단어를 곱씹으며 전화를 받은 곽서라는 곧 눈살을 찌푸리고 말았다.

"김 기자님, 이건 아니잖아? 내가 이혼하는 건 사실인데, 지금 김 기자가 하는 소리는 다 헛소리라니까?"

—아휴, 서라 씨 남편이 와서 다 얘기한 건데 아니라고 하시면 나는 난감하죠.

"그 인간이야 이혼하는 마당에 지금 무슨 말을 못 하겠어? 하지만 내가 다른 남자가 있다느니 하는 소리는 전부 그 사람 망상이라고!"

—알겠습니다. 서라 씨 주장은 감안해서 기사에 담을게요. 기사 바로 올라갈 거예요!

곽서라는 남편과 성격 차로 이혼을 앞두고 있었다.

그런 마당에 남편이 기자를 찾아가서 소설 하나를 제대로 쓴 모양이었고, 기자는 덥석 물어버린 모양이었다.

"개새끼… 진짜!"

곽서라는 입술을 잘근 씹으며 핸드폰을 손에 쥐었다.

기자가 바로 기사를 올린다고 했으니 포털사이트 실검에 자신의 이름이 오르는 것도 순식간일 것이다.

당연히 악플도 쏟아질 테고.

[곽서라, 이혼 사유는 불륜?]

—MC와 디자이너를 오가며 종횡무진 중인 곽서라의 행보에 브레이크가 걸렸다. 앞서 곽서라는 남편과 성격 차이로 이혼 절차를 진행 중이었는데, 그 속사정에 충격을 금치…….

역시나, 기사는 바로 올라왔다. 그래서 초조한 마음으로 새로고침을 계속했다.

어떤 악플, 어떤 댓글이 달릴지 궁금해서 입술을 괴롭히며 엄지만 까딱거렸다.

그런데.

[언론사의 요청에 의해 삭제된 기사입니다.]

"이게… 어떻게 된 거야?"

갑자기 사라진 기사에 제 이름을 검색해 봤지만 새로운 기사는 없었다.

그럼, 포털사이트 실검은…….

불안 속에서 엄지가 정신없이 핸드폰을 두드린다. 새로고침, 새로고침, 새로고침.

1 릴리시크 ↑
2 릴리시크 밀착 다큐↑
3 릴리시크 송지수 ↑

뜬금없이 릴리시크 관련 기사가 실검을 밀어내고 있었다.

"릴리시크면… 최고남?"

한때 자신을 나락에 빠뜨렸던 그 이름이, 지금 구원투수처럼 등장했다.

*   *   *

"안녕하세요!"

운전석 차창을 열자, 마치 선물을 주듯 점원이 빙긋 웃으며 햄버거와 음료수가 담긴 테이크아웃용 박스를 건넸다.

계산을 마치고 바로 주차장으로 차를 옮겼다.

윤환이 그새를 못 참고 코를 킁킁거린다.

"와, 냄새 좋다."

"햄버거 오랜만이지?"

"예, 진짜 오랜만인 것 같아요."

그동안 배역 때문에 식단관리를 했으니까.

풀만 먹고 사느라 원치 않게 초식동물 삶을 살았을 거다.

"대표님, 드세요."

윤환이 햄버거 포장을 정성스럽게 벗겨서 건넸다.

"너 먹어."

"아녜요, 먼저 드세요."

"빨리 먹어."

"여기요, 드세요."

별거 아닌 걸로 실랑이를 하고 윤환이 건넨 햄버거를 입에 물었다.

윤환이 새 햄버거 포장을 벗기면서 싱글벙글 웃는다.

"날씨도 좋고, 구름도 예쁘고, 햄버거도 먹고. 오늘 최곤데요?"

"오늘은 햄버거로 넘어가고 촬영 끝나면 맛있는 거 사줄게."

공수표를 날리고 햄버거를 물면서 기자에게 문자를 보냈다.

[고맙습니다, 나중에 신세 갚을게요.]

기사가 내려갔는지도 확인했다.

이혼 기사는 내려가고 릴리시크 기사가 올라오고 있다.

그래봐야 잠깐이겠지만, 뭐, 곽서라를 만날 때 약발은 먹히겠지.

"대표님, 곽서라 씨는 왜 만나시려는 거예요?"

윤환이 햄버거를 열심히 오물거리며 물었다.

"여섯소년들 신인 때, 예능에 나갔다가 다친 적이 있어."

"그게 곽서라 씨랑 관계가 있나요?"

"곽서라가 진행하던 프로였거든. 진행에 문제가 있었어."

"그렇구나. 그래서 어떻게 됐어요?"

"여섯소년들은 활동 시작하자마자 다쳐서 일정에 큰 차질이 생겼고, 그때 다친 멤버는 아직도 발목이 안 좋지. 곽서라는 프로그램에서 잘렸고. 그래서 곽서라가 나한테 원한이 많을 거야."

"왜요?"

"나 때문에 잘렸는지 알거든."

피디에게 안 좋은 소리를 하긴 했지만, 곽서라가 하차한 것은 방송국 차원에서 꼬리 자르기 차원이었지 N탑의 압력 때문이 아니었다.

아무리 생각해 봐도 이놈의 업보는 전후 사정을 전혀 고려하지 않는 것 같단 말이야.

"그러면 오해 풀어야죠. 대표님, 제가 오늘 가서……."

"콜라나 마셔."

나는 윤환에게 빨대를 들이밀었다. 볼이 홀쭉해져서 콜라를 빨아들이는 모습을 보고 얘기를 계속했다.

"그런다고 결과는 바뀌지 않아. 곽서라는 그때 잘렸고, 우리 애는 다쳤어. 오해를 풀어? 아니, 그때 방송국이 자르지 않았으면 내가 나섰을지도 몰라."

몰라가 아니라, 분명 그랬을 거다.

에이, 업보가 맞긴 하네.

"햄버거 더 먹을래?"

열심히 오물거리던 윤환의 입이 멈춰 있길래 햄버거 반을 뚝 떼서 건넸다.

"그런데 오늘은 왜."

"오늘 곽서라를 만나는 목적은, 릴리시크 멤버들을 명품 브랜드 엠버서더로 만들 계획이거든."

스타들이 브랜드 엠버서더, 즉 홍보대사로 활동한다는 것은 패션과 현시대의 아이콘이 된다는 의미이기도 하다.

각계의 시선이 달라붙게 되고 존재감이 달라진다.

유유가 해마다 바쁜 시간 쪼개서 파리, 뉴욕, 밀라노, 런던에서 열리는 패션위크를 참석하는 것도 그런 이유다.

"그래서 곽서라가 로드맵을 그려주고 케어해 주는 게 어떨까 싶어서."

물론 전 QM 매거진 수석 에디터인 김나영 팀장의 인맥이면 충분하겠지만, 다각도에서 서포트를 해주면 훨씬 수월하니까.

"근데, 곽서라 씨가 할까요? 지금까지 옛날 일이 응어리져 있으면 쉽지 않을 것 같은데요?"

윤환이 반쪽짜리 햄버거를 어떻게 먹을까를 요리조리 보다가 물었다.

나는 피식 웃었다.

"아까 내가 김홍식 피디 설득하는 거 봤지?"

윤환이 고개를 끄덕인다.

"지금 곽서라는 또다시 기사가 뜰까 봐 떨고 있을 거야. 머리는 정신없고 마음은 춥겠지. 이럴 때는 말이야, 든든한 햇살이 필요한 법이야."

나 최고남이라는 햇살.

거기다 이미 맛보기로 보여줬고.

훗.

나는 입을 크게 벌려 햄버거를 깨물었다.

"맛있다!"

.

.

.

"도희 씨, 내가 누군지 알아요? 나 강현이에요. 강현… 아, 좀 이상한데."

윤환은 차 안에서 최고남을 기다리며 대본을 체크했다.

"여기서는 부드럽게 할까?"

대본리딩 때는 백도희에게 확신을 주기 위해서 이름을 강조했다.

하지만 오늘 대표님을 곁에서 보니 부드러운 모습이 더 낫지 않을까 싶다.

스캔들 기사에 떨고 있는 여배우에게 필요한 것은 햇살일 테니까.

"우리 대표님처럼."

윤환은 잠시 대본을 접고 최고남이 들어간 숍을 바라봤다.

'저 안은 지금 대표님의 햇살로 가득하겠지? 곽서라 씨는 분명 대표님의 진심을 알아….'

줄 거라고 생각했는데.

웬일인지 숍에서 최고남이 헐레벌떡 나오고 있었다. 그 뒤로 곽서라가 나오더니 고래고래 소리를 지른다.

최고남이 차에 올라탔다.

"환아, 가자!"

"어떻게 됐어요?"

"일단 가자!"

차가 급하게 출발하고, 사이드미러에는 곽서라가 구두를 집어 던지는 모습이 비쳤다.

대표님은 아무 말도 하지 않았고, 신호에서 멈춰 섰을 때 긴 한숨과 함께 땀에 젖은 이마를 훔쳤다.

"후우."

*   *   *

「세 번째 업보 대상자 (업보 요약 및 명부 사본 첨부)」

『염희애 : 병인(丙寅)년 계사(癸巳)월 갑인(甲寅)일 출생』

『운명 : S』

『현생 : A』

『업보 : 198』

『현생부(現生簿) 요약 : …허드렛일부터 시작해 온라인 마케팅 회사를 열기까지 성공을 위해서 안 해본 일이 없다. 하지만 현실은 결코 녹록지 않은 법. 범람하는 마케팅 회사들 사이에서 살아남으려면 큰 건이 필요하다!』

"등짝, 등짝을 찾아라."

오랜만에 들어온 일거리에 눈에 불을 켜고 찾고 있지만, 몇 날 며칠 뒤져봐도 마치 망망대해에 놓인 것처럼 아무것도 없다.

"대표님, 포기하시죠. 포기하면 편합니다."

"그럴까."

"예."

"예는 무슨 예야!"

날아간 휴지 뭉치가 직원의 머리를 툭 때리고 바닥을 구른다.

"이럴 때는 포기가 아니라, 분노해야 해! 분노가 곧 일의 원동력이니까."

그리고 이럴 때마다 레퍼토리처럼 떠올리는 일화가 있으니.

"내가 제일 싫어하는 회사가 어디라고?"

"N탑이요."

"이유는?"

"개무시했기 때문이죠."

"정확히는?"

"대표님을 잘랐습니다!"

"그렇지!"

오래전 염희애는 N탑의 하청 일을 한 적이 있었다.

소속 아티스트의 이런저런 영상을 촬영하고 편집해서 SNS에 올리는 작업이었는데, 그때 동경하던 N탑의 민낯을 생생히 목격했다.

"3대 기획사는 개뿔. N탑은 완전 고인 물에 썩은 물이나 다름없는 곳이야."

"처음에는 좋다고 하셨잖아요. 복지도 좋고, 부문장인가? 그 사람도 멋있다고."

"최고남!"

염희애는 분노를 터뜨리며 그 이름을 읊조렸다.

"아이디어 있으면 허심탄회하게 얘기해 보라더니만, 날 잘랐다고! 그 인간이!"

N탑은 꿈과 희망이 존재하는 곳이 아니었다.

고인 물들은 제자리 지키기 바쁘고, 직원들은 괜히 찍힐까 봐제 할 일만 딱 하는, 한마디로 시스템만 존재하는 무덤 같은 곳이었다.

그래서 보다 못해 아이디어를 좀 냈더니만 바로 잘렸다.

"근데, 그런 사람이 N탑은 왜 그만뒀을까요?"

"말했잖아! 그만둔 게 아니라……."

"아니, 감독님 말고요. 그 최고남 부문장이라는 사람."

"난들 아냐!"

"릴리시크가 그 사람 회사래요."

"그래서 뭐 어쩌라고?"

"릴리시크하고 일하면 저희도 대박 나겠죠? 큰 건이잖아요?"

"들어와도 안 할 거야, 안 할 거라고!'

이때 울리는 전화벨 소리.

"예, 슈슈픽입니다."

염희애는 통화를 하는 직원을 물끄러미 쳐다봤다. 그런데, 직원이 갑자기 깜짝 놀라며 그녀를 마주 본다.

"대표님……."

"왜? 국세청이야?"

"이 대목에서 국세청이 왜 나와요?"

"그럼 누군데?"

"그게……."

.

.

.

"그러니까, 저희한테 릴리시크 SNS 관리하고 팬덤 서포트를 맡기겠다는 건가요?"

"예."

염희애는 여전히 의심스러운 눈빛을 거두지 않았다. 그리고 또하나 의심의 눈빛.

흠.

"환아, 어디 불편하니?"

"아, 아닙니다."

윤환이 어색하게 웃는다.

에이, 곽서라 때문에 체면 제대로 구겼네.

나는 다시 염희애를 바라봤다. 눈빛은 깐깐해 보여도, 또 이런 타입이 금방 풀리는 법이다.

뭐, 풀리겠지?

"왜 저희죠? 실적도 크게 없는데."

"슈슈픽이 어떤 회사인지는 둘째치고, 눈앞에 있는 사람이 누군지 잘 알기 때문이죠."

"저 자르셨잖아요? 아이디어 있으면 다 말해보라더니, 다음 날 계약 해지하신 거 잊으셨어요?"

"N탑과는 안 맞았으니까요."

N탑에서 변화라는 단어는 쥐약이나 다름없다.

체계적인 시스템과 직원 수 500명이 넘는 회사로 자리 잡기까지 N탑은 무수한 시행착오를 거쳤고, 그 결과 한 사람의 창의적인 아이디어는 끼어들 틈이 없을 정도로 견고해졌다.

당장 성과가 필요한 상황에서 염희애와의 계약 해지는 당연한 수순.

물론 내가 확 자르거나 한 것은 아니다. 경영지원팀에 살짝 언급했을 뿐이지… 살짝이 아니었었나. 기억이.

"하지만, 그렇게 통보해서는 안 되는 거였어요. 미안합니다."

나는 염희애를 향해 정중히 사과했다. 당황한 똑단발 머리가 흔들거린다.

윤환이 보고 있지만 상관없다.

매니저가 고개를 숙이는 것이 뭐가 어렵단 말인가.

"사과를 받아줄지 말지 선택하는 것은 희애 씨의 몫입니다. 고민해 보고 연락줘요."

테이블에 명함을 내려놓고 자리에서 일어나는 이때.

"잠깐!"

염희애의 외침에 나는 눈을 질끈 감았다가 떴다.

역시, 저런 타입이 금방 풀리는 법이라니까.

"왜요?"

"잠깐 그 상태로 멈춰보세요!"

뒤돌아서 등을 보이는 이 상태?

그러더니 갑자기 내게 다가와 내 등을 이리저리 더듬는다. 이 여자 왜 이래?

"왜 이럽니까?"

"등 좀 봐요!"

"예?"

"등짝 좀 보자고요!"

　·

　·

　·

「릴리시크 팬카페 시니컬」

—여러분 퓨처엔터 SNS에 릴리시크 관련 공지 올라왔습니다!

ㄴ새치기 좀 할게요! 마케팅 회사에 릴리시크 전담 서포트를 맡 긴대요.

ㄴ으아! 드디어 팬클럽 공식 창단하는 건가요?

ㄴ솔직히 늦은 감이 있음요!

ㄴ시니컬 1기 2기 동시에 모집해야 하는 거 아닌가요? 대기자

엄청날 텐데

　└궁금한데, 릴리시크 컴백하기 전에 시니컬 가입하고 팬 미팅까지 할 수 있는 걸까요??

　└스케줄 빡세서 어렵지 않을까요?

　└우리 지수 인차 MC 언제까지 해요? 좀 쉬게 해주지. 아, 쉬면 얼굴 못 보지.

　└안 돼요!! 일요일에 지수 얼굴 보는 게 유일한 낙이라구!!

　└SNS에서 보면 되죠. 우리 애들은 인스터 자주 하잖아요? 은별나라에도 자주 출연하고

　└은별이랑 케미 너무 좋아요ㅋㅋㅋ

　└넷이 인방도 자주 해서 팬질하기 너무 좋음

　└근데 퓨처엔터에서 안 하고 왜 하청 주는 거예요? 윤소림 팬클럽 아우하는 직접 관리한다던데??

　└퓨처엔터 지금 몸집 불리느라 정신없을걸요?

　└지금 공지 보고 왔는데, 팬덤 관리하고 SNS 관리만 서포트하는 거래요! 광고나 주요 사업은 미디어팀에서 계속…….

　└어디죠? 듣보잡 회사는 아니죠?

벌써 10분째 황 기자는 모니터에서 눈을 떼지 않고 있었다.

먹잇감을 쫓는 하이에나처럼, 비상하고 있는 독수리처럼.

그녀의 눈은 특종을 찾기 전까지는 절대 감기지 않을 것처럼 보였다.

보다 못한 편집부장이 그녀의 어깨를 툭 쳤다.

"황 기자, 대충 살자. 특종 그거 잡아서 뭐 하냐? 그냥 우라까

이나 쳐."

클릭 수가 전부인 세상.

그냥 남들처럼 자극적인 제목 뽑고, 글자 몇 개 바꿔서 기사 올리는 것이 남는 장사 아닌가.

그러한 진리를 되새겨 주고 있는데, 여전히 눈만 부릅뜨고 있던 황 기자가 소매를 걷어붙이더니.

"에라, 모르겠다!"

키보드를 신명 나게 두드리길래 뭘 쓰나 봤더니만.

[S전자 핸드폰 광고의 등짝, 드디어 찾았다!]

*   *   *

—지금 대한민국에서 가장 핫한 등이래

ㄴv1. ㅋㅋㅋ 기사 보다가 단독 붙은 거 보고 웃겼음

ㄴv2. 퓨처엔터 진짜 열일한다. 윤소림 배우 생활할 만하겠음.

ㄴv3. 요게 요즘 핫하다는 패러디 영상 원조였다고?

ㄴv4. 와, 소속사 대표일 줄은 꿈에도 몰랐다. 뒷모습 완전 내 취향!!

"하."

SNS에 올라오는 핸드폰 광고 패러디 영상들.

네티즌들에게 지금 내 등은 핫하고 재밌는 놀잇감이 돼버렸다.

그 덕에 S전자 홍보팀의 입이 함지박만 해졌다고 하니 좋아해

야 하는데, 왜 이렇게 한숨이 나오는지.

다음 광고에도 내 등이 나왔으면 하고 은근히 기대하는 것 같지만, 안될 말이지.

등으로 시작해서 나중에는 별의별 요구를 할 게 분명하니까.

그나저나 황 기자.

"배짱이 있어. 이런 사고를 쳐놓고 하트 문자만 틱 보내고 잠수를 타? 업보만 아니면 확 그냥!"

나는 참을 인을 세 번, 아니, 네 번 가슴에 새기며 고개를 돌렸다.

따뜻한 온기가 맴도는 사무실 가운데에 퓨처엔터 식구들이 모여서 식후 커피타임을 즐기고 있다.

아침 참새 소리 같은 재잘거림이 대표실 문틈새로 스며 들어온다.

"대표님은요, 진짜 대단하세요. 다들 보셨어야 하는데."

"뭘?"

"대표님이 김홍식 피디 설득하는 모습이요."

"어땠는데?"

"카리스마 넘치셨죠. 기세라고 해야 할까요? 두 분 사이에서 불꽃이 튀는데, 대표님의 모습은 마치 거대한 장벽 같았어요."

"으, 아주 그냥 콩깍지가 씌었어!"

직원들이 대패삼겹살처럼 돌돌 말린 열 손가락으로 제 얼굴들을 감싸 쥐자, 윤환이 이해가 안 된다는 듯 고개를 갸웃하며 말했다.

"콩깍지 아닌데. 정말 멋있으세요, 우리 대표님."

"환이 너 사회생활 진짜 잘하는구나."

김승권이 혀를 내두르면서 쳐다본다.

"정말인데."

"그라믄 안돼. 사람이 정직해야지. 안 그러냐, 얘들아?"

김승권이 돌아본 곳에 릴리시크가 다람쥐처럼 입을 오물거리며 호빵을 먹고 있다. 먹을 때는 영락없이 여자애들이다.

단거 좋아하고, 수다 떠는 거 좋아하고, 넷이 다니는 거 좋아하는.

소연우는 벌써 호빵을 두 개째 먹고 있다. 볼 안 저장고에 가득 채우고 웅얼거린다.

"맞아요, 그라믄 안돼. 안된다구."

"오빠, 제대로 얘기하셔야죠. 우리 대표님은요, 멋있는 것 곱하기 백이라구요."

"아라야, 너 숫자 틀렸다. 곱하기 천이잖아."

"인정."

멤버들이 서로 팔꿈치를 부딪치고 웃는 모습에 나도 모르게 입꼬리가 스윽 올라간다.

"그렇게까지 대표님에게 잘 보이겠다 이거지? 너희들, 이 오빠는 참 실망을 감출 수가 없구나!"

김승권이 제 가슴을 움켜쥐며 오버하는 모습에 직원들이 낄낄거리며 웃는데, 박은혜가 멤버들이 버린 말라붙은 호빵 포장지까지 부지런히 주워서 쓰레기통으로 향한다. 그리고는 하얀 손을 탁탁 털고, 화이트보드 앞에서 네임펜을 손에 쥐었다.

[우리 대표님은 지구에서 제일 멋있습니다! 릴리시크 일동!]

박은혜가 네임펜을 내려놓고 빙긋 웃는다.

"은혜 너까지……."

김승권이 뒷목을 부여잡는 이때, 차 팀장이 벌떡 일어났다.

미간 주름 잔뜩 모으고 성큼성큼 화이트보드 앞으로 오더니, 네임펜을 손에 꽉 쥔다.

[우리 대표님은 지구에서 제일 멋있습니다! 릴리시크 일동 + 직원 일동 동의(김승권만 비동의)]

눈이 휘둥그레진 김승권을 보면서 차 키를 챙기고 옷을 챙기고 나오자, 차가희가 실실 웃으며 말했다.

"대표님."

"왜?"

"대표님이 '멋있다'에 환이, 릴리시크, 그리고 저희 직원들 모두 동의했습니다. 딱 한 사람만 빼고요."

그렇다면.

"오케이, 승권이 네 마음 접수!"

"대표님, 저는 억울합니다!"

내 알바 아니고, 나는 윤환을 바라보며 고개를 끄덕였다.

"가자."

촬영장에 갈 시간이다.

"대표님! 대표님!"

잊지 않겠다. 김승권.

*   *   *

「KIS 드라마 〈내 매니저〉 촬영장」

"어떤 것 같아? 윤환이."

스태프들이 촬영 준비로 한창일 때, 김재하 피디가 촬영 감독에게 슬쩍 다가와 물었다.

나무 밑에서 커피를 호로록 마시던 촬영감독이 굼뜨게 입을 열었다.

"잘하긴 하는데, 김유리한테 밀려."

"그지?"

김 피디가 예상한 답인 듯 고개를 끄덕인다.

두 배우는 필모그라피에서부터 확연한 차이가 보인다. 그동안 김유리가 출연한 작품, 연기에 관한 얘기를 꺼내면 밤을 새워도 모자란다.

작품에 몰입하기 위해 수단과 방법을 가리지 않는 배우라서 그와 관련한 일화도 수두룩하고.

반면 윤환은 아직 보여준 게 많지 않았다.

"너무 빨리 큰 감이 없지 않아."

"바람이란 게 언제 예고하고 부나."

어쩌면 아예 불지 않았을 수도 있다.

수많은 배우들이 그저 그런 역할만 전전하다가 사라지는 것처럼.

"오늘 씬, 다 김유리랑 붙지?"

"그죠. 일부러 몰아넣었지."

김 피디가 고개를 끄덕이며 속삭였다.

"김유리한테 아주 잡아먹힐지, 아니면 김유리 덕에 연기 맛을 알아버릴지. 오늘 결판내야지."

"너무 가혹한 거 아니야?"

"가혹하긴. 초장에 잡아야지. 안 그러면 촬영 내내 휘둘릴 텐데. 김유리랑 찍다가 멘탈 나간 남자배우들이 한둘이야?"

투덜거리듯 말하자, 촬영감독이 피식 웃는다.

"그러면 난 윤환이나 응원해볼까."

"응원은 소속사 대표가 해야지."

"그러게. 어디 갔데? 아까 보니까 최 대표가 온 것 같더구먼."

"누구 모시러 간다고 좀 아까 나가던데?"

"누구? 방 국장?"

"아니요, 특별한 손님이라던데."

전화 받고 급하게 촬영장을 빠져나갔었다.

쭈그리고 앉은 두 사람은 물끄러미 촬영장 진입로를 바라봤다.

"그리고 보니, 커피차 끌고 오던 거 생각나네."

촬영감독은 먼지바람 일으키면서 달려오던 커피차를 떠올렸다.

사실 커피보다 그날 최고남의 환한 미소가 더 기억에 남아 있었다.

"이상하단 말이야."

"뭐가?"

"최고남 말이야."

촬영감독은 엉덩이를 툭툭 털고, 피식 웃으며 말했다.

"왜 걔만 생각하면 가슴이 들뜨나 모르겠어. 소녀처럼 말이야."

"미쳤구만. 형, 형수가 밥 안 차려줘?"

"너야말로 미쳤구나. 결혼하면 아침밥을 얻어먹을 거라는 환상은 버려 인마. 되려 네가 전 작가 밥 차려줘야 할걸?"

"뭐, 뭐?"

"인마, 옆에서 알짱거리지 말고 확 고백해. 그래서 썸이나 타겠냐?"

"아니 무슨 헛소리야!"

발끈하는 김 피디 모습에 촬영감독이 낄낄거리며 웃을 때였다. 촬영장 진입로에 먼지바람이 피어올랐다.

"왔네, 최고남. 근데… 혼자가 아니네?"

*　　　　*　　　　*

"준비 많이 했어?"

슛 사인을 앞두고 김유리가 넌지시 물었다.

"예, 선배님."

"긴장하지 말고."

말은 고맙지만, 윤환이 김유리 앞에서 긴장하지 않는다는 것은 불가능한 일이었다.

윤소림과 호흡을 맞췄던 〈장산의 여인〉 때는 예열을 할 수 있는 시간이 있었다.

둘 다 경험이 풍부하진 않았기 때문에 촬영 회차가 늘어나면서 자연스레 긴장이 풀리고 연기에 집중하는 과정이 있었다.

하지만 김유리는 아니다.

대본리딩 때부터 완벽하게 천재 여배우 백도희로 나타난 그녀 앞에서 윤환은 헐벗은 기분이었다.

그나마 역할이 신입 매니저여서 어느 정도 어리바리한 모습이 허용됐기에 망정이지.

안 그랬으면 첫 촬영은 NG 퍼레이드가 펼쳐질 뻔했다.

"최고남 대표가 뭐래? 조언 같은 거 안 해줬어?"

"조언해 주셨어요."

첫 촬영을 마치고 어깨가 축 처져서 돌아온 그를 최고남은 부드러운 눈웃음을 짓고 반겼다.

"뭐라고?"

"선배님은 자기 자신을 캐릭터화시키는 배우래요. 그것도 아주 베테랑."

배우마다 저마다의 스타일이 있다.

최고남은 김유리 같은 배우는 캐릭터와 물아일체가 되면서 몰입감이 엄청나다는 장점이 있지만, 연기할 때마다 에너지 소모가 크다는 단점도 있다고 했다.

"환이 씨 같은 스타일은?"

"저는 캐릭터를 제 자신화 시키는 타입이라고 하셨어요."

그런 스타일의 배우들은 연기하는 캐릭터들이 비슷비슷하다는 단점이 있지만, 반대로 캐릭터를 떠올리면 배우가 떠오를 만큼 확고한 연기 스타일로 자리 잡히는 장점이 있다고 했다.

"그러면 이런 말도 했겠네."

"예? 어떤 말이요?"

"그러니까 김유리 연기에 끌려갈 필요 없다. 배우 윤환은, 윤환 그 자체를 보여주면 된다. 자신감을 가지라고."

김유리의 응원에 윤환은 수줍은 미소를 지었다.

카메라와 붐마이크, 반사판, 현장 스태프들이 두 사람에 집중하는 사이 윤환은 흥분을 가라앉히려 숨을 골랐다. 그 잠깐의 시간, 그의 머릿속에는 상념이 자리 잡았다.

—환아, 너 그거 반짝인기야. 물들어 올 때 돈 많이 벌어둬라.

—야, 연기자가 연기로 말해야지. 인기차트 MC가 뭐냐?

—너 정말 이럴 거냐? 얼굴 한번 보는 게 뭐가 그렇게 힘들어? 떴다 이거지? 언제까지 잘되나 보자.

—환아, 우리 회사 다시 와라. 배우 파트 다시 만들기로 했어. 아주 올인해주기로 했거든? 내가 너한테 해준 거 잊은 거 아니지?

매일이 꿈같은 생활이지만 요즘 윤환의 밤은 길었다.

주변에서는 좋은 말과 안 좋은 말이 뒤섞여 들려왔다.

대본 연습에 집중하다가도 대본을 내려놓으면 이유 없이 불안감이 밀려왔다.

—너 결국 퓨처엔터랑 계약했더라? 하긴, 원래 그런 회사들이 푸쉬는 잘해주지. 근데 말이야, 거기서 너 얼마나 푸쉬해주겠냐? 윤소림에 올인한 회사인데. 넌 그냥 데코레이션이라니까. 장식품. 내가 다 너 생각해서 얘기하는 거야.

다른 사람의 말은 신경 쓰이지 않는다.

회사가 윤소림에게 집중하는 것은 당연한 거니까.

대표님에게 있어 윤소림이라는 존재는 조금 더 아픈 손가락일 수밖에 없다.

하지만 노력하다 보면 회사에서도 서포트해 주지 않을까. 그러니까, 지금 내 위치에서 최선을 다하면 된다.

윤환은 힘껏 눈을 떴다.

"액션!"

숏 사인이 울렸다.

이제 그는 천재 여배우 백도희의 매니저.

"최선을 다하겠다는 거, 그거 되게 무책임한 말인데. 최선을 다했습니다, 최선을 다했어요, 그러니 일이 잘못돼도 그 노력이라도 알아주세요. 뭐 이런 거잖아요?"

백도희는 최선 따위를 운운하는 신입 매니저가 어이없다는 듯 헛웃음을 지었다.

"내 말이 기분 나빴다면 미안해요. 내가 원래 이렇게 못됐어요."

"아닙니다."

"아니지 않고요, 팀장님께 얘기해 둘게요. 원래 배우 말고 아이돌 매니저 하고 싶었다면서요? 팀 옮기게 해줄게요."

"아니요, 전 도희 씨랑 같이 일하고 싶습니다."

"왜요?"

"저 도희 씨 팬이거든요."

"예?"

백도희의 헛웃음이 풍선처럼 부풀었다. 이어진 깔깔 웃음소리에 당황한 신입 매니저는 영문을 모르는 것 같았다.

"알았어요, 마음대로 해요. 어차피 매니저 월급은 회사에서 주지 내가 주나."

누가 오고 누가 간들 그녀와는 상관없는 일.

그뿐인데, 신입 매니저는 그 말이 뭐라고 얼굴이 밝아졌다. 그래서 백도희는 미간을 찌푸렸다.

"대신에, 앞으로 내 앞에서 그런 순진한 얼굴 하지 마요. 내 소문 들었죠? 나는요, 착한 사람 질색이에요."

백도희는 진저리를 치며 그 점을 분명히 했다.

그런데도 부드럽게 휘어진 눈이며 강아지 꼬리처럼 말린 입꼬리며.

신입 매니저가 제 말을 알아듣긴 한 건가 싶어 짜증이 난다.

"왜 또 그런 표정이래? 나 착한 사람 질색이라니까요?"

"저 착한 사람 아니거든요."

"아니야, 그쪽 착해. 거울 안 봐요? 얼굴에 쓰여있잖아."

그러자 매니저가 화장대 거울을 멀뚱멀뚱 쳐다보며 한다는 말이.

"제 얼굴에 쓰여있는 건, KIS 로고밖에 없는데요?"

거울에 새겨진 방송국 로고가 마침 매니저의 이마 위치였다.

결국 메이크업 중이던 스태프들이 웃음을 못 참고 뒤집어졌다.

웃음소리로 대기실이 꽉 차는 동안 백도희는 소속사 대표에게 부지런히 문자를 보냈다.

[얘 이상해! 매니저 당장 바꿔줴!]

"오케이!"

윤환이 거울을 멀뚱멀뚱 쳐다보며 태연하게 대답하자 촬영장에 진짜 웃음소리가 터졌다.

컷을 외친 김재하 피디도 피식거리고, 조연출도 눈이 생글생글 웃는다.

다들 어느 때보다 집중해서 촬영을 지켜보느라 카메라 밖으로 스태프들 머리가 빽빽이 모였다.

그 틈바구니에서 까치발을 들고 있는 한 사람.

나는 그 한 사람의 어깨를 조심히 두드렸다. 밝은 얼굴이 나를 돌아봤고, 내 핸드폰을 그녀에게 보였다.

핸드폰 화면에는 이렇게 적혀 있다.

[어머님, 오늘 아주 멋진 배우, 멋진 연기를 보신 거예요. 환이 멋있죠?]

그리고 나는 핸드폰을 주머니에 넣고 수화와 함께 속삭였다.

"제 배우랍니다."

제6장

—

멋있는 대표와 좋은 대표 I

　"돈 때문이 아니야. 듣고 있어?"

　"아, 네."

　대충 고개를 끄덕이는 직원의 모습이 영 마음에 안 들었지만, 김홍식은 화를 꾹 참고 얘기를 이어갔다.

　"최고남이 그놈, 사실 괜찮은 놈이야. 자기 사람은 얼마나 챙기는데."

　"아, 네."

　"그리고 너 절대 착각하면 안 될게, 내 연봉 그거 절대 큰돈 아니다."

　"아, 네."

　"장사꾼이 손해 보는 장사하는 거 봤어? 최고남이 우리를 영입했다는 소식이 방송계에 퍼져봐, 너 엔터 회사가 제작까지 한다는 게 어떤 의미인지 모르지? 주가 오르는 소리가 들린다 이 말이야. 몇억 투자하고 그 배의 효과를 누린다는 얘기고."

"아, 네."

직원의 표정이 여전히 아니꼽다.

한때는 김홍식을 자신의 우상으로 존경의 시선으로 우러러보던 아이였었지만, 돈 앞에서 굴복한 우상의 모습에 겁을 상실해 버린 것이다.

"근데, 여기 맞아?"

돈을 받았으니 은별나라 스튜디오로 출근하는 것은 당연한 이치.

김홍식과 직원은 새 직장의 설렘을 품으며 계단을 내려와 유리문을 열었다.

그런데 왜 개가.

"왈!"

놀라서 주춤하는데 꼬맹이 하나가 다가온다.

"멍구야, 안돼."

그러더니 김홍식을 쳐다보고는.

"누구?"

"아, 네가 유튜버 고은별이구나."

김홍식은 활짝 웃으며 다가갔다. 그런데 은별이가 뒤로 주춤 물러서더니.

"언니, 이상한 사람들 등장!"

"애, 난 이상한 사람이 아니야. 나는……."

그때였다.

꼬맹이의 손을 잡고 또 한 사람이 등장한 것이.

'윤소림!!'

여배우의 등장에 넋이 나간 채로 서 있는 김홍식의 옆에서 직원의 중얼거림이 들려왔다.

"이러다가 아주 뼈를 묻으시겠네."

＊　　　　　＊　　　　　＊

"SNS, 즉 소셜네트워크서비스는 바로 우리가 사는 현재를 의미합니다."

슈슈픽 대표 염희애는 일장 연설을 늘어놓고 주위를 둘러봤다.

사람들로 북적이는 은행 안.

아마도 여기 온 사람들의 목적은 하나일 것이다.

바로 돈.

"잘 알겠는데, 문제는 거래처도 그렇고 딱히 두드러진 매출이 없어서서… 아무래도 저희 은행의 대출상품 중에는……."

"그런데 말입니다……."

은행원의 딱딱한 말투를 단칼에 자른 그녀는 아주 느릿한 동작으로 사업계획서와 얼마 전 체결한 계약서를 내밀었다.

"제가 요론 회사와 계약을 했네요?"

"요론 회사가 어디길래… 어? 퓨처엔터?"

"릴리시크라고 들어보셨습니까? 윤소림의 땀과 눈물로 탄생한 세계관! 박은혜, 권아라, 소연우, 송지수 네 명의 소녀! 팬클럽 명칭은⋯⋯."

"시니컬."

순간 마주친 둘의 시선.

그리고 동시에 입을 연 두 사람.

"왜냐하면 팬들은 이기적으로 릴리시크만 생각하고 이기적으로 릴리시크만 사랑할 거니까!"

염희애는 전율했다.

그토록 깐깐하던 대출 담당자가 릴리시크 팬이었다니.

높아만 보이던 대출 승인의 고지가 고작 동네 뒷산 중턱인지도 모르고 속앓이를 해왔다니.

"그럼, 릴리시크의 SNS를 관리한다는 곳이?"

"바로 저희 슈슈픽 아닙니까!"

테이블을 땅 두드린 염희애는 서류를 향해 뾰족한 턱을 내밀고 얘길 이었다.

"지금 담당자님의 앞에 있는 서류는 릴리시크의 현재 팬덤 관리와 SNS 마케팅에서 미흡해 보이는 부분을 체크해서 보완점을 간추린 디벨롭 단계의 계획안입니다. 퓨처엔터에서 검토 마쳤고, 그대로 진행하기로 했습니다."

"릴리시크 컴백은 언제예요? 다음 달이라는 소문이 있던데."

"릴리시크의 정확한 컴백 일정은 아직 잡히지 않았더라고요. 녹음 스케줄 잡히면 그때 윤곽이 나올 것 같아요."

서류를 들추는 은행원의 태도가 사뭇 달라졌다.

마치 신상 굿즈라도 발견한 듯 눈을 반짝거리며 한 장 한 장 넘겨본다.

"그럼, 슈슈픽에서는 릴리시크만 전담하는 건가요?"

"그렇긴 한데, 문제가 하나 있더라고요."

"문제요?"

호기심 가득한 은행원의 눈동자.

염희애는 창구에 팔꿈치를 기대고 턱을 좀 더 앞으로 내밀었다.

"퓨처엔터 대표님에 대해서 어떻게 생각하세요?"

"최고남 대표님이요? 당근 멋있죠! 최근 기사나 연관검색어에서 브랜드톰이나 최고남 대표 등짝이 이슈인 걸 보면⋯ 흠, 슈슈픽 대표님은 어떻게 생각하시는데요?"

신나서 떠들던 은행원이 헛기침으로 목을 가다듬고 물었다.

염희애가 입꼬리를 씨익 올린다.

"개인적인 부분이야⋯⋯."

할 말이 많다.

맥주 한 캔, 아니, 여섯 개짜리 한 팩 가져오면 이 자리에서 최고남이라는 사람에 대해서 낱낱이 해부할 수 있을 만큼.

하지만 지금은 다른 얘기가 필요한 시점.

"은행 일 하실 게 아니라 마케팅하셔야겠다. 방금 말씀하신 의견이 제 생각과 아주 일치하거든요."

"아, 그래요? 하하."

"아무튼 그래서, 그게 문제라는 거죠. 릴리시크의 걸림돌은 다른 아이돌그룹이 아니라 퓨처엔터 대표예요. 대표가 너무 잘 나가. 거슬려."

"그래요? 그럼 어떻게 되는 거예요?"

"거기 몇 장 더 넘겨보시면 적혀 있기는 한데, 아무튼… 결론부터 얘기하지면 바꾸기로 했습니다."

"뭘요?"

"멋있는 대표님의 이미지가 아니라, 좋은 대표님의 이미지로요. 그게 슈슈픽이 퓨처엔터에서 하는 첫 번째 업무가 될 겁니다."

염희애는 자신 있게 말했고, 은행원은 고개를 갸웃했다.

"멋있는 대표와 좋은 대표의 차이가 뭔데요?"

"그건……."

*   *   *

"좋은 대표야. 배우 응원하려고 촬영장에 부모님을 모시고 오고."

최고남이 촬영장에 윤환의 어머님을 모셔왔다.

깜짝 손님의 등장에 윤환의 눈시울이 붉어져서 보는 사람의 마음까지 뭉클하게 했다.

지금은 최고남과 윤환이 소매를 걷어 붙이고 윤환의 어머님이 준비 해오신 떡을 나눠주는 중이었다.

촬영도 잠시 접고 스태프들과 배우들은 누가 먼저랄 것 없이 접시를 하나씩 손에 들었다.

잠시 찾아온 여유였다.

"오, 떡 맛있겠다!"

"잘 먹을게요, 환이 씨!"

"어휴, 떡 때깔 봐라."

줄지어 선 스태프들 틈에 어김없이 연출진도 끼어들었다. 김 피디가 입맛을 다시며 떡 앞을 기웃거린다.

"야, 나 그거 더 줘라. 떡가루 묻은 거, 아주 잔뜩 묻혀서."

"안 됩니다. 감독님이 이것만 먹으면 다른 떡은 남잖아요."

최고남이 정중히 거절하자 김 피디가 빙긋 웃으며 접시를 들이민다.

"돼. 나 여기 감독이야."

"감독이면 솔선수범을 보이셔야지."

재차 밀어냈더니 협박이 들어온다.

"오늘 촬영 힘들게 하고 싶어?"

"감독님, 우리 회식 언제 합니까?"

"갑자기 웬 회식?"

"제가 회식 때 풀 썰이 있어서요. 예를 들어 KIS 공채 김재하 피디님의 소개팅 흑역사라든가."

"이럴 거야?"

티격태격할 때 윤환이 김 피디의 접시에 슬그머니 떡을 올렸다.

김 피디가 혀를 내밀어 최고남을 약 올리더니 엉덩이를 흔들며 멀어진다.

두 사람 모습이 마치 개그 프로그램을 보는 듯해서, 김유리는 흐뭇하게 미소 지었다.

"언니는 속도 좋아. 난 저 사람 지금도 싫은데."

우예지 팀장의 입에서 불만이 새 나왔다.

최고남이 김유리에게 어떤 짓을 했는지, 그래서 김유리의 삶이 얼마나 힘들었는지.

그걸 알고 있어서 최고남을 곱게 볼 수가 없었다.

그래서 김유리가 〈내 매니저〉를 한다고 했을 때도 우예지 팀장은 반대했었다.

"찌라시 건, 회사에서 했다는 거 너도 알잖아."

"그걸 가지고 이용해먹은 사람이 최고남이니 문제죠."

"저 사람은 자기 일을 한 거야. 너도 날 위해서라면 그럴 거잖아. 그래서 회사도 때려치우고 나 따라 나온 거고."

"어휴."

우예지 팀장이 바람 빠지는 한숨을 쉬었다.

김유리가 피식 웃는다.

"촬영 끝나고 바로 넷플렉스 관계자 미팅이지?"

"예."

최근 스타를 타이틀로 내세우는 다큐멘터리가 제작되는 일이 잦았다.

플랫폼이 늘면서 투자도 늘었고 돈이 많이 돈다나.

결론적으로 넷플렉스에서 여배우 김유리의 다큐멘터리를 촬영하고 싶다는 제안이 들어왔다.

하지만 김유리는 오늘 그 제안을 거절할 생각이었다.

대중은 여배우 김유리를 궁금해할지 모르지만, 어쩌면 미혼모 김유리를 더 궁금해할지 모르겠지만, 지난날의 회고를 풀기에는 아직 어느 하나 정리된 게 없었다.

미련, 후회, 분노, 아픔 같은 숱한 감정과 기억들은 쌓인 낙엽처럼 마음 한구석에 미뤄져 있을 뿐이었다.

"날이 제법 선선하다."

"그러게, 조깅하기 딱 좋은 날씨네요."

김유리와 우예지 팀장은 하늘을 올려다보느라 목을 길게 빼들었다.

정처 없이 흘러가는 구름을 보고 있을 때, 바스락거리는 소리가 들려왔다. 돌아보니 최고남이 떡 접시를 들고 있었다.

말랑말랑한 백설기와 김 피디가 그렇게 보채던 떡가루 듬뿍 묻은 떡이 눈에 들어왔다.

그리고 이때 바람 한 점이 불어왔다. 잔잔하게 풍기던 고소한 냄새가 확 달려든다.

"떡……."

최고남은 얘기를 꺼내다 머뭇거리고 우예지 팀장을 바라보았다.

그녀의 얼굴이며 안경에 떡가루가 잔뜩 달라붙었다.

"아, 가봐야겠네."

"좋은 말… 할 때 거기서요."

"미안해요."

"거기서라고!"

조깅하기 좋은 날씨라더니, 우예지 팀장과 최고남이 나란히 달리기 시작했다.

전력질주였다.

"둘이 은근히 잘 맞는다니까."

김유리는 피식 웃으며 대본을 향해 손을 뻗었다.

촬영할 씬을 넘겨보는데, 우예지 팀장의 핸드폰에 전화가 걸려왔다.

낯익은 이름이었다.

                    *   *   *

"촬영 중인가 봐."

땅이 꺼지라고 한숨을 내쉬는 정진모.

통화 연결음만 길게 갈 뿐 전화 연결은 끝내 되지 않았다.

"유리 선배가 어떻게 나한테 이럴 수가 있지?"

"유리 씨 원래 촬영 들어가면 전화기 건들지도 않아."

매니저가 포크에 돌돌 말린 파스타를 입에 넣으며 웅얼거리자, 정진모의 사나운 눈빛이 달려든다.

"그래도 그렇지, 우리가 보통 사이야? 연예계에서 가장 아름다운 선후배 관계로 뽑힌 우린데, 회사 나가고 어떻게 연락 한 통 없을 수가 있냐고!"

"언제 그런 앙케트가 있었냐? 난 금시초문인데?"

매니저가 코를 긁적거린다.

"중요한 건 그게 아니야. 우리의 앞날이지."

"그렇지. 우리의 앞날."

회사와 재계약을 하느냐, 독립하느냐, 다른 회사로 옮기느냐.

"진모야, 난 너만 믿는다."

"그동안 고마웠습니다, 매니저님."

"우이씨!"

정진모는 한참 낄낄거리며 웃고 나서 다시 진지해졌다.

"유리 선배는 어떻게 하기로 한 거야? 회사 설립하겠데? 아니면 다른데 옮기는 거야? 형이 우 팀장님한테 전화해서 물어봐."

"해봤지, 거기는 이번 작품 끝나고 결정할 모양인가 보더라고."

매니저가 포크를 내려놓더니.

"진모야."

"왜?"

"독립하자. 내가 대표 할게!"

다짐을 외쳤건만, 정진모가 턱을 괴고 포크만 만지작거리며 쳐다본다.

"형, 배우란 직업이 작품 들어갈 때 한번에 목돈 받고 그걸로 살아가는 사람들인데, 그걸 살뜰히 나눠서 직원들 월급도 줘야 하고, 경비도 써야 하고, 투자도 해야 하고. 신경 쓸 일은 좀 많아? 나는 그런 거 못 해."

"그러니까, 내가 하겠다고!"

"돈은?"

"네 돈."

매니저가 윙크를 찡긋하자, 정진모가 어깨를 흔들며 웃는다.

웃음이 사라지고.

"그동안 고마웠습니다, 매니저님."

"야!"

"형, 독립은 우리 나중에 한한령 풀리면 하자."

중국이 한류금지령, 즉 한한령을 내리면서 많은 스타가 직격탄을 맞았다.

그래서 한한령이 끝나기를 학수고대하는 배우들이 많았다. 정진모도 그중 한사람이었다.

"그러니까, 한한령 풀리기 전까지는 새로운 둥지에서 비를 피하자고."

"그게 어딘데?"

"어디긴. 유리 선배가 가는 곳이지."

매니저가 인상을 찌푸리고 혀를 찬다.

"껌딱지냐?"

"이렇게 잘생긴 껌딱지가 어딨냐?"

그래서 잘생긴 얼굴로 미소 한번 짓고 포크를 들 때였다.

정진모는 핸드폰을 보고 눈살을 찌푸렸다.

"왜? 누구 전화 왔어?"

"강현준."

"그 인간이 왜?"

"몰라. 요즘 되게 친한 척하더라고. 아, 얼마 전에 재계약할 거냐고 물어보던데?"

"그 인간, 한 대표 끄나풀 아니야?"

"에이, 설마."

정진모는 다시 포크를 들었다.

"근데 형, 나 와인 주문해도 돼?"

"네가 사는 거잖아. 맘껏 주문해."

"아닌데, 형이 살 건데?"

"아닌데, 네가 살 건데?"

"아닌데……."

"아닌데……."

계속되는 신경전. 그때, 여직원이 와인을 가져와서 공손히 내려놓는다.

"어? 저희 아직 주문 안 했는데."

"저기 손님께서 주문하셨습니다."

여직원의 손이 가리킨 곳에는 아주 넓은 등을 가진 남자가 스테이크를 썰고 있었다.

"아니, 저분은!"

"머, 먹방 매니저님?"

그가 놀란 두 사람을 힐끗 바라보더니 와인잔을 살짝 흔들며 윙크한다.

마치, 퓨처엔터에 오라는 듯이.

＊   ＊   ＊

[배우 윤환 스케줄]

09:00 에티오 블랙 광고 촬영(M식품)

09:00 KIS 연예가소식 인터뷰 촬영(광고 현장 인터뷰)

13:00 QM매거진 인터뷰

14:00 MNC 라디오(어쩌다 지금)

16:00 화음 미팅

17:00 홀로 산다 제작진 미팅

18:30 — 03:00 드라마 〈내 매니저〉 촬영

드라마 촬영과 광고 촬영으로 윤환의 스케줄이 개미 한 마리 지나갈 틈도 없을 정도로 촘촘해졌다.

사무실 유리벽에 매직으로 죽죽 그은 스케줄표로는 이제 감당이 안 된다.

윤소림 스케줄, 은별이 스케줄, 강주희 스케줄, 릴리시크 스케줄, 윤환 스케줄이 얼기설기 뒤섞여서 알아보기도 힘들정도다.

그래서 잠깐 고민도 했다.

다 지우고 소림이 스케줄만 적을까?

아니야, 말도 안 되는 얘기지.

동그랑땡 같은 눈으로 날 보며 실망할 은별이와 릴리시크, 윤환의 모습은 상상할수도 없다.

절대, 강주희의 발차기가 날아들까 무서운 것은 아니다.

아무튼 윤환의 스케줄 비중은 드라마 촬영이 70프로, 나머지는 화보와 인터뷰, 광고 촬영 등에 할애하고 있다.

오늘은 대망의 커피 광고 촬영으로 하루를 시작한다.

일찌감치 아침부터 샵에 들려서 꽃단장을 하고 왔지만 우리 배우 기살려주기 위해서 A급, 아니, S급 퓨처엔터 직원들이 촬영장 구석 자리에 짐을 풀었다.

요즘 퓨처엔터 스타일팀 팀장과 유튜버 사이에서 정체성에 혼란을 느끼고 있는 차가희 팀장이 제일 먼저 와서 기지개를 켜고 있고.

"으아! 오늘도 한 스타일 해볼까요! 구독과 좋아요… 아차, 일하는 중이지."

그리고 김나영 팀장은 또 새로 샀는지 처음보는 스카프를 목에 두른채로 열일하는 중이고.

"황 기자가 계속 연락오는데 어떻게 할까요?"

"받지마. 찾아오면 내 쫓아."

"예, 알겠습니다. 그리고 LA에서 소림이 촬영분 가편집본 보내왔습니다. 이게 핸드폰 어플로 봐야하고, 딱 한 번밖에 볼수 없어서 저도 아직 못봤고요."

"닭탈?"

"예."

"이따 보지 뭐."

"예, 그리고 또……."

"저기 나영 씨."

"예?"

"스카프에 찔리겠어, 좀 떨어져. 나머지는 이따 회사 가서 얘기하고."

김나영 팀장이 부드럽게 웃고 한발 물러나는 이때, 어디서 라떼 찾는 소리가 들린 것 같아서 돌아봤더니.

"나 때는 말이야, 매니저가 광고 촬영장에서 반사판도 들고 그랬어. 반사판뿐이야? 거의 스탭 취급당했지."

"아, 예."

"나 때는 참 몸으로 부딪치는 게 많았어. 나 때는 말이야……."

고석천 이사의 라떼 시리즈에 얼굴이 핼쑥해진 유병재가 좀비처럼 걸어오다가 날 발견하고 쿵쿵 뛰어온다.

"대표님! 저 좀 살려주세요. 저 아래층으로 다시 내려갈게요."

"무슨 소리야. 네가 전망 좋은 자리에 앉고 싶다고 해서 윗층으로 올려준 건데."

"아니요, 아니요. 저 책상 필요 없습니다. 차라리 방송 나가서 먹방 찍을게요."

절박하게 날 붙잡는 사이 고 이사가 다가왔다.

"오셨어요?"

"어, 우리 윤 배우 잠깐 보고 가려고. 근데 유팀장, 내가 재밌는 얘기가 생각났는데, 나 때는 말이야⋯⋯."

끌려가는 유병재를 보면서 나는 다짐한다. 절대 윗층에 올라가지 말아야지.

그나저나 오늘 현장은 평소보다 스태프가 많다. 광고 촬영장 같지 않고 방송 촬영 같다.

KIS 연예가소식 팀에서 윤환의 광고 촬영 현장을 카메라에 담기 위해 찾아왔기 때문이다.

광고 촬영장까지 찍어갈 정도로 윤환이 대세라는 소리니 마다할 이유가 없었다.

문제는, 연예가소식 메인 피디다.

요즘 연예 정보 프로그램들의 시청률이 하루가 다르게 뚝뚝 떨어지고 있다.

유튜브에서 클릭 몇 번만 하면 실시간으로 볼 수 있는 영상이 넘쳐나는 세상이니 당연한 흐름이다.

그래서인지 별의별 시도를 다 하고 있었다.

아이돌을 일일 리포터로 쓰질 않나, 피디가 직접 나와서 게임을 하질 않나.

이러저래 방송국도 유튜브 시대에서 살아남기 위해서 개고생을 하고 있다는 얘기다.

"대표님, 일단 광고 촬영 시작하시기 전에 오프닝 따고, 촬영하시다가 중간에 인터뷰 딸게요."

피디가 얄쌍한 눈매로 광고 촬영장을 훑고 나서 음흉한 미소를 짓는다.

역시, 느낌 안 좋다.

"대표님, 제가 오늘 이미지 아주 클린하게 뽑아드릴 테니까, 아시죠?"

피디가 느끼한 미소를 보이며 내 귓가에 속삭인다.

"오늘 제대로 된 브로맨스 기대합니다."

어떤 류의 브로맨스를 기대하는지 모르겠지만 눈빛이 과하게 끈적거린다.

괜히 물어봤다가 발목 잡힐 것 같아서 일단 고개를 끄덕였다.

"좋습니다, 자! 예나씨!"

툭 튀어나온 그 이름에 등줄기에 소름이 돋는다.

주예나, 그녀가 뭔가를 먹고 있다가 미어캣마냥 고개를 추켜들고 이쪽을 바라본다.

그러더니 손에 쥐고 있던 비닐봉지 같은 걸 주머니에 부스럭부스럭 챙긴다.

저장강박증은 아직도 못 고친 모양이네. 다행히 주예나 매니저가 서둘러 그걸 다시 빼앗아가긴 했다.

잠깐 시무룩해졌지만, 다시 날 보고 환해진 예나가 껑충껑충 뛰어왔다.

"부문장님!"

"예나, 오랜만이다. 오늘 특별 리포터라며?"

"예! 제가 부문장님 등짝 밈 영상 20개 찍었잖아요! 그래서 피디님이 저희 회사에 컨택!"

왜 그랬냐고 묻고 싶었지만 물어도 의미 없을 것 같아서 참았다.

"부문장님도 제가 찍은 영상 보셨어요?"

예나가 눈에 별 한 가득 담아 쳐다보는데, 누군가 중간에서 슥 끼어들었다. 풀세팅을 마친 윤환이었다.

"부문장님 아니고, 저희 대표님인데. 하하."

우리 윤환은 어색하게 웃으면서도 할 말은 한다. 그런데 예나의 눈두덩이가 구겨진 신문지처럼 주름졌다.

"저희 부문장님이었거든요?"

"아. 지금은 제 대표님이신데."

지금 내 모습은 마치 사나운 미어캣과 겁쟁이 기린 앞에 서 있는 것 같달까.

"제가 먼저 부문장님 알았거든요? 지금 보다 훨씬 전에. 부문님 완전 리즈 시절! 꽃미모 절정일 때!"

어이없으면 말을 할 의욕도 잃는다. 내가 딱 그렇다.

예나가 제 허리춤에 손을 올리고 승리의 포즈를 취하고, 윤환이 머뭇거리다가 반격했다.

"대표님, 지금도 멋있습니다!"

"그때는 더 멋있었어요! 제가 사진 보여드릴까요?"

사진?

"오빠, 오빠! 핸드폰 핸드폰!"

예나가 방방 뛰며 제 매니저를 향해 손을 흔든다. 매니저가
땅이 꺼져라 한숨 쉬며 다가와 핸드폰을 건넸다.

그러더니 예나와 윤환이 고개를 맞대고 사진을 본다. 뭔가 싶
어 나도 힐끗 봤는데… 아, 저 사진이었구나.

여섯소년들 초기에 프로필 사진 촬영 때 작가가 시간 남는다
고 찍어준 사진이었다.

"제가 사진 선물해드릴까요?"

"정말요?"

"예, 저는 액자로 만들어서 화장대에 올려놨어요. 이 사진이
요, 가지고 있으면 무병장수하고 대성한대요. 용기도 불끈! 그래
서 연습생들은 하나씩 가지고 있었어요!"

나도 모르는 사실에 기함하는 것도 잠시.

윤환이 쓸데없이 고민하는 표정으로 머뭇거리다가 말했다.

"그럼… 저도 한 장 부탁드려도 될까요?"

"환아."

윤환의 뒷목을 잡아 끌었다.

"저, 대표님 잠깐만요. 집 주소 아직 말 못 했는데……"

발버둥 치는 윤환의 모습에 스태프들이 킥킥 웃는다.

고개를 절레절레 흔들다가 카메라에 들어온 빨간 불빛을 발견

했다.

"피디님, 설마 이거 촬영하신 거예요?"

피디가 먼 곳을 바라본다.

"편집해 주실거죠?"

"오늘 하시는 거 봐서요."

지금까지 경험상 저런 얘기하는 피디치고 뒤통수 안 치는 피디가 없었다.

특히나 시청률에 목매는 피디는.

"자, 그러면 오프닝 따볼까요?"

*　　　　*　　　　*

[인기차트 대기실]

—예나 리포터, 아주 특별한 곳에 다녀왔다면서요?

—여러분이 기다리고 기다리시던, 배우 윤환 씨의 광고 촬영장에 다녀왔습니다!

연예가소식 MC가 고개를 갸웃한다.

—광고 촬영장이 그렇게까지 특별한 곳인가요?

—혹시 등짝 밈이라고 아시나요?

—등짝밈이요?

자료영상이 흘러나온다. SNS에서 떠도는 수많은 등짝밈 영상들, 예나가 찍은 영상도 있다.

—윤소림 씨가 S전자 핸드폰 광고에서 해변가를 가로질러서 으

스러지게! 껴안은! 그 등!

　―아니 그러니까, 그 등이 왜요?

　―놀라지 마세요! 얼마전에 그 등짝의 주인공이 밝혀졌습니다!

　―그게 누군데요?

　―궁금하신가요? 원하세요?

　―궁금하니까, 거 빨리 좀 보죠!

　―자, 보시죠!

　클립 영상에 등장하는 사람들은 웃고 떠드느라 정신이 없어 보였다. 연예가소식 패널들의 웃음소리도 컸다.

　이때, 송지수의 핸드폰 위로 김승권의 손이 스윽 올라왔다.

　"지수야, 대표님 앞에서 연예가소식을 보는 건 위험한 행동이야."

　"왜요? 다들 재밌게 봤다던데."

　"맞아. 전국민이 재밌게 봤을 거야. 어쩌면 컴퓨터 바탕화면에 대표님 사진이 쫙 뿌려졌을지도 모르지. 무병장수와 대성의 아이콘……."

　"김승권, 실업 급여 챙겨줄까?"

　"지수야! 오늘도 화이팅! 떨지 말고!"

　"저 안 떨어요, 핸드폰 바탕화면에……."

　송지수가 내 눈치를 힐끗 보다가 씨익 웃는다.

　아휴, 죽겠네.

　잠깐… 에이… 설마… 내 사진을 핸드폰 바탕화면으로 설정하는 애들이 몇이나 있겠어.

"환아, 핸드폰 좀 줘봐."

"예?"

윤환이 망설인다. 설마.

"서희 씨, 핸드폰 좀 볼 수 있을까?"

"안 보셔도 돼요. 저 대표님 사진 바탕화면 설정했어요."

지금 잠깐 내 속에서 호랑이가 포효했다.

한숨과 함께 고개를 휘휘 젓는다. 아무래도 요즘 한숨이 늘었다.

좋은 대표 이미지도 노이로제다. 이래서 연예인들이 밖에 못나가는 거야.

하아.

긴 한숨을 삼키는 이때, 대기실 문이 열리고 인기차트 AD가뛰어들어 왔다.

"녹화 15분 뒤에 들어갑니다!

"예, 알겠습니다."

고개를 끄덕였는데, AD가 씨익 웃더니 주머니에서 핸드폰을꺼내든다.

"저 대표님, 저하고 사진 한 장만 찍으면 안 될까요?"

나는 한숨, 아니, 애써 미소 짓고 물었다.

"등짝밈입니까, 아니면 바탕화면입니까."

"바탕화면이요."

결국 한숨 쉬고 사진을 찍어줬다.

"감사합니다!"

AD가 활짝 웃으며 나간다. 그런데 열린 문틈에 검은 눈들이 여러 개 있었다. 순간 소름이 확 돋는데, 다시 문이 활짝 열리고 인기차트 작가들이 우르르 들어왔다.

"대표님, 대표님! 우리 사진 한 장만 찍어도 될까요? 제발!"

*   *   *

"숨 막혀 죽는 줄 알았네. 종일 차 안에서 숨도 제대로 못 쉬었다니까요?"

여자가 제 얼굴에 열심히 손부채질을 해댔다. 손목 액세서리가 부딪쳐 쇳소리를 낸다.

옆에 있는 남자는 한숨만 연신 내쉬고 있다.

"불편해도 며칠만 참아. 당사자 속은 오죽하겠어?"

"어휴, 그냥 쿨하게 넘기지. M식품 광고 모델로 8년 했으면 됐잖아요."

"바뀐 연예인이 윤환이니까 그렇지."

남자가 이마를 긁적이며 짜증 섞인 투로 말했다. 여자가 고개를 갸웃한다.

"난 오히려 더 나을 것 같은데. 요즘 윤환이 대세잖아요? 어쭙잖은 급보다는 대세한테 넘기는 게 낫지."

"광고 모델이 지금 대세인 연예인으로 바뀌면 사람들은 기존 모델이 한물갔다고 느껴. 거기다가 윤환은 형님이랑 열 살 넘게 차이 나는데, 한물간 거를 넘어서 세대교체 느낌까지 들지."

"뭐, 틀린 말은 아니잖아요."

"야!"

화들짝 놀란 남자가 여자를 노려보고 나서 팬들과 함께 있는 강현준에게 고개를 돌렸다.

골수팬들과 얘기하느라 다행히 이쪽은 신경도 쓰지 않고 있었다.

"무슨 얘기들을 저렇게 하는 거예요?"

"별 얘기 다 해. 가족 얘기, 직장 얘기, 남편이랑 싸운 얘기까지. 그래서 골수팬 아니냐."

"와, 새로운 팬은 저기 끼지도 못하겠네."

"그게 고민이야. 어리고 예쁜 팬 좀 들어와야 하는데, 쟤들끼리 똘똘 뭉쳐서 그런 애 들어오면 음해해서 쫓아낸다니까?"

"와, 골수팬 무섭다."

여자가 혀를 내두르는 동안에도 강현준과 팬들은 웃고 떠들고 있었다. 강현준 얼굴에서 오늘 하루 냉랭했던 모습은 찾아볼 수가 없었다.

"근데, 술 많이 마시지 않았어요?"

"에이, 형님 주량이 얼만데. 저 정도면 끄떡없어."

"말실수할까 봐 그렇죠."

"짬밥이 얼만데. 그런 거야 알아서 컨트롤 하겠지."

남자는 걱정 없이 느긋하게 기다렸다.

강현준이 팬들한테 기운 듬뿍 받아서 내일부터는 짜증을 덜 내기를 바라면서.

*   *   *

1 강현준 막말 ↑
2 윤환 ↑
3 강현준 ↑
4 막말 영상 ↑

"넌 이거 실검 오를 동안 뭐 했어?"

강현준이 서슬 퍼런 눈으로 매니저를 쏘아붙였다.

"죄송해요, 저도 아침에 알고 깜짝 놀라서……."

"이거 누가 찍은 거야?"

"현장에 있던 팬이 찍은 것 같은데, 형님 팬은 절대 아닐 겁니다."

"당연하지! 내 팬이 이런 병신 같은 짓을 하겠냐?"

강현준은 짜증을 뱉고 영상을 다시 재생했다.

—오빠, 저 올해도 M식품 달력 신청했어요.

—야, 나 그거 광고 잘렸어.

—어? 정말요?

—그거 윤환이 하잖아.

—아, 어떻게 해!

—왜, 요즘 윤환 잘나가잖아.

—아.

—너희도 윤환이 나보다 멋있지? 요즘은 그런 타입이 인기잖아?

─저희는 오직 오빠뿐이에요.

─야, 얼굴에 티 다 나거든? 솔직해지자.

여기까지는 웃고 넘길 수 있는 얘기였다. 실제로 분위기도 좋았고. 문제는 이다음부터.

─연기가 어떻냐고? 그걸 뭘 물어. 멀었지. 난 사람들이 장산의 여인 보면서 걔한테 빠졌다는 게 이해가 안 가.

─저도요. 역할이 멋있게 나와서 그런가?

─걔가 나올 때 흐름 다 끊기더라고. 윤소림이 멱살 잡고 끌고 간 거야.

─오빠는 그 나이 때 어땠어요?

─인마, 비교할 걸 비교해라. 연영과 출신이 그렇게 연기하지? 쪽팔려서 숨어야 해. 연기 때려치워야지.

─윤환, 이번에 김유리랑 같이하던데. 이번에는 좀 나아질까요?

─김유리한테 묻히지. 걔 실수한 거야. 드라마 고를 때 배역이나 작감이 누군지도 따져야 하지만, 상대 배역 잘 따져야 해. 가장 기본은 내가 묻히지 않는 거야.

─그러면 오빠는 고르기 쉽겠다. 절대 안 묻히시잖아요?

─하하, 당연한 거지.

영상 속 강현준은 술기운이 올라서 얼굴이 붉어진 상태로 쓸데없는 얘기들을 늘어놓고 있었다.

바로 어젯밤 자신의 모습이었다.

"본부장님한테 전화해서 어떻게든 기사 내리라고 해."

"회사로 바로 들어갈까요?"

"가서 내가 할 거 있어?"

말문이 막힌 매니저는 눈치만 살폈다.

"걔 지금 어딨냐?"

"누구요? 윤환이요?"

"그래!"

머뭇거리던 매니저가 핸드폰을 만지작거린다. 그러더니.

"실검에 보니까, 방금 전 SBC에서 목격한 사람 있대요. 예능국에 있다는 것 같아요."

그러자 한숨 쉰 강현준이 제 얼굴을 쓸어내리고 손을 대충 흔들며 말했다.

"그리로 가자."

        *   *   *

"와, 강현준이 열 좀 받겠는데."

실시간 검색어를 보던 인기차트 피디가 혀를 날름거리며 중얼거린다. 아이스크림 때문에 혀가 보라색이다.

"뱀이냐? 피디나 돼서 볼썽사납게, 나처럼 우유아이스크림을 먹던가."

김홍식 피디는 혀를 차면서 아이스크림을 깨물었다.

"아이스크림 내가 샀거든요?"

"내 말은, 열받을 게 뭐 있냐 이거야."

"무려 8년이나 해온 광고를 윤환한테 뺏겼는데, 열받지 않겠어요?"

"열받으면 지가 뭐 어쩌겠어. 광고주가 그렇게 하겠다는데."

"제 얘기는 윤환이 지금 대세라 이거죠. 그래서……."

"너 배 아프냐?"

"제가 왜 배가… 아파요."

인기차트 피디는 울상을 짓고 아이스크림을 깨물었다.

결국 최고남이 윤환과 릴리시크의 하차 의사를 밝혀왔다. 젠장할.

"아니, 겨우 반년 하고 하차한다는 게 말이 됩니까? 우리가 얼마나 신중하게 고르고 골라서 MC로 캐스팅했던 건데."

"인마, 그냥 인생의 좋은 경험 했다 생각하고 넘겨."

기껏 좋은 말 해줬더니, 인기차트 피디가 보라색 혀를 날름거리며 눈을 부라린다.

"설마 지금 선배를 노려보는 거냐? 내가 관뒀다고 만만하지? 예능국 한번 올라갈까? 마, 내가 여기 씨피가, 국장이, 마!"

"에이, 눈에 뭐가 들어가서 그랬어요."

인기차트 피디가 눈을 비빈다. 그러더니 충혈된 눈을 부릅뜨고 김홍식 피디를 바라본다.

"그나저나 형님은 생각이 있는 거예요, 없는 거예요?"

"또 뭐가?"

"지금 의욕 넘치게 최고남 대표를 촬영해도 모자랄 판에 아이스크림이나 핥고 계시면 되냐고요."

"무슨 소리야? 오늘 송지수 찍으러 온 거라니까. 그리고 회사 대표를 왜 찍어?"

김홍식 피디가 황당해하며 코웃음을 쳤다.

"형님, 제 얘기 좀 들어보세요. 듣자니까 최고남 대표하고 고석천 이사가 요즘 인맥 파티 하고 있다면서요?"

그 말대로 현재 퓨처엔터는 업무 파트를 세분화하고 기존 업무도 쪼개면서 몸집을 키워가는 단계였다.

새로운 얼굴들이 나날이 늘어가는 중이고, 김홍식 피디 역시 그중 하나였다.

"고석천 이사도 스타두 엔터 창립 멤버라 그런지 인맥 장난 아니더라고."

"그러면 이러고 있으면 안 되죠. 스카우트만 되면 뭐 합니까? 실적 없으면 쩌린데."

인기차트 피디는 보라색 혀를 멈추지 않았다.

"원래 스카우트된 사람들이 평균적으로 제일 먼저 잘리는 거 모르세요? 잘리면 그게 끝이에요? 업계에 소문나고, 알고 보니 속 빈 강정이었다, 돈 먹고 튀었다 등등… 거기다가 형님은 퓨처엔터가 아니라 스튜디오 소속이라면서요? 이거 나가리지."

거액의 연봉을 받고 최고남의 손을 잡았지만 겨우 1년 천하로 끝난다는 가정.

"제가 형님이면, 지금 당장 최고남 대표에게 성과를 보여줄 겁니다. 나 이런 사람이다! 너 나 잘 뽑았다! 퓨처엔터 직원들은 잘 봐라, 내가 김홍식이다! 이런 걸 보여줄 거라고요!"

인기차트 피디는 제 허벅지를 찰싹 때려가며 열변을 토했고,

김홍식은 머리가 복잡해졌다.

'에이, 최고남은 내게 고용 보장을 약속했… 잠깐, 최고남이 어떤 놈이었지?'

그 물음에 대한 정답은 과거에서 찾을 수 있었다.

최고남은 도움이 절박할 때 간절히 내민 손을 뿌리친 놈이었다.

부러진 아이스크림 막대기 취급했던 놈이 이제 와 개과천선을 할 리 없잖은가.

'그럼 왜 내게 손을 내민 거야? 날 스카우트한 건 그놈이잖아?'

정말, 기적적으로 개과천선을 했다고 쳐도 인기차트 피디 말마따나 실적 문제는 외면할 수가 없다.

달짝지근한 껌도 결국에는 뱉게 마련이니까.

"전 말이죠, 형님이 회사 떠나실 때 안타깝긴 했지만 내심 다행이라고 생각했습니다. 형님 회식 때마다 그런 말씀 하셨잖아요. 원래 꿈이 영화였다고. 근사한 누아르 한 편 찍고 싶다고, 누아르만 떠올리면 손이 달달 떨린다면서요. 요즘도 그러세요?"

그게 언제 적 일인가.

김홍식 피디는 오래전 기억을 헤집어봤다. 가늘어진 눈이 과거를 회상한다.

"형님, 이제 누아르는 물 건너갔지만, 형님 실력 살아 있잖아요? 보여주세요. 최고남한테."

손을 탈탈 털고 일어난 인기차트 피디가 따뜻한 미소를 짓고 내려다본다.

김홍식은 복잡한 마음을 추스르고 일어났다.

"강현준이네?"

두 사람이 매점을 나와 KIS 로비에 발을 디딜 때였다.

배우 강현준이 엘리베이터에서 내리는 모습이 눈에 띄었다. 그런데 바로 옆 엘리베이터에서는 최고남이 내리는 것이 아닌가.

엘리베이터 앞에서 마주친 두 사람의 모습은 마치… 그래, 마치 영화의 한 장면 같았다.

주인공과 적의 대립. 선과 악의 구도.

김홍식 피디는 달달 떨리는 손으로 카메라를 켰다.

*   *   *

"깜짝 놀랐어요. 그런 분인 줄 몰랐는데. 항상 젠틀하게 나오시잖아요?"

영상을 몇 번이나 봤으면서도 윤환은 믿기지 않는다는 얼굴이다.

네티즌 반응도 비슷했다. 놀랐다는 반응이 주를 이뤘다.

더러는 일상적인 얘기였다는 반응도 있었지만, 그건 강현준 팬들이 어떻게든 이 상황 무마해 보려고 방어하는 걸 테고.

"아침에 강현준 선배님 소속사에서 연락 왔다면서요?"

윤환이 내 눈치를 살핀다. 어깨는 왜 움츠리고 있는 건지 모르겠다.

나는 움츠린 그 어깨를 툭 한 번 두드리고 엘리베이터 버튼을 꾹 눌렀다.

"넌 신경 쓰지 마. 드라마만 신경 써."

"대표님은 진짜 대단하신 것 같아요."

뭐가 또.

"저는 이런 일 하나에도 온 신경이 쓰이는데, 대표님은 태연하시잖아요."

"너 드라마에서도 그럴 거야? 백도희한테 사건사고가 얼마나 많은데."

"당연히 아니죠. 촬영 들어가면 제 머릿속은 온통 대표님뿐인걸요."

"환아, 그 말 듣기는 좋은데 왠지 기분이 좀 그렇다?"

"그러게요, 이 정도면 둘이 사귀는 거 아닐까 싶은데요?"

옆에 서 있는 차가희가 음흉하게 쳐다본다.

뭘 상상하는지 모르겠지만, 결코 정상적인 것은 아닐 거다.

"차 팀장, 만 원짜리 떨어져 있다."

"어디요?"

"인사 잘한다."

나는 다시 윤환을 바라봤다.

"환아, 이런 일이 생기면 나쁜 점과 좋은 점만 생각하면 돼. 감정은 최대한 빼고."

윤환이 고개를 끄덕인다.

우리는 엘리베이터에 타면서 계속 얘기했다.

"이 일로 나쁜 점은 너하고 강현준에게 포커스가 잡혔다는 거야. 강현준 팬들도 널 싫어하게 될 테고."

모두에게 사랑받을 수는 없다.

"좋은 점은요?"

"네가 더욱 주목받는다는 거지. 톱스타 강현준이 널 시기하고, 질투한다는 것을 사람들이 눈치챘으니까."

"후우. 강현준 선배님은 왜 그랬을까요?"

윤환이 고개를 추켜들고 속삭인다. 빠르게 바뀌는 엘리베이터의 숫자가 보인다.

"처음이 아닐 거야. 여태 안 걸린 것뿐이지."

그게 아니더라도 인생에서 단 한 번의 실수가 발목을 잡는 일은 허다하다.

"저도 더 조심할게요. 말실수 안 하게."

"넌 걱정 안 해."

"왜요?"

"그야, 윤환이니까."

사슴 눈망울처럼 촉촉한 눈이 나를 비춘다. 생크림처럼 부드러운 미소를 입가에 새기고.

잠깐, 왜 이런 표현이 나오지?

"역시, 둘이 뭔가 있다니까."

차가희가 또 음흉하게 웃는다.

"있긴 뭐가 있어?"

나는 차가희의 등을 밀어내고 엘리베이터에서 내렸다.

그런데.

"안녕하세요?"

내 앞에서 한 남자가 생글생글 웃으면서 다가왔다. 강현준이었다.

나이를 먹어도 여전히 늘씬한 팔다리와 시원시원한 이목구비가 눈에 들어온다.

"예전에 영화제에서 뵙고 정말 오랜만에 또 뵙네요. 독립하셨다고 들었습니다, 축하드려요."

악수를 청하는 손마저도 눈에 박힌다. 손가락은 길쭉하고, 손등에는 핏줄이 선명하다.

그래서 우스갯소리로 여배우들이 강현준이 대본리딩 때 대본 넘기는 모습을 보고 흠뻑 빠져든다는 얘기가 있다.

하긴, 햇살 내려앉은 테이블에서 저 손으로 한 장 한 장 대본을 넘기는 모습은 남자가 봐도 꽤 근사할 것 같다.

그렇지만 나는 이 자식이 싫다.

전에도 싫었지만 그날 이후로 더 싫어졌다.

"반가워요."

강현준과 악수한 순간, 나는 지난번 봤던 기억을 떠올렸다.

그 아이, 예빈이의 눈을 통해서 본 기억이었다.

.

.

.

내게 달려와서 툭 부딪치고 이마를 매만지는 여자아이.

나는 무릎을 숙였고, 저승이는 옆에서 속삭였다.

[쯧쯧, 어린것이 엄마가 얼마나 그리웠으면 지박령으로 남았을까.]

나는 아이의 눈을 지긋이 바라봤고 그 순간 아이의 기억이 펼쳐졌다.

감정도 생각도 없는 오래된 기억이었다.

아이는 누군가의 품에 안겨서 새근새근 숨소리만 냈다.

—자장, 자장, 우리 아가. 우리 예쁜 예빈이 잘도 잔다.

남자의 낮은 목소리와 토닥거리는 손길이 느껴진다.

나는 부드러움과 따뜻함이 공존하는 바다에 빠져든 기분을 잠깐 느끼고, 또 다른 기억을 찾아갔다.

이번에는 멀지 않은 기억이었다.

아이는 열심히 천 원, 이천 원 모은 돈을 가지고 기차를 탔다.

서울까지 와서 아이가 간 곳은 극장이었다.

극장 입구에 '강현준 무대 인사'라고 적혀 있었다. 아이는 고사리손으로 영화표를 샀다.

"너 혼자 온 거니?"

창구 직원이 물었다. 아이는 잠깐 생각하고 말했다.

"아빠도 왔어요."

표를 끊은 아이는 설레는 마음을 가득 안고 극장에 들어갔다.

작은 심장이 두근거린다. 그리고 마침내 볼 수 있었다. 아빠를.

상상했던 것보다 더 멋있었다.

사람들이 아빠에게 환호했다. 하지만 만남의 순간은 짧았다.

무대에서 내려온 아빠는 바쁘게 나갔고, 예빈이는 자리에서 일어나서 극장을 빠져나왔다.

　그리고는 왜 그랬는지 사람들이 웅성거리는 소리를 향해 달려갔다.

　어찌나 빨리 뛰었는지. 정신없이 뛰다가 누군가와는 툭 부딪쳤다.

　아야, 하고 이마를 매만지는데 누군가 일으켜 세워 졌다.

　"아이구, 괜찮니?"

　너무 놀라서 고개만 끄덕였다.

　"예쁘네. 부모님이랑 같이 왔어?"

　또 고개만 끄덕였다.

　"조심해야지. 뛰면 다쳐요."

　따뜻하게 미소 지은 아빠가 앞에 있었다.

　"저…"

　"사인해 줄까? 근데 너 종이가… 잠깐만."

　누가 종이와 팬을 가져다주자, 아빠는 제 무릎에 올려놓고 사인을 하기 시작했다.

　"저……."

　"왜?"

　"아저씨도… 아기 있으세요?"

　그 말에 아빠가 갑자기 웃음을 터트렸다. 주위에 있던 사람들도 웃기 시작했다. 어떤 이모가 말했다.

　"애 보게. 총각을 애 아빠로 만들면 어떻게 하니?"

　"없어요?"

아빠는 피식 웃더니 사인을 건네며 말했다.

"아저씨는 아이가 없어. 결혼도 안 했고."

"정말요?"

"정말이라니까. 그럼, 잘 가."

아빠는 뒤돌았다. 등이 멀어졌다. 점점 더 멀어졌다. 영영 손
이 닿지 않을 것 같아서 겁이 덜컥 났다.

그래서 달려갔다.

"아저씨!"

무작정 손에 잡은 것은 아빠의 바지였다. 아빠가 고개를 숙였
다. 아까와 달리 이마에 주름이 있었다.

눈도 화가 나 있었다. 그러더니 손을 탁 쳤다. 그래서 손이 아
팠다.

"꼬마야, 아저씨 바쁘다."

"아저씨… 저, 몰라요?"

그러자 아빠가 고개를 숙이더니 가까이 다가왔다. 귓속말을
할 정도로 가까이 와서 속삭였다.

"아저씨는, 너 같은 애들은 딱 질색이야. 그러니까 엄마한테나
가. 응?"

아이는 굳어버렸고, 아빠는 다시 환하게 웃으며 팬들에게 손
을 흔들고 멀어졌다.

.

.

.

"대표님!"

윤환의 목소리에 기억이 확 밀려났다.

정신이 들자 내 앞에 있는 강현준이 다시 보였다.

그런데 강현준이 서 있지 않고 몸을 구부리고 있었고, 악수하고 있는 손은 핏기 하나 없이 하얗게 변해 있었다.

"아."

나는 손을 탁 놓았다.

『내 S급 연예인』 10권에 계속…